世界は光にみちているか

川島　福果

断り

これは、戦後に生まれた少女が、大人の女性に成長していった物語である。

ここで描かれた出来事は、少女の主観や体験にもとづいているが、全てが事実と合致しているわけではない。

ことに、登場人物や組織、法人などはフィクションであることをご理解ください。

目次

第Ⅰ部

第Ⅱ部

第Ⅰ部

序

あまりに古典的な、国家と国家の戦争に言葉もない。それは、いかに最新鋭兵器を使おうとも、戦争は違法であるとしてきた我々が二十世紀に置いてきたはずの、野蛮で欲望を隠しもしない剥き出しの、領土を争う戦争ではないか。

二〇二二年二月のある朝突然に、ミサイルの爆撃音が空気をつんざき砲火が飛び交い爆風で激しく並木が揺れ、その向こうに崩れ落ちていく建物を見た。

この日、冬華蕗子（とうがふきこ）がテレビニュースに見たのは、布告もなく他国の領土に侵入し蹂躙する軍隊、ロシアの戦車の隊列だった。映画でしか見たことがない光景に目を疑うが、これは真実だと知った。

今、ウクライナで起きている戦争の端緒は、二〇一三年十一月プーチンの傀儡ともいうべき東部出身のビクトル・ヤヌコービッチが、ＥＵとの関係を強化するアソシエーション・アグリーメントに、突如署名を拒否したことから始まった。汚職や腐敗にまみれたヤヌコービッチに抗議する怒れる市民や若者は、キーウの独立広場マイダンに集まった。無差別に狙撃され多数の死者を出すも、抗議し抵抗する多くの市民は街頭戦に勝利、二〇一四年二月、かの悪名高い大統領を国外逃亡へと追いやった。「マイダン革命」だ。

しかし「悲劇」はここから拡大した。ウクライナのヨーロッパ化を執拗に恐れるプーチンは、二〇一四年三月ロシアからの旅行者を装い密かに特殊部隊を侵入させ、ウクライナ人への情報戦と諜報により、詐欺的な住民投票を策謀しクリミア半島をロシアの領土の一部とし併合した。

同じ年の五月には、ウクライナの東部と南部で、親ロシア派の者たちが暴力的にそれらの地域の市長を排除し自ら市長として君臨、南部オデーサでは支持派と反支持派が衝突し多数のロシア派住民も亡くなっている。諍いと紛争、内戦、民族の分断が今日のウクライナの戦争へとつながっていった。

冬華蕗子はこのとき七十三歳になろうとしていた。髪も白髪交じりとなり新聞を読もうとすると老眼鏡が欠かせない。彼女は遠い過去に、同じ光景を見たことに思いを致した。

「そうだわ、一九六八年、チェコに軍隊が…あれはソ連の戦車だったわ」

誰に言うでもなく呟いた。

五十四年前に遡る記憶は、もうすっかり薄れてしまった。映画の一シーンのように戦車が連なって大通りを進む。恐ろし気に戦車を街頭で見つめる大勢のプラハ市民と、行進する戦車のハッチを開け、立ち上がる若いソ連兵士の誇らしげな顔が頭に浮かんだそのシーンが、本当にプラハ侵攻の光景だったのか、蕗子には分からない。

家族の横顔

一九六七年、蕗子は十八歳になり大学に入学した。大学受験は誰に強いられたことでもなく、当たり前のように進学を希望した。しかし、受験勉強には全く身が入らなかったため一次志望の大学は落ちて、ほかに唯一受けた大学に入学した。このころの女子高校生はその多くが高卒で社会に出るか、短大に進学するかだった。四年制大学の門を叩く女子はまだ少なかった。蕗子の家が特に裕福であったわけではなく、父冬華廉太郎(とうがれんたろう)も母志津代(しづよ)も、女に学問は必要ないという紋切型の人間ではなかったため、蕗子の「わたし、大学に行きたい」という希望を酌んだということだ。

時代はまさに高度成長期でもあり、一九六〇年七月、暴漢に襲われ負傷した岸信介が内閣を去ったあとは「安保反対闘争」の余燼の燻る中、寛容と忍耐と「所得倍増」を掲げて池田内閣が発足し経済成長は続いた。池田はのちに病に倒れ四年で退陣するも、一九五五年から七三年までの十八年間、先進国の中でも稀有な長期の高成長は日本の社会に中間層を生み出しつつあった。女性の大学入学も少ないとはいえ、珍しいというほどではなかった。誰もが、おそらく、今日よりは明日の生活は良くなると思っていた。

望んだ大学ではなかったが、蕗子は立地する市ヶ谷の土地柄が好きで、自由な校風にはさらに魅かれた。入学式で校歌の作詞家が佐藤春夫であることに気付き、感激を覚えていた。ほんの些細なことだが。しいていえば、彼女はまったく意識してはいなかったのだが、蕗子の進学はモラトリアムだ。自分の進む道が分からない、ただ、このまま社会に出ることには抵抗があって、しばし時間の猶予が欲しかった、というところだろう。

したがって、蕗子は、高い学歴を求めて入学したのではなかった。教養は求めてはいたが、功利的に就職のためでもなかったはずだ。

廉太郎は四月初旬の入学式の朝、新調の紺色のスーツに身を包み茶の間に降りてきた蕗子に尋ねた。

「文学部に入学して何を学ぶのかね」

「ううん、出版社に行きたいからなの。大学を出ていたほうが就職に有利だと思うわ」

蕗子は、自分の口からすらっと思いがけぬ言葉が出てきたことに、居心地の悪い違和感を覚えた。咄嗟にそう答えた方が、学費を出す父が納得するのではないかと考えたのだ。案の定、廉太郎は嬉しそうに、そうか、と応じてその場を離れた。蕗子はこのとき自分が編集者を望んでいるのか、と自問したが、答えは否であった。

何になりたいのかは、まったく分からなかった。大学に通うことには、ただ漠然とした不安と僅かな希望があるだけだった。両親に送られて玄関を出るとき、低いとはいえ、ヒールのある靴を履くのは初めてだったこともあった。寄る辺のない不安定な心地さえした。

蕗子は戦後民主主義の落とし子である。一九四五年九月二日外務大臣重光葵が戦艦ミズーリ号上で無条件降伏文書にサインをした敗戦から四年後、ベビーブーマーとして四九年三月東京新宿区に生まれた。

蕗子の意識の中で戦後とは、青い空であった。広い川の堤に立って青い空に手を伸ばすかのような、遮るものがなく自由に手を伸ばせる、束縛するもののない自由な世界が広がっている。実際は、国土は焦土と化し、幾百万の累々たる屍の上にある負け戦を受け入れ噛みしめてこその戦後だった。まして戦後民主主義は、当然のように手に入れたものではなく、封建的な国家主義や軍国主義が国民に犠牲を強いた戦争の結果、ＧＨＱの占領政策の下で与えられ獲得したものなのだと。さすがにそう思うようになったのは思春期である。

何よりも一九四七年五月三日施行された日本国憲法に書かれている主権在民や人権の尊重、そして、それまで男性に従属していた女性の権利と義務を認めた男女同権という、いわば社会のグランドデザインは、蕗子の生きていく心情や内心にぴたりと寄り添っていた。これは、この戦後の教育や社会の在り方や理念・哲学が彼女にそう教え吹き込んだに違いないのだが。

ところで、蕗子には母方の叔母がいる。この寺谷喜代子（てらたにきよこ）こそ、優等生だったこともあって戦前の価値観、いわば「教育勅語」や「婦女の鑑」を押し付けてくる、蕗子にとっては少々困った女性なのだが、おいおい登場するであろう。

それでは、母の志津代とはどのような女性なのか。家付きの長女なので、三代前から小滝橋に向かう早稲田通りから少し奥まった高田馬場の台地に、生まれながらに住んでいる。父廉太郎は婿養子であった。

　廉太郎は埼玉の農家の出身だが次男である。富農ではない農家の次三男が旧制中学を出た後は軍人を目指すことが多かった。村一番の秀才といわれた廉太郎が選んだのは、陸軍士官学校を受験する道である。しかし、準備もなく難関の陸士をそう簡単には突破出来ない。全国から優秀な受験生が集まってくるのだから。

　結局、試験に落ちた廉太郎はいっとき就職をするが、改めて志願して陸軍に入隊した。内部の昇進試験を受けながら一歩ずつ下級の職業軍人となった。一九四一年に真珠湾攻撃という奇襲で始まった太平洋戦争は大本営発表とは違い、時の経過とともに物量で圧倒する米国が太平洋の要所を押さえ、日本軍は敗退していく。

　伍長として南方に派遣された廉太郎も、悲惨な戦場で終戦を迎えた。たった一度、蕗子は父から南方での戦いの様子を聞いたことがあった。敵に三方を阻まれ、武器弾薬はおろか食料もままならない中で、敗走を重ねたという。軍旗を持っていた谷脇という歳若い兵士が、戦火が止んだあとも、隊に戻ってはこなかったと、自責と後悔の念をにじませて語った。敗走しなくてはいけないのでおそらく待たずに出発したのだろう。三昼夜横になることもなく港に向かって行軍し続けたという経験だった。父は、小尉と自力では歩けぬ負傷者をジープに乗せ運転し、ほとんど寝ずにハンドルを握っていたという。隊のほぼ半数は帰らぬ人となり遺骨もなかった。

　命一つで引き揚げてきた廉太郎は、遠縁の口利きで冬華志津代と見合いをした。終戦から二年が経った頃である。下級軍人であった廉太郎を養子に迎えた冬華家の家長は欣吾で、市ヶ谷にあった大蔵省印刷局に勤める下級役人だ。謹厳実直な欣吾は蕗子にとっては厳しい祖父であった。箸の持ち方一つであっても叱責され、夕食を取り上げられた。そんな時、こっそり食べ物を持ってきた祖母は「しな」という名だが、「お」をつけて「おしなさん」と近所の人からは呼ばれていた。しなは、ただ優しく朝晩の神棚と仏壇の供えを欠かしたことがない女性であった。

九段の女学校を出て家にいる志津代と結婚することになった廉太郎は、上官の口利きで鉄鋼会社に就職していた。廉太郎が二十九歳、志津代が二十二歳の晩秋に結婚した。戦後の物不足のときだが、台紙の付いたモノクロームの写真には、若き日の父と母の精一杯の礼装の姿が写っている。髪は高島田、黒綸子に裾模様の花嫁衣裳と紋付羽織袴の二人だが、志津代はほんの微か、幸福感からか微笑んでいた。

叔母の喜代子は、この写真を見ながら言った。

「お義兄さんはハンサムだからお姉さんは嬉しかったんじゃない。若い男がみんな戦死してしまって結婚出来なかった女だっていたんだから。だいたいお父さんはお姉さんに甘いわよ、長女だからといって結構なお式を挙げたりして」と、同意を求めるように言ったことがある。自分は簡素な結婚式だったと言わんばかりに。確かに、結婚写真の叔父の寺谷孝二と喜代子は、グレーに映る同色のスーツ姿だった。

女学校を首席で出た喜代子は、丸の内の公社に勤め同じ職場の三つ上の同僚と恋愛結婚となった。二人は新居にお金を回したいと、それを望んだのではないのか。蕗子は、それはそれで質素というよりも、端然とした美しい写真だと思ったが。

それ以上に蕗子をどぎまぎとさせた言葉があった。喜代子の悪い癖で、優等生の裏の顔で偽悪家ぶるのだが、まだ少女の蕗子に「お義兄さんは近付くと体臭がするの、きっとお姉さんはそれがないと、ね」と。おおよその意味は掴めたが、姪の困惑もよそに喜代子は「駄目なんでしょ」と要らぬ言葉を添えて、ぱたんと写真を閉じたことがあった。

確かに廉太郎と志津代は仲睦まじく冬華の家で生活を始めた。しかし、時代は戦後の混乱期でもあった。戦後のハイパーインフレでは、ものの値段が前年に比べ百倍以上に値上がりした。生産力が落ちているうえに、戦費調達に国債の大量発行があり日銀が直接引き受けたことによって貨幣の価値が下落したことや、新円への切り替えと同時に預金の引き出しが止められたことで、国民は塗炭の苦しみを味わわされた。僅かな配給では、餓死する人も当然ながらいた。

戦後の混乱期を人々は、一体どうやって乗り越えたのだろう。闇市による売り買いもそうだが、五〇年に始まった朝鮮戦争まで待たねばならなかった。アメリカの援助やGHQ経済顧問ドッジによる経済政策では十分とはいえず、朝鮮戦争による特需が、皮肉なことに戦後の困窮に苦しむ日本を救った。

廉太郎が勤めた鉄鋼会社は、激しい労働運動の拠点でもあった。それまでお国のためと捧げていた一身だったが、労働組合運動は、誰をも傍観者にはさせず大波のようにさらう。気が付くと紅い鉢巻きと腕章を巻いて、たいそうな数の組合員が広い構内をジグザグとデモ行進をする先頭に立っていた。経営者側と争議権を認められた組合役員との団体交渉も、頻繁にあった。賃上げのための闘争は、一回目の徹夜の団体交渉で要求満額回答とはいかず「時間切れ」でストライキに突入する。皆、戦後を生きること、食べること、妻子を養うことに必死であった。

戦後の占領は、GHQによる日本政府を通じた間接統治だが、敗戦は日本民族をなお一層従順にした。当初連合軍は、日本軍の激しい抵抗を予想して上陸した。しかし、組織的な抵抗はおろか、まったくの無抵抗に拍子抜けした。これならば、直接統治よりも日本政府の上に命令を下す組織を置いて、統治したほうが良いということだ。事実、専用機から厚木に降り立った総司令官マッカーサー元帥は、それまで、日本人が仰ぎ見ることも許されなかった雲上の天皇よりも、侵しがたい統治者に見えたのだろう。

マッカーサーの日本占領プランの目的は日本の民主化であり、そのための施策は矢継ぎ早に行われた。GHQ民生局によって最も速やかに行われたのは、東条英機らA級戦犯容疑者の逮捕、共産党などの政治犯の釈放、治安維持法の撤廃、女性への参政権付与、労働組合の奨励、農地の解放、教育の自由化、などであった。働く者の権利として認められた組合運動は、直接生活する基盤の改善につながることから当然のように盛んになった。GHQのお墨付きでもあった。

しかし、運動の高まりは四七年二月の四十万人ゼネラルストライキ計画に至り、GHQから中止命令が出され、一気に収束せざるをえなかった。吉田内閣打倒を掲げ「革命前夜」ともいわれた高揚であったからか。GHQはいかに民主化といえども占領方針を変えた。

若き日の廉太郎はこの四十万労働者の一人でもあったのだ。


廉太郎は、義父の欣吾から組合運動への傾斜をたしなめられることになった。ほどなくして組合運動指導者や先鋭化する労働者のパージが始まった。レッド・パージ（赤狩り）は、下山、三鷹事件など当時の国鉄にまつわる事件の真相不明と同じく戦後の闇の部分でもあり、また新聞社など言論機関へのレッド・パージは言論弾圧の汚点である。

蕗子の生まれた四九年には、中国で国民党と共産党の内戦が終わり、中国共産党が中華人民共和国の誕生を宣言した年でもあって、共産主義への警戒感が強まっていた。廉太郎も争議の中で窮地に陥っていった。志津代は夫の廉太郎を見守りながらも、夕餉の食卓で父から叱責される夫を見ることは忍びなかった。

乳児であった蕗子の知りえない家族の葛藤は、ようやく記憶の残る歳になってもいくらか残されていて、欣吾と廉太郎は些細なことで口論をすることがあった。

「私有財産を没収するとは、とんでもないことだ。そんなことで働く意欲がわくのか」

「いえ、今の日本の社会党も共産党もただちに共産化など出来るはずがありません、それは噂に過ぎません」

「とにかく、この家に共産主義は認めんからな」

製鉄所を解雇された廉太郎だったが、欣吾の長年の友人が就職先を世話したのは手回しよく図ったことでもあった。郊外を走る電鉄会社のバス部門の経理課に再就職を図ったが、その際の条件は、当然のように労働運動にかかわりを持たないということだった。義父にはまったく頭が上がらなくなった。慣れない経理の仕事を一から学ぶ努力をした。人知れず夜遅くまで机に向かう廉太郎の姿を知っているのは志津代だった。

蕗子は高校生になった年の冬、応接間の本棚の隅から、やや厚みのある薄茶色に変色した一冊の単行本を見つけた。質の悪い紙で手触りもざらっとしていた。表紙のタイトルは『資本論研究』とあった。奥付には発行の年と著者の名前などがあった。その最後のページに書かれていた文字は

「誕生日に　志津代」

とあった。この向坂逸郎の『資本論研究』は、新婚間もない妻が誕生日に夫へ贈った書籍だった。「…お母さんがお父さんに…」。それはちょっとした衝撃であった。想像すら出来ない若き日の母と父の姿であったからか、感慨が残った。

社会科学の著名な書籍であったことも意外な気がした。志津代は良妻賢母をよしとする女学校で学び、妹のような才気や利発さを持ち合わせてもいなかった。ただ、長女であることから男子のいない冬華家の跡取りでもあった。見合い話にも素直に応じて、廉太郎と一緒になった。まったく平凡な女性でもある。おそらく二人で散歩に出たときか、書店に寄った際「この本が欲しいのだが」と言ったのであろう。それを心に留めておいた志津代が廉太郎に贈った、ということか。

蕗子には母が左翼とか社会主義者であるとは到底思えなかったし、収入のない志津代だから、月々の家計から僅かずつ貯めたへそくりの一部を使ったのだと分かる。夫への愛情かと思うと微笑ましかった。

欣吾を家長とする家族を、しばしば訪ねてくる者がいる。駅で言えば一駅、距離にしても一・五キロほどか、叔母の喜代子とその夫の孝二だが、蕗子にとって二人は「世間」であった。叔母の口癖は「世間様がどう思うか」であり、孝二は、大人の社会や楽しみの具現化でもあった。廉太郎も志津代も建前や理想の世界を語るが、こちらの二人は辛辣、率直に人生や社会を語る。それが過ぎて、夫婦喧嘩の仲裁を志津代に求めてくることは年中行事でもあった。蕗子の記憶では、だいたいが他愛のない些細な諍いであった。

なお、蕗子には三歳年下の弟がいる。夫婦にとっても、少々線は細いが弟の英之(ひでゆき)は成績優秀な自慢の息子であった。

一九六七年の春から初夏に

蕗子が入学した大学の文学部日本文学科は一クラスで、すぐに打ち解ける友人が出来た。前橋市出身の鳩居重人であった。市ヶ谷校舎の最も大きな五十五年館地下には学生食堂があったが、向かい合って食事をすればひょいと蕗子の皿から一品をつまんで口に運ぶ。時にはスープの皿から一匙すくい上げる。あらっ、と思わないでもなかったが、たしなめることはしないのが蕗子だ。クラスの誰かがそれを見て、あの二人は付き合っているのか、と思うのも無理はない。鳩居のかもし出す人たらしの一面だった。

隣の英文科のクラスに呉羽和仁がいて、鳩居と呉羽は文学部の自治会委員という立場でしばしば顔を合わせた。したがって、この三人が一緒に行動するようになるのに時間は掛からなかった。若葉が青く茂るころキャンパスを歩くときは、背が高くやや猫背でほっそりとした鳩居と、蕗子と同じ背丈の呉羽が彼女を中にして歩むという形になった。もっぱら語りかけるのは鳩居で、あとの二人はふんふんと相槌を打つ。

三人が並んで出向く先は、キャンパスの端に建つ古い六角校舎の二階にあった文学部自治会室だ。建付けの悪い扉のノブを捻り開けると、台形の部屋の奥の窓際にいるのは、何年も留年を重ね、無精ひげも、ぼさぼさの髪もそのままの笹岡紀彦である。抑揚に癖のある言葉で語るのだが、細い目に眼光鋭い風貌の割にはどこか憎めない温かさも持ち合わせていた。袖口をインクで汚したカーキ色のジャンパーをはおる笹岡は、この部屋の主でもある。正式な代表者は自治会委員長で、四年生の鈴木安夫（すずきやすお）だ。キャンパスで見かければ、ごく一般的な上級生であっただろうが、やはり活動家風のいでたちであった。

「やあ、一年生。えーと鳩居君と呉羽君だね、君は鳩居君のガールフレンド？」

「いいえ、同じクラスの友人というだけです」

「あっ、それは失敬、鳩居もそれでいいのか？」

「うっ、それでいいですよ」

「じゃあ、それで。ところで何という名前ですか」

「冬華です。ふゆのはな、と書きます。冬華蕗子です、ふきはあの食べる蕗、です。いちいち説明するのも大変ですが、わりと気にいっています」

「名前は親が付けるのだから。しかしはっきりとものを言う女性（ひと）だね、鳩居の友だちだけあるな」

と、笹岡は言った。

鳩居は当時はやりのアイビーリーガーの服装をしていたが、髪形は七三ではなく長めのマッシュルームカットで、やや風変わりな男子と見られていたようだ。呉羽は、地方から出てきた素朴で実直な青年と思われていた。長い机が四卓に長椅子が四、五脚か、座って、と言われて座ると、そこに委員長の鈴木が入ってきた。

簡単に挨拶を済ますと、立ったままで鈴木が言った。

「この大学でもいよいよ学費の値上げを自治会側に提案してくるそうです」

「昨年の早稲田や明治での学費値上げ反対闘争を知っているよね」と笹岡が聞いてくる。

「はあー、ニュースで見たことはありますが、それぐらいです」と鳩居が答える。

呉羽も蕗子も、何やら突然に学費値上げと聞かされて、その先のことは即座に理解することは難しかった。ただ、全学自治会執行部の値上げ反対の方針はすでに決まっているようだ、と理解した。三人は、大学に入学して初めて学生自治の洗礼を受けた。

「学費の値上げに反対っていうのは当然だよな」と、六角校舎からの帰り道に、鳩居が言った言葉に蕗子も頷いた。自治会の名前でほとんど毎日、キャンパス入り口ではビラが配布されている。ビラ配り、というのだがその仕事があるから、出来れば毎日来てほしいと言われて同意したのだ。

鳩居はデザインのセンスがあって、文字をデザインし見出しを付けて「躍動的・戦闘的」などビラを作った。当時は、微細な溝が彫り込んである鉄板に、薄い樹脂を引いて浸透性を失くした薄紙をあて、鉄筆でガリガリと削るように文字を書き込むガリ版で作った。あっという間に自治会室の主に重宝がられて、鳩居は笹岡が書く原稿を次々に版にしていく。それを、蕗子や呉羽が謄写版で何百枚も刷っては揃えて、ビラが出来上がる。謄写版のインキが袖口を汚す。ビラだけではなく立て看板、通称「立看（タテカン）」も制作することになった。キャンパスには、横長の畳四畳分ほどのタテカンが無造作に立て掛けられていて、文字が踊るように大きく目立つ書体で書かれていた。鳩居はすぐにコツを覚えて、ペンキ用の刷毛を手に、墨汁の皿に筆を浸しては、「学費値上げ反対！」や「ベトナム戦争反対！」といった文字を視覚的なデザインの書体で書きあげる。横でそれを見る蕗子は、まるで鳩居が踊っているようだと思った。

夏を迎えるころには、三人はほぼ毎日自治会室で顔を合わすようになっていた。

蕗子は授業には魅力を感じなかった。自治会室が魅力的だとも思わなかったが、少なくとも需要曲線と供給曲線の交叉、などという授業よりは、自分が生きていると感じられた。

先だつ初夏五月のある日、蕗子は一人図書館に行く。途中、図書館手前の二階建ての建物の入り口に掛けられていた部屋の案内を見た。「マルクス主義研究会」とあった。ほかのサークルの案内もあったのだが、ドアガラスに白いペンキで書かれていた「マル研」の文字に一瞥して魅かれた。探していたのはこの文字だったのか、と蕗子は思った。

気付くと、一階にあるマル研の部室のドアを押していた。中にいたのは部長の柴田磐根（しばたいわね）という小柄な女子学生だった。

「こんにちは、誰かしら？」眼鏡越しにじっと見つめられた。

「あの、…マル研に入りたいのですが、どうしたらいいのですか？」

「特に手続きなんてないですから、来たい人はいつでも来てください。次の勉強会は来週の月曜日ですから、見学のつもりで、どうぞ」

「はい、ありがとうございます。何時からですか」

「夕方の四時からよ、六時まで。初期のマルクスを学んでます。テキストはしいていうと『フォイエルバッハ』。なければなくてもいいわよ。ああ名前だけ聞いておこうかな」

「はい、冬華蕗子です」

「ふうん、とうが、さんね」

「はい、よろしくお願いします。ところで、すみません、お名前は？」

「私は、部長で、柴田磐根っていいます。いま三年生、このマル研は私が作ったのよ」

「えっ、そうなんですか、凄いですね」

「大したことじゃないわよ、だって知りたいことはサークルを作ってでも学びたいでしょ」と、柴田は言った。はい、と同意したが創部する女性ということに驚かされた。大学という学び舎の新鮮な一面でもあった。さらに聞いたところ、この大学の社会科学研究会、通称「社研」は当然存在していて、しかし、「社青同（日本社会主義青年同盟）が主導権を握っているので、彼らと一緒にやるのは面倒だから作っちゃった」ということだった。セクトという言葉は何度も聞いていたが、要するに主義主張が微妙にか、多岐にわたるのか、違っているのだろうと、蕗子は考えた。自分がどのセクトの考え方に共鳴するのかは、正直にいって分からなかった。

　蕗子は、この柴田という女性を信頼してみようと、思った。

　当時、学生の間では「疎外」という言葉が多用されていた。疎外感といえばそれで十分置かれた立場を語っているかの幻想があった。流行り言葉でもあるが。ではその言葉が生まれてきた書物は何か、若きマルクスのパリ時代に書かれた『フォイエルバッハに関するテーゼ』であり『経済学・哲学草稿』である。ことに経哲草稿には「疎外された労働」という疎外論があって、人間が生産活動を通して富を創造していながら、それを所有することが出来ず自己を確証出来ない、自己を実現出来ない疎遠な関係になっていることが問題だとしていた。

もっとも、資本主義の矛盾を、貧富の拡大や格差という形で苛烈に肌で知る二〇二二年の若者ならば、当時の学生に「何を青臭いことを言っているのか、そんな文学的なこと」「いったい労働の何が問題なのだ」といえようが。しかしながら当時の学生たちが感じていた得体のしれない不安や焦燥感は、高度経済成長を迎える時代にあって社会の営みから突起し噴出していた歪みや矛盾であって、まさにこの社会の深部からもたらされていることだった。

しかも、植民地の統治者であったフランスがベトナムから撤退した後、六五年にアメリカが北ベトナムへの爆撃を開始しその後、陸軍の地上部隊を送ったベトナム戦争は泥沼化し、戦火の拡大に伴い世界の若者の間に同情と連帯と悲憤をもたらした。

そして、日本の各地で起きた公害といえば、水俣では、水銀による神経を侵す甚大な健康被害が生じ、四日市の石油化学コンビナートから排出される硫黄酸化物を含むガスは空を覆い大気を汚し、息をすることが生命を脅かすほどだった。

利潤をどこまでも貪る資本は人の生きる土地をも汚した。規制が間に合わずに多発する交通事故、凄まじい通勤ラッシュにもめげずに会社に忠誠を尽くす企業人。

重い軽いに拘わらず、この社会で起きている事象の一つ一つが、蕗子には悩ましいことだった。

この社会は本当に正しいのか。少なくとも生きるに値する社会なのか。戦争はしないと誓ったはずではないか。第二次大戦であれほどの犠牲を払ってもなお、この世界は戦火を求めるのか。銃口や爆撃機や火砲が火を噴く中で、家を焼かれ村や森を焼かれ虫けらのように死んでいくベトナムの人々。老人も、子を抱いた母親も、子とともに死体となって放置されている。南北に別れたベトナムは西側と東側の代理戦争でもあったから、民族解放戦線の兵士との戦いでアメリカの兵士も死んで、野戦病院から星条旗にくるまれた棺が本国に送られる。

戦場カメラマンによって、戦場から送られてくる写真や目を覆いたくなる生々しい映像は、戦争の現実を突きつけ、若者の正義感や不条理への怒りをたぎらせた。

蕗子はこの社会の中で生きていくことに、悩ましさと息苦しさと違和感を覚えるようになっていた。それは、「疎外」ではなく、おそらく思春期に特有の悩みだったかもしれない。というのも、社会の悪への嫌悪感というよりも、冬華の家の中で起きている些細な日常が、とてつもなく苦痛に思えるときがままあった。それは、いやでもまとわりつく「家」と「血脈」に対する説明の付かない拒否感でもあった。祖父母も父母も弟も、蕗子にとって何らの害を及ぼすものではなく、むしろ彼女を守る温かな情のある肉親であったのだが。

ただ、身体の弱かった弟が母親の愛情を独り占めしていると、意識せず蕗子が思ったとしてもそれはさしたる理由ではない。彼女は長ずるにしたがって一人で考え事をしている時間が長くなった。読書が趣味で、家じゅうの書物を読んだあとは小遣いのほとんどが書籍に形を変えた。

学校には休まず通ったが、ある時から勉強には身が入らなくなった。もっと面白い熱中出来るものは何かと探していた。もしそれがあれば家を出ていくことを躊躇することはなかった。少女の身体の中で、この穏やかならざる反逆を抱えていたため、蕗子は己の虚栄や競争心などに囚われることもなく正直でもあったから、男女を問わず好意を寄せられた。

叔父の寺谷孝二も蕗子びいきで、法事や正月のみならず、用事にかこつけてやってくることがあれば必ず蕗子を相手に大人の新事情を吹き込んでいく。この時分は、幕末から明治の噺家三遊亭円朝の顕彰会を主催しているという趣味人ぶりだったが

「ねえ、蕗ちゃん、お義姉さんから聞いたけど早稲田なんか受けてどうするの。そうか、小説家にでもなるのかな?でもさ、それはいいよ、だっておしなさんは一葉と血のつながりはなくても親戚筋でしょ、蕗ちゃん、小説家になったら」

「やだ、叔父さん、そんなこと考えてもいないわ」

「そうかな、蕗ちゃんって、いつも、どこか遠くを見ているようで、ただものならざる風情があるからね」

「あっ、それはね、遠視なの、目が良くて両目とも2・0だったからよ、遠くの電信柱の広告まで読めたから。でもこの頃あまり遠くが見えないから、1・5ぐらいかしら」

「そうか、遠視ね、それはそれで面白いね、近視眼的視野の狭さとは違うってことだね」

「見えなくてもいい遠いところまで見えるってどうなんだろう、意味があるのかしら、だって近

付けば読めるのよ。それより今は近くの机が大事よね、受験勉強してないからきっと駄目よ、先生も、一校だけは無謀だから、ほかの大学も受けておけってうるさいの」

「ほう、でも蕗ちゃんのことだから、何とか書いてくるよね、度胸があるしさ」

つい半年前の叔父との世間話だった。家族や親族の愛情に恵まれていながら、それに寄り掛からずいったい何を求めて探しているのか、蕗子にはその答えが分からなかった。

マル研の扉

マル研を訪ねた日の翌週の月曜日、柴田に教えられたように、蕗子は夕方四時にマル研の扉を押した。

そこには五人の男女がいた。蕗子は初対面の彼らに挨拶をして、手前の壁側の席に腰を下ろした。ふっと顔を上げると、窓側の若い男性と目があった。司会とチューターを柴田が引き受けていた。

「今日からマル研のメンバーになった、ええっと、冬華さん。文学部の一年生、よろしくね」

と紹介した。蕗子も緊張して軽く会釈した。

柴田がみんな自己紹介して、簡単に、と言い渡したので、学部と学年をそれぞれ簡単に述べた。正面の男子学生は経済学部の一年生で、名前は畑中隆夫（はたなかたかお）だった。

この日は『フォイエルバッハ』を読み進むというよりも疎外論にいきなり切り込んでいった。

座も終わり近く「宗教は阿片」という言葉の意味はと、問いかける者がいてそれに部員の一人が答えた。

「宗教では社会の矛盾は根本的には解決しないし、問題を観念的な個人にすり替えて、見えなくするじゃない」

「いや、宗教は、娯楽だっていうことでしょ。阿片を吸うことは憂さ晴らしで、楽しいんじゃないですか」

畑中隆夫は、議論の方向性を遮りながら、どこか放り投げるような口調でそう言った。

「もし、娯楽というなら」蕗子は思わず小さく右手を挙げて発言を求め、「宗教は救済ではないのですね」と隆夫に向かって尋ねた。そして
「宗教を信じてはいけない、という意味ではなく、宗教はあってもいいが、現実を変える力にはならないからこの社会にとっては無害なもの、というのですか」

「そう、社会主義が宗教を弾圧する意味なんてないよ。僕らは反帝国主義、反スターリン主義だよ。既存の解釈や、ソ連の政治局クレムリンがやっていることが正しいなんて思うこともないよね、もっと自由に考えたらどうかな」

隆夫の発言が終わるちょうどそのとき、扉が開いて田根村雄二（たねむらゆうじ）が入ってきた。経済学部の自治会委員長だった。

「熱心だね、そろそろ終わるかな、一つ言っておく、六月十五日の全学連の反戦集会にはみんな参加しよう、畑中君は自治会委員なんだから準備も手伝ってくれるかな」

「はい、明日からでいいですか、今夜は用事があって帰るんで…」

「ああ、いいよ、それじゃ」と田根村は右手を軽く上げて部室を出ていった。と同時に柴田が「では、今日はこのくらいで、活発な議論ができて収穫があったかな」と一同に問いかけて「じゃ、また来週」と伝え、お開きになった。


立ち上がり、本をカバンに詰めてから、隆夫は正面の蕗子を見た。軽く会釈をしたのは蕗子の方で、質問に答えてくれたお礼のつもりだった。

「駅は市ヶ谷？一緒に、帰ろうか」

「ええ、市ヶ谷です、一緒に…」

大学は市ヶ谷と飯田橋のちょうど中間にあるので、どちらの駅を使っても支障はない。いずれにしてもこの日初めて出会ったのだが、二人は並んで外堀公園を歩いて帰ることになった。隆夫は高校のころから学生運動に関わっていた。そのためだろう、どこか大人びていて蕗子と同じ歳には思えない。しかし、熱心な活動家というよりも斜に構えていて辺りを醒めた目で見ていた。蕗子は歩きながら思っていた。鳩居とはずいぶんと違っていて、並んでいても親しい感情が湧くことがなくどこか近寄りがたく冷たい。しかし、息をするのも苦しいのはなぜだろうか。胸が押しつぶされるようだった。

「どうして、マル研に来たの」

「マルクスを知りたくて…いつか『資本論』を読みたいの」

「ふっ、そんな真面目な答えなんだ」

「真面目じゃないの？畑中さんは」

「いや、真面目だよ、だけど真面目じゃないやつもいるしね」

「どういう意味なの」

「そのうち分かるよ」

駅に着くと、隆夫は「じゃ、今日はここで。また来週会おう」と言い残して、構内には入らず二番町につづくゆるやかな坂を上っていった。蕗子は、手を振るでもなく背中を向けて立ち去った隆夫を、落胆しつつひどく好ましく思う自分に気付いていたが、駅の改札を通り階段を下りるころにはほっとしていた。緊張もしていたし、もし、食事に誘われ付いていくのも、なんだかあまりに性急で軽薄で、慎ましくないと思ってもいた。


夜の八時前に家に着いた蕗子は、志津代の用意した夕飯を食べ、父がいないことに気付いて、「お父さんは、離れ？」と母に尋ねた。そうよ、と志津代は答える。このころ、欣吾はとうに印刷局を定年退職し、戦時中は鶏小屋や菜園だった場所に、二間つづきの離れを作って隠居していた。近所の碁打ち仲間を居間に迎えて、碁会所ともいえるような場を自分の城としていた。廉太郎ともすっかり打ち解けて夜になって食事を済ました婿がやってきては、碁を打つことが愉しみでもあった。

祖父母のいなくなった家は、廉太郎夫婦が主（あるじ）となって娘と息子との四人の家庭になっていた。

もっとも風呂場のない離れから、ほぼ一日おきに老夫婦が風呂を使いに来る。穏やかな日常がそこにはあって、この平穏な家庭にもめごとや心配事を持ち込むのはやめておこうと、蕗子は思う。

食事を済ますころ、ちょうど風呂を使っていた弟の英之が茶の間に入って来た。

「なんだ、姉貴か、何かあったの？」

「どうして、何かへん？」

「いや、いつもとちょっと違ったような気がした」

「何もないわよ、そうだ、部活は何にしたの？」

「剣道部。道具を揃えるのが大変だから、演劇部とか英語部とかにしておこうかとも思ったけど、どうせこの先三年になれば受験勉強ばかりになるだろうし、父さんが弓道やってたって言ってたから、俺もやりたいと思っていた剣道部にした」

「そう、偉いわね、わが弟ながら。家のことも受験のことも考えてるのね」

「そうだよ、姉貴は家のことなんかまったく考えないだろ、しかたないよね、俺は長男だからさ」

蕗子は笑いながら、私も長女よ、ごめん、ごめん、と言ったが、弟がいることは幸いであり救いだった。

それにしても、今夜の姉は何か違う、と弟に思われたのは、おそらく隆夫と初めて会った日の夜だったからだ。夜半になって入浴後に自室に戻った蕗子は、隆夫の顔を思い出そうとして思い出せない自分にすっかり当惑した。そうよ、ちゃんと顔を見ていないのだわ、と思う。

じつは、蕗子は人の顔を認識することが苦手で、初対面であればよほど注意して記憶に刻まないと、思い出せないことの方が多い。たしか、隆夫は眼鏡をかけていたような気がした。いっぽう、声の記憶はとてつもなく良くて、隆夫の声は耳の奥に鮮やかに蘇った。思い出すだけで胸が苦しくなった。胸の痛みは鮮明だった。

一週間は、蕗子や鳩居重人にとってまたたくまに過ぎた。6・15三派全学連反戦集会の準備があったからだ。ビラ作りやビラ配り、ときに隣の上智大学にまで、夜になってから集会告知のビラを貼りに出掛けたりした。夜の上智のキャンパスは、およそ学生運動とは縁が薄く、照明も落ちて静謐であったから、蕗子は気が引けて、糊の入ったバケツを持つという手伝いに終始する。こういうとき最も張り切るのは、鳩居と鈴木で、さっさと手際よく貼っては三十分もすると終わってしまった。ビラを持つ呉羽も見ている時間のほうが多かった。大学に戻り周辺を片付けて帰るのは十時をとうに過ぎる。一年生三人は大変重宝な戦力であった。

反戦集会をまぢかに控えた日の夕刻、マル研の部室にはメンバーが顔を揃えていたが、田根村も同席していた。田根村は背が高く肩幅も広く、顔付きはどこか異国の人を思わせた。トレンチコートを羽織っていたりもする。要するに魅力的な人物だった。おそらく柴田磐根が思いを寄せているのだろう。

柴田は、一年生のために三派全学連結成の背景を説明してくれる人物をと、田根村を呼んでいたのだ。ほかに、吉本隆明の『擬制の終焉』という書物が机の上に置いてあった。読む、読まないの選択はあっても、いわゆる新左翼の学生の誰もが知っている書物だった。

「全学連って知っていますよね。六〇年安保闘争を主導したあの全学連は、すでにありません。なぜなら六〇年安保の総括を巡って分裂したからです。安保闘争を主導したのは、反代々木といわれる、日本共産党を除名になった共産同（共産主義者同盟）ブントの学生たちです。そして革共同（革命的共産主義者同盟）全国委員会の学生や労働者です」と柴田はレジュメに目を通しながら読み上げる。

「安保闘争後、ブントの主な学生活動家は革共同に転身し合流したんだ。それは革共同の安保の総括が正しいとされたからなんだがね。日本には『虚偽の前衛党』があってその支配下にある多くの労働者を直ちに立ち上がらせることは出来ないということですよ。街頭における献身的な学生運動の高揚があっても、ただちにそれが労働者の階級的な戦いにはならない。独占資本との階級闘争にはならないという現実があったから。事実、六〇年安保の際も、学生の先進的な運動に連帯しようとした国鉄労働者のストライキは妨害されて不発に終わりました。だからこそ労働者を導く真の前衛党が必要となるのだよね。そのように総括した党派は革共同だけだから。彼らの綱領を簡単にいうと反帝国主義と、偽の前衛党を批判するので反スターリン主義だよね。ああ、『反スターリン』っていうのは、分かるよね、ロシア革命後のソ連を偽りの社会主義の国にしてしまったあのスターリンを、否定することだよ」

「四分五裂した学生運動の再出発は、今の三派全学連の結成まで待たなければなりませんでした。

昨年一九六六年に再結成されたのですが、共産同の学生組織社学同、社青同解放派と革共同全国委員会中核派の三派のことです」

あまりに事象が多く、聞く部員にもなかなか分裂の細部の理論までは理解されないが、柴田と田根村が交互に補完的に話す形でその日の勉強会は終わった。もちろん隆夫にとっては、すでに知っている事実なので、討論や質問に参加することはなかった。

蕗子にとっては初めて聞く話だったが、六〇年安保の指導者である全学連委員長の唐牛氏が、右翼の大立者田中清玄の下で庇護されていたというような話は高校時代にどこかで聞いていたから、あの当時の全学連はとうの昔に解体してしまったのだろうと思っていた。

安保反対闘争にとって重要な日付は六月十五日である。時の総理は岸信介で、日米安保条約改定国会の終盤だった。国会周辺は連日、米国の戦争に日本が巻き込まれるのではと反対する数万のデモ隊が包囲していた。小雨の降るこの夜、国会南通用門の柵を破り国会に突入した全学連のデモ隊が国会内で集会を開き、警備にあたっていた機動隊との激しい衝突から東大生樺美智子さんが死亡した。この突入の指揮を最前線でとったのは、京大生北小路敏ほかのブントの学生だった。北小路全学連副委員長の国会突入のアジテーションは語り継がれ、この日を冠した集会は、樺美智子を追悼する意味でも毎年行われていた。このときの学生指導部の主だった者は、六〇年安保の敗北を総括し、自己を批判して革共同全国委員会と合流していた。すなわち、六〇年安保を指導した全学連指導部の嫡流が、中核派ということだと理解出来る。

隆夫と蕗子は、マル研の部室を出て一緒に帰った。「来週会おう」と隆夫がそう言ったからだ。六月十五日の集会については、経済学部と文学部でそれぞれ行動するのだからあまり語ることはなかった。ただ、他愛のないことを語りながら歩いているうちに神宮外苑まで来ていた。神宮の杜は六大学野球の応援で来ることはあるのだ。優勝すると提灯を提げた行列で、大学まで歩いて帰るのが習わしだった。

「君の名前の蕗子って、かわっているね、だけど僕は…いいなって思うよ」

「そうね、これには理由があるのよ、祖父は富の『ふ』と貴族の『き』で富貴子としたかったらしいの、でも父は、戦後の憲法で平等をうたっているのに貴族の『き』はおかしいって思ったんですって。ちょうど生まれが三月でしょ、庭の隅に春を知らせる蕗の薹が出ていて、そうだ、土を破って芽を出す蕗こそ名前にふさわしいって。それで、母と一緒に説得して無事『蕗子』になったそうよ」

「ふっ、その話、出来すぎてないか、そう聞くとなるほどって思うけれどね。なんか戦後生まれらしいよね」

「そう、だから気に入っているのよ、この名前。もし、富と貴族の富貴子だったら高貴な感じはするけれど、庶民の私の心情にはちょっと無理があるわね」

「そうか」

他愛のない話で打ち解けた。二人の距離が近くなった気がしたのは隆夫も同じだった。互いの文学の趣味も語り合う。

「えっ、君、三島由紀夫なんて読むんだ」

「だって、文体が美しいじゃない?作家にとって、小説の文体は、とても重要な要素だと思うわ、文体だけで読めるわ、中身はよろめきでも」

「僕はもう読まないね、とくに最近の三島は」

「うん、それも分かるけど…」

「そろそろ、電車に乗ろうか?新宿まではまだあるから」

「そうね」

「少し忙しくなるね、学費値上げのこともあるし…」

「そうそう、それもあるけど夏休み中に広島大学で反戦集会があるって言ってた。そのために数寄屋橋でカンパ活動もあるそうよ」

「何だか、追われる感じだな…」

この夜は、心情の距離が近くなって、気付くと物理的な距離も近付いて肩が僅かに触れ合った。新宿で、蕗子が山手線に乗り換えようと下車する間際、彼女は思わず
「また会えるわよね」

と言い、隆夫が
「うん、会えるよ」

蕗子の目を見て応えた。

全学連集会とデモ

日比谷野外音楽堂での集会は、前もって決めた形式どおりに行われる。三派全学連であるから当然綱領の違う三派の政治的思惑が絡み、アジテーションは熱を帯びるのだが、各派が順を追ってほぼ同じように発言するので、隆夫にとっては格段の目新しいことがあるわけでもない。

白いシャツとジーンズを穿いた蕗子は六月十五日のこの朝、母の志津代には一言伝えた。

「今日は遅くなるかもしれない」

「いつも遅いじゃない、もっと遅くなるの」

「ううん、いつもと同じだけれど。今日、日比谷野音で全学連のベトナム反戦集会があって、集会後にデモがあるから」

「デモって、あのデモ?危険なことはないの?」

「大丈夫よ、『平和的なデモ』だから。あっ、お父さんには黙ってて、それとお祖父さんには絶対言わないで」

「はい、はい。言われなくても言うはずないでしょ。躾が悪いって、私が怒られるのよ、もめごとはやめてよ」

と言うのだが、母の志津代はこれ以上きつく言うつもりもなくて、ただ危ないことには近付かないように、とだけ言い渡した。

全学連という言葉に悪い印象はない。むしろ、若い学生の正義感や献身的な使命感には世間は好意的で同情的でもあった。社会の矛盾に向かって発言する学生にしか出来ない行為という認識だろう。大人や勤め人には出来ない意思表示を、学生が肩代わりして発信しているのだと。

この日の午後二時も過ぎたころ、三派全学連秋山委員長が最後に登壇し、机に手をつきマイクに向かい、前かがみになるや一声を発する。小柄なのだが、しかし伸びのあるやや高めの声が野音一杯に響き、息をつく前に語尾を伸ばして独特の節(ふし)を付けるアジテーションが、二千人を超える学生の闘志をかき立てる。

「本六月十五日、国会を背にして、ここ、野音に集まられた先進的労働者および学生諸君！三派全学連執行部を代表して、本日の戦いの、すぐれて今日的な意義を述べたい！」

「異議なし！」

と大合唱が続く。拍手と「異議なし」の掛け声が凄まじいエネルギーをたたえて、会場は一種の興奮状態になる。最後は、集まったすべての者が肩を組み、必ず「ああインターナショナルわれらがもの、起(た)て、餓えたるものよ」で始まる「インターナショナル」の大合唱が、会場に響き渡る。

日比谷野音を出れば、そこはもう一般道であり車の通行を一時停止させたデモ行進用の道になる。当局へ届け出たデモの進路は、国会を避けた平穏なコースをたどるものだが、全学連は最初からおとなしい平和的なデモをする気はまったくない。

デモの最先頭の数人の学生は、逮捕されるのを覚悟で、腕を組み連なる四つの長い列が、まるで大蛇のように蛇行するジグザグデモを指揮する。指導者の吹く笛に合わせて、道一杯に蛇行しながら「戦争反対！」「戦争止めろ！」と声を上げる。しばらくは勢いと流れに任せて進むのだが、目前にそびえたつ国会に通じる巨大な交差点で、いきなり屈強な機動隊が、待機していた三方からバラバラバラと突撃をするかのように出動して来る。硬い板の盾で学生のデモを押し返し、道に沿わせてジグザグデモを正そうとするその圧力は相当なエネルギーだ。そこで激しい衝突が起きるので、デモを崩されまいとする学生側と機動隊との押し合いが続く。力によって崩されると同時に一方に押しやられる。

蕗子は、はずみで屈めていた腰が伸びたその瞬間、凄まじい圧力に肺を押し潰されそうになって苦しさのあまりもがいた。強くもがいたのがよかったのか、ぽおんと、隊列から外に弾き出された。すかさず、同じ大学の顔を知る男子学生から、「君は、出て！もう危ないから！列から出ろ！」と大きな声で指示があった。はい！と応えて道路の鉄の柵を越えて歩道に出たのだった。

そのままデモ隊の流れに沿って、歩いてデモの解散地点まで同行することになった。デモの通過する道の歩道には多くの市民や野次馬が出て、学生のデモに付いて歩く人々もいる。時に機動隊の盾で殴られる学生がいると、一緒になって「機動隊ひどいじゃないか！」「機動隊帰れ！」と抗議をする。

終了する解散地点では、執行部や各大学の指導者がデモの総括のアジテーションをして終了になるのだ。その後は三々五々各大学に戻っていく。大学に戻るのは逮捕者がいないか、確認するていた。

意味もあった。逮捕者の確認は、最終的には全学連の書記局で各警察署に電話を入れて確認を取っていた。

その日の夕刻、文学部の自治会室は、鳩居や呉羽はもちろん、多くの参加者であふれ扉は開放されていた。委員長から簡単な総括があるからだ。蕗子は自治会室の外で、くしゃくしゃになった白いシャツの皺を見ながら、苦しかったデモを思い出していた。すると、そこに畑中隆夫が階段を上ってくる姿を見た。

「あら、畑中さん、どうしたの？」

自治会室での総括集会の手前、蕗子が隆夫に近寄り、声を落として尋ねた。

「いや、解散地点で法学部の玉田(たまだ)さんが、文学部の一年生の女子、怪我してないかって心配していた。デモで潰されそうになったって。君のことかと思ったから来たんだ、本当か、大丈夫だった？」

「そうなの、ものすごい力で押されて、一瞬、肋骨が折れて死んでしまうかと思った。でももがいたら隊列の外に飛び出したんでよかったわ、苦しかったわよ。ああ、でもあのとき、危ないから外に出て、って言ってくれた人がいたわ、あの人が玉田さんかしら？」

「そうだろうな、今度会ったらお礼を言ったらいいよ」

「そうね、そうする」

「今日は、まだ帰れそうにないから今度ゆっくり会おう。君は早く帰って休んで。とにかく、最初のデモで、怪我がなくてよかったよ」

「心配してきてくれたの、ありがとう。そうね、今度ゆっくり会いましょう」

隆夫は六角校舎の階段を下りていった。踊り場で、顔を上げた彼が軽く右手を振ったので、蕗子も軽く手を振った。温かいものが身体を浸した。


「どうしてジグザグデモをするんですか?真っすぐなデモではいけないんですか?」

「僕たちのデモは真っすぐではない、大人しくもない。それはね、反体制なんだ。この社会へ、明確な反旗を翻していることを分からせるためだよ。だから、機動隊が出て規制をするし、真っすぐな大人しいデモであるかのように押さえつけてみせるだろ。権力の側が恐れていることは、反乱だ。ノーを突きつける必要があるときは、街頭に出て激しい抗議の行動が必要なんだ」

文学部自治会室での総括の最後に出た一年生からの質問に、笹岡紀彦が答えた。

「民青全学連のデモは決してジグザグしないよね」

鳩居がそれに合わせて口を開いた。

「彼らはこの社会に本当に満足してるのか?」

「弾圧を恐れているんだろ」

「弾圧を恐れずに闘おう」

と呉羽が声を出し、皆が異議なし、異議なしとなって簡単な総括は終わった。

デモの形態への質問は蕗子がしたのではない。全学連の激しいデモの洗礼を受けて、聞いてみたのだろう。答えの「反体制」という言葉を初めて耳にして納得しただろうか。自分は「反体制」を貫けるのか?納得出来たのかは分からない。大人しいデモでもよいのではないかと思う者もいたに違いない。

硬い板の盾に警棒、鍛えられた身体に紺色の制服、同色のヘルメット、編み上げの重い安全靴。完全防備をした機動隊が一斉に学生めがけて襲い掛かる様子は、恐ろしいと思わせて恐怖心からデモ参加を止めさせる効果もあるに違いない。一九六七年のデモ隊と機動隊の力関係は圧倒的に機動隊が優勢だった。機動隊に押し潰されても「反体制」を貫くのか。貫くには思想的な裏付けが求められて、ノン・ポリシーでは闘えないということがいえた。

このとき、蕗子には確たる思想といえるものはなかった。

七月がやってきて、学生たちには長い夏休みが与えられた。

蕗子は、休みの前半は、マル研の夏合宿に参加するための費用を、結局親に無心することはせず近くの喫茶店で短期のアルバイトを始めた。八月六日の「広島反戦集会」へも参加するつもりでいた。この費用は、数寄屋橋での「カンパ闘争」で粗方賄うことになっていた。何にでも闘争と付けるのは、ご愛敬だと許すことにしてほしい。彼らは大真面目でそう言っていたのだから。

隆夫と蕗子は随分と親しくなっていたから、昼食もごく普通に向かい合って食べた。当初は恥ずかしいという思いもあった。箸と茶碗で向き合って食べるのは、抵抗があったので、最初の食事は大学近くの私学会館のレストランにした。夏休みに入る直前だったが、ゆっくり話がしたかった。とにかく学生の懐にはやさしい値段で、本格的な洋風料理が出て来た。蕗子は箸の持ち方に微かに癖があって、むしろフォークとナイフのほうがよかった。

じつはこのレストランは初めてではなかった。鳩居と呉羽と、そうだ、学食より美味しくて安い私学会館に行こう、と誘い合ってハンバーグとオムライスとポークソテーを食べた。そのことは敢えて隆夫には言わなかった。

「箸の持ち方で、祖父にはきつく叱られたの、直したのだけど、どうしても中指の使い方が悪いって、言われる。お里が知れるって、だから気を付けているのよ」

「何、そのお里って」

「氏素性じゃないの？親と子は別人格でしょう、親がきちんとしていても子はだらしないってあるわよ」

「君がどんな箸の持ち方をしても、気にはならないよ、だってこぼさずに食べられてんでしょ」

「ふふ、そうね。ごめんなさい、つまらないこと言って」

「マル研と文学部の合同合宿行くの？伊豆の松崎、僕は行けないかもしれない、まだ考えてる」

「あなたが行けないのなら、ちょっと味気ないかな。でも私は行こうって思ってる。もっとちゃんと勉強したいから」

「武井健人（たけいけんじん）って知ってる？もしかしたら、大物が一日ぐらい講師でやって来るんだって」

「武井さんって、あの武井さん？」

「そう、あの武井さんだよ」

「すごい、俄然興味が湧いた！」

「君は興味が湧くってことだね、いいよね、素直に考えられて」

「あら、素直じゃいけないの？」

「いや、いいことだよ、この話はおしまい。広島の反戦集会は行くよ、君も行くよね、帰りに京都に寄ろうかな、高校の友だちが今京都にいるんだ」

「それはいいわね。この機会に行くといいわよ、ね」

一時間ほど掛け、ハンバーグのランチを食べコーヒーを飲み終わると、席を立った。支払いは割り勘にしたのはこの当時の当たり前の作法だった。午後の補講の授業もあって、外堀公園のすぐ下の通りを並んで歩きながら、隆夫が言った。

「京都に一緒に行こうか？」

「えっ、京都？あなたと」

「何だ、僕と行きたくないの？」

「ううん、そんなことないわよ、でも突然だから。お友達に会いに行くのでしょ」

「そうだよ、紹介してもいいよ」

「分かったわ、途中下車ね、うまくその日のうちに帰れるのかしら」

「それは、難しい問題だね。特急は高いしね、広島を何時に出るかもまだ分からないから」

この話も、結論は出ずに終わった。七月の初めの頃には、互いの住所も電話番号も交換していたので、大事なことは電話で話すこととお互い了解していた。蕗子も電話が架かってくるときは何かしら予感がして、心待ちにするようになった。

マル研の夏合宿

マル研の夏合宿が文学部との合同になったのは、柴田の提案だったようだ。

経済学部の自治会室は図書館棟の入り口を入ってすぐ左側にあり、かなり広い部分を使っていた。じつはこの部屋は、全学連再発足時の六六年から共同で書記局が使用していた。すなわち、三派全学連の書記局ということは全学連中央執行委員会の役員が使用していることになる。「全学連書記局」と書かれた小さな看板も掲げられていたが、ただし、もっぱら使用していたのは革共同中核派に属する役員であった。秋山勝行委員長、室谷忠彦中央執行委員、青山正史副委員長、谷川寛幸書記局長などが常駐していた。この書記局はあくまで三派の公の会合や打ち合わせに使われて、三派ともほかに独自の事務所があったことはいうまでもない。各会派の利益や戦略・戦術に関わることは別の場所で行なわれて、この部屋では最終的な合意の確認のみであった。

キャンパス内に書記局があったため、文学部の自治会室にも顔を出す中執もいた。マル研の部室は図書館棟の隣だったので、柴田は室谷忠彦に合宿に来てもらえないかと依頼をしたのだ。話が進んで、それでは、僕ではなく武井さんに、お願いしてみようか、となった。ちょうど武井もスケジュールが空いていて、講師よりも客分（ゲスト）なら喜んで行きますよ、と話が付いた。せっかく武井さんが来てくれるなら、文学部も一緒に合同でいかがですか、となった。

笹岡はこの機会に鳩居や呉羽のみならず、鈴木や田代哲也（たしろてつや）、三年生の太田洋平（おおたようへい）、三木葉子（みきようこ）、二年生の榑林康子（くればやしやすこ）などにも話を聞かせたいと思い、合同案に同意した。

文学部の合宿場所は、ここ数年、伊豆半島の松崎にある古い寺だった。七月中旬から五日間、現地集合なのだがだいたいが数人固まって、結局、蕗子は鳩居や呉羽と待ち合わせて東海道線の列車に乗った。隆夫はやはり不参加だった。今回は行かない、と電話があったのは、一週間ほど前だった。理由は曖昧なまま明かさないのだが、気が進まないというのが本心のようだった。沼津から船で土肥まで行き、そこからバスでしばらく揺られようやく松崎海岸に着いた。山裾に古くからある寺で、着物に割烹着姿の大黒が用意して待つ合宿所に着いた。

武井健人とは、革共同全国委員会の書記長本多延嘉（ほんだのぶよし）のペンネームである。新左翼の理論的支柱であり、組織の頂点に立つ人物だ。その当時は本名ではなく、ペンネームで呼ぶことの方が多かった。

夏の日の夕刻、白いワイシャツに黒ズボン、手には黒カバンを下げてやって来た。「武井です」と挨拶をした人物は、ふっくらとした丸顔の、実に特異さのない人物で、まったくもって威圧感のない男性だった。あまりの「ただの人」ぶりに、この人はこのように装っているのだろうか、と蕗子は思った。

しかし、人々が畏怖し尊敬に値する人物だということは、ものの一時間もすると分かった。勉強会が始まって、武井はやや離れた場所に胡坐をかいて座ると、はたはたと団扇を使いながら、熱心に討議に耳を傾け片言も聞き逃すまいといった様子でいる。その様子には嘘がなくて、きっとこの人はいつもこのように熱心なのだ、おそらく発せられるすべての言語に対して脳細胞が働き、意味を追っているのだろうと思えた。

いってみれば、大学の同好会と自治会に集う若者の勉強会であって、高名な学者や評論家の集まりではない。理論的には未熟で人格も未完成なものたちだ。好き勝手に自説を述べているに過ぎない。この場で何か、核心を突くことを述べたところで、彼の功名心が疼くはずはない。

ところで、この一九六七年という年は、ロシア革命からちょうど五十年であった。レーニン率いるボルシェビキが、一九〇五年の「血の日曜日」事件によって始まった第一革命を経て、その過激さゆえに弾圧され亡命を余儀なくされてもその十二年後、遅れた資本主義国家のロシアに革命を起こした。この五十年に寄せて柴田磐根は、秋の学園祭に「ロシア革命五十年」というテーマで、シンポジウムを行おうと企画していた。

いうまでもなく、ロシア革命とは、世界史にとっても特筆すべきことで、史上初めて「社会主義国家」が樹立されたのである。なぜ社会主義革命となったのかは、多くの歴史的な検証がなされているが、当時の学生にとっても、最大の興味は専制的なロマノフ朝が君臨する「遅れた資本主義国」であったロシアになぜブルジュワ革命ではなく、社会主義革命が起きたのか、ということに尽きた。

「一九一七年の二月、国際婦人デーの際、女性労働者のデモのスローガンになったのは、『パン・土地・平和』ですよね、『パン』は食糧不足への怒り、『平和』は戦争に反対する意志、『土地』って、小作農や農奴が土地の所有を求めるブルジュワ革命のスローガンでしょ」

「そのときは、まだニコライ二世が権力者だった。デモの鎮圧に兵士たちを差し向けたら、戦争を嫌がる兵士が寝返って労働者たちの反乱に加わってしまった」

「この二月の反乱で労働者や兵士が作ったのがペトログラード・ソビエトです。しかし、日和見主義の社会民主党のメンシェビキがその議長の席を握って、一月に出来ていた民主化を要求する自由主義者たちの臨時政府と妥協し二重権力として誕生させたわけだ。これが二月革命だよね」

「二月革命は、ブルジュワ革命なんですか」

「まあ、そういえるのかな、この政変でニコライも去って、跡を継ぐ者がいないロマノフ王朝は崩壊したのだから。メンシェビキは、当時のロシアの状況から当面する革命はブルジュワ革命だと言っていた」

「権力はブルジュワジーが握っていたのですか」

「そう、臨時政府はそうだね、それをメンシェビキが認めた」

「それが、なぜその後の十月革命になって、一気に社会主義革命になったのだろうか」

「それはやはり、戦争だよね、農民や労働者は、苦しい生活のうえに兵士として戦場に送られる。家族は路頭に迷う。第一次世界大戦に対して各党派や政権がどう向き合ったのか。政府の戦争継続を支持するか、しないかだよ、この後も労働者や大衆は、戦争に反対して結構激しく街頭で戦うんだ」

「社会が混乱する中、何といっても、かっこいいのは亡命先のスイスから『封印列車』で帰国したレーニンでしょう」

「でも、列車を用意したのはドイツ政府ですよ」

「そう、そこがあやだよね。ドイツはロシアにレーニンを差し向けた。戦争継続を激しく批判していたレーニンを。ロシアに戦線離脱させたのだから」

「だからドイツのスパイ説があるんですね」

「でも、激烈なテーゼなんだ、レーニンのスパイ説なんて吹っ飛ぶね」

「テーゼってどのようなものなんですか」

「レーニンがロシアに帰国する前に、ボルシェビキの古参のカーメネフとスターリンが流刑地から逃亡して帰還するのだが、なんと臨時政府の戦争継続を支持するんだ。条件闘争だよ。『臨時政府が旧体制と闘う限り革命的プロレタリアートは断固支持する』『戦場で敵と対峙していると き武器を捨てよ、家に帰ろうというのは馬鹿げている』という声明を出すんだ」

「それって、もっともいけない妥協の声明ですね、兵士は戦争をしたくないって言っているのに、ナショナリズムをあおって」

「そう、だから、レーニンはここで政策転換を訴えて『革命におけるプロレタリアートの任務について』という四月テーゼを出した。一つは、臨時政府をブルジュワ政府とみなし今後一切支持はしない。二は『祖国防衛』を拒否する。三はソビエトへ全権力を移行する、要するに臨時政府の打倒だ。この三点が重要だよ」

「そうか、ここからブルジュワ革命から転換していくのか」

「もっともこの後、激しい弾圧にあってカーメネフやトロツキーは逮捕され、レーニンも地下に潜ったりしたよ、何しろ一九〇五年から続く長い弾圧と、それに武力を持ってでも抵抗し革命勢力を維持していった戦いだから」

「聞いていて思ったのですが、もっとも重要なことは、長い苦しい戦いを指導する前衛党の存在なのですね…」蕗子は思わず口にした。

「そうです、前衛党が間違った政策・方針を出してはいけない、ということです」と、武井が言葉をつないだ。

「気付かないで間違えるのはまだ許されるのですが、あえて間違った道を提示するのは犯罪的です」

武井がさらに続けた。

「まあ、しかし人間のやることですから、間違いだらけかもしれませんし、日和見主義という主義もあるんでね」と笑ったから、その場にいた一同がどっと笑って、今夜の勉強会は終了となった。


結果として、レーニンの指導するボルシェビキが、最後まで革命へと続く道を人々に間違えずに指し示したのだと、いえなくもない。だが、忘れてならないのは権力を奪取した後の革命政府は、恐ろしく長く続く「反革命」勢力との内戦を戦っていることだ。それは血で血を洗う権力闘争でもあって、やがて意見の違う諸勢力を徹底的に武力で潰すことになった。そしてボルシェビキ一党のみが存在する独裁政権になっていく。それは、労働者・農民が主体的に参加するソビエト評議会を、ただの形式に貶め無力なものとすることになった。

しかも、工業労働者は全人口の僅か二%という遅れた資本主義のロシアに、その後何が起きたのか。マルクスは進んだ資本主義こそ、革命を用意すると考えていた。進歩主義のように、進化した社会は進化した資本主義から生まれると。生産力が十分に発達し、多くの工場労働者がそこに存在して初めて、労働や生産をコントロール出来る次の社会はやって来ると。

なぜなら、物質的な豊かさが社会の基盤にあってこそ人々が幸福を追求出来るのだから。

翌日も朝から快晴で、自由行動の日となると、ほとんどの者が海岸に出掛けた。寺の大黒に握り飯と塩漬けの胡瓜を包んでもらい、籠に入れ鳩居が提げて歩いた。呉羽が茣蓙（ござ）を丸めて肩に担いだ。二十分ほど歩くと、地元の子供たちが遊ぶだけで、平日ということもあって人のいない海岸に着くのだった。

泳ぐことが不得意な蕗子も水遊びと決めて、一緒に出掛けた。翌朝には帰るものだと思われた武井も同行することになった。午前の早い帰京ではなくて最初から水着も用意した午後の帰京だった。彼は海岸の魅力に負けて、半日遅らせたのだ。

遠泳が得意な呉羽は、頭が小さく見えるほど遠くに行っている。鳩居はそこまで泳ぐ気はなくてせいぜい足の着く海水の中だ。蕗子はスラックスの裾を上げて、波の寄せる海辺にいる。すぐ近くに、榑林康子の膨らみのある均整の取れた身体に張り付く、紺色の水着があった。笹岡や鈴木やほかの者たちもそれぞれ泳いでは楽しんで海を満喫していた。

武井はと見ると、顔を上向きに水から出し、ゆっくりと水中で手足を動かし、背泳ぎとはいえない泳法で泳いでいた。

やがて砂浜に上がってそれぞれ固まって、握り飯を頬張った。蕗子は少し離れた場所で海を見ながら食べた。すると、武井が隣に座った。

「海は楽しいですね、飯もうまいし、こういう時間もあっての合宿だね」

「はい、そうですね、泳げないのが残念です。みんな楽しそう」

「あなたは今年入学ですか、柴田さんを訪ねてきたって聞きました。しかしマル研に入ろうと思う女子はあまりいない」

「はい、分からないことがいっぱいあるなと思って。高校ではマルクスは習いませんよね」

「そう、たしかに高校では習わないね。大学で学ぶことは出来るかもしれないね」

「でも、一つ理由らしいことがあるんです。父の書棚に『資本論研究』って本があったことです。父は今でこそ管理職で労働組合にはまったく関係がないんですが、戦後の若いころ、こんな本を読んでいたときがあったんだなって」

「そうです、戦後には労働運動が盛んになりましたね。大きなストライキが予定されていて、『四十万ゼネスト』っていわれましたが、GHQの中止命令で潰されました。その『資本論研究』は向坂逸郎が書いたものでしょ。彼は熱心に、炭鉱の労働者達にも『資本論』の読み方を教えていましたからね。あの当時、前衛党があってもそれはまったく機能しなかった」

「日本共産党ですね、思想犯を牢獄から解放してくれたGHQには抵抗出来ないですからね」

「私自身も思うときがあります。自分があの当時四十万人のための指導者だったらどうしただろうかと。中止命令を蹴ってゼネストに突入したとして、私はおそらく逮捕され投獄されて長い間拘束されたでしょう。投獄は怖くはないですが、ゼネストは、参加した労働者はその後どうなっただろうか、と」

「ひどい弾圧にあって組合運動は潰されるのではないでしょうか」

「そうですね、だから負けられないんですよ、敵は強大な力ですから、負けてもいいときはありますよ、今は負けてもいい、闘うんだってときもあります。しかし、最後には勝たないと労働者に責任が果たせない」

「……」

「ああ、難しい話になってしまったね」

武井との話は、最後に、しかし、一粒の麦ではないですが、あのときの四十万人が今社会の中で生きているってことですから、今の日本の経営者達がいくらか良心的で団体交渉にも真面目に出てくるのはね、あのときの遺産、という言葉で終わった。

武井が帰って行き、翌日からさらに二日間勉強会は続いて、ほぼ全員が日に焼けた顔で帰京した。

伊豆から帰って、蕗子は隆夫に会いたいと思ったのだが、隆夫はいろいろと理由を付けて会うことはなかった。しかし、折にふれ電話が架かってきたから、互いの様子や気持ちは分かりあえていた。

盛夏の広島

盛夏になった。

蕗子にとって広島は初めて訪れる都市だった。全学連全体では動かず、各地方から八月六日の前日までに各大学ごとに列車で広島市に到着する。隆夫は田根村率いる経済学部自治会、蕗子は笹岡の文学部での行動だったから、広島大学キャンパスに移動する際は離れていたが、時に隆夫と目が合ったりすれば微笑んだ。一緒に京都に行こう、という約束もあったから、どこか蕗子は浮ついていて、鳩居は薄々二人の間柄を感じてもいた。「冬華、真面目にやれよ」と毒突いてみたりするのは、仲の良い三人組から大切な一人が欠けてしまうのではと、不安があったのだ。

夕刻に近かったが、自由になる時間が出来た。蕗子は鳩居と呉羽に声を掛け、原爆資料館を訪ねようと提案した。

「うん、行こうか、呉羽も行くだろ」

「いいよ、せっかく広島に来たんだから、行こう」

「とにかく行きたかったの、原爆資料館。一度見ておきたくて」

と、三人揃って歩き出した。背中にはナップザックを背負い、足元はバスケットシューズ、ハイキングシューズなどの旅装だった。広島大学の校門を出ると平和記念公園を目指した。元安川の方向へ、少し行くと市電が走っていた。市役所の前から市電に乗り車掌に聞くと袋町で降りて歩くことを勧められた。

その建物は、平和記念公園の中にあった。戦後近代建築の名作といわれ、丹下健三が設計を手掛けた。その原爆資料館から直線的に目を移すとそこには原爆ドームが遠景として捉えられた。蕗子の内に、一瞬息をのむほどの緊張感が走った。次の瞬間、言葉が出た。

「見て、原爆ドームよ…」

二人もじっとその方角を見て、無言だった。

丹下設計の長方形のコンクリートの建物は、幾本もの太いピロティ柱が全体を支えるように整然と並んでいて、長方形を持ち上げ、一階部分は柱のみの空間になっていた。公園の敷地がそのままつながり広がっていた。入り口に連なる階段を上り展示室を目指す。

三人並んでいたが、巡っていくうちにバラバラになった。照明は展示物を守るためだと思われるが暗かったので、蕗子は身を乗り出して見た。被爆した衣服や所持品は、当然のように崩れ落ちんばかりに傷んで、黒く焦げている。墨のように炭化した黒い米が弁当箱に詰まったままになっていた。眼鏡や衣服の持ち主は、今はおそらくこの世にはいない。その事実はいうまでもなく見る者を慄然とさせた。残された所持品の数々が悲劇を語る。

焼けた小さな三輪車はそこに乗っていた子の姿をとどめない。一瞬のうちに亡くなった命は無数にあって、閃光によって石の階段に焼き付けられた人の影ほど、その痛ましい現実を突きつけるものはない。当時の市内を復元するジオラマに、落とされた原子爆弾の威力を示す、その被害が投影されていた。フィルムに残された多くの人々には、今なお健康被害に苦しむ姿を思わずにはいられない。横たわる女性のケロイドや子供の皮膚や髪の様子には、思わず目を伏せた。

一瞬で市内中心部を瓦礫と化した原爆の凄まじい破壊力は、ここに写されていない人々の上にこそあったのだ。数千度にも上る灼熱によってこの世には姿形さえ残らなかった人々もいる。皮膚が焼けただれ苦しんで死んでいった人々の数も知れない。

戦争は、ことに核戦争は誰の上にも勝利をもたらさない。この悲惨さを伝える義務が、被爆国日本には明確にあるだろう、戦争をさせないことこそ、我らが使命ではないかと蕗子は思っていた。出口近くで、鳩居と呉羽を見つけ、歩み寄った。

口数も少なくなったのは、夕闇が辺りを包むように彼らに忍び寄ったからではない。戦争の悲劇の様相こそ身に染みた。元来た道をたどり、広大に戻った。三人は学食で簡単な夕飯を済ませた。広大構内の大教室を使った中核派の全体集会ののち、寝所となったのは、掛けるものさえない教室の机や並べた椅子の上や、廊下に敷いたシートの上だった。昼の暑さが残るキャンパスではさして気にもならない。上着を羽織ってそのまま眠りに就いた。

八月六日の広島は、朝から祈りの静けさに包まれ荘厳な空気が支配する。

広島大学キャンパスで十時から開かれた反戦集会は、ベトナム戦争に加担する日本政府への抗議や、核廃絶の訴えで、互いに激しい野次もなく三派の型どおりに終わった。その後、市内を全学連の横断幕を先頭に、デモの隊列が進んでいく。激しい衝突もない。警察官は並んでいるが機動隊の姿はなく、平和裏に終始した。

この日の市民の感情を思えば当然の、静かなデモの形になった。反戦・反核兵器の声をシュプレヒコールで届ける。途中駆け足で進むときもあったが、デモの先導者がうまく制して歩いては走りを繰り返す。デモは広大を出て、広大に戻ってくるコースだったから、午後二時にはすべてが終了した。

広島駅から東京に向かう急行列車に乗車する間際、ホームで蕗子と隆夫は手短に会話を交わした。

「大丈夫、笹岡さんには用事があるので、京都で途中下車させてもらいたいと伝えたわ、一応了解してもらったから」

「分かった、こっちは簡単なんだ。京都で降りますって、田根村さんには言ってある。ホームに降りたらすぐ階段を下りるんだ」

「ええ、分かったわ、何だか悪いことしてるみたいで、気が引ける」

「悪いことじゃないよ、用事があって途中下車するだけだよ。いいね、じゃあ」

と確認してすっと離れた。

乗車しても席には座らず、ドア付近にいることにした。じつは、呉羽には京都で降りると伝えてあった。用事があって人に会いに行くの、とだけ伝えた。呉羽は、分かった、とだけ答えた。蕗子の顔がいつもと違って険しく、余計なことは聞かないほうがよさそうだと彼は思った。呉羽は性格がやさしく常に穏やかで、蕗子と鳩居が些細なことでもめれば調整役を果たすのが彼の役割だった。

「あっ、ずるいぞ、冬華、何で答えないんだよ。笑ってごまかすな」

「…どうしてそんなこと聞くの…自分で考えたら」

二人のもめごとというのは、蕗子にはすっと納得のいくことでも、鳩居には納得出来ない、という類のことだった。

「まあ、そうもめるな。冬華は革命的なんだな。鳩居は日和見」と言ってその場を収めるのは呉羽だった。そんな冗談のような一言は、おそらく当たらずといえども遠からず、なのだろう。蕗子も鳩居も、呉羽には兄のような親しさを覚えていた。

隆夫と蕗子は京都駅の東海道線のホームを下りて、奈良線のホームに向かった。蕗子が、やや饒舌に昨日見た原爆資料館の話をしたのは、沈黙のほうが気まずいからだ。隆夫は聞くともいえない様子でただ、うん、うんと相槌を打っている。

隆夫の高校時代の友人は同志社だったから、東福寺から市電に乗り換えて出町柳まで行くつもりだった。気が気でない様子は隣にいる蕗子にまで伝わってくる。はがきの住所を頼りに尋ね当てた下宿には、友人は不在だった。大家に聞くと、数日前に東京に帰ったと言われた。

「いいじゃないの、だって夏休みだもの、東京に帰るのは不思議ではないわ。七日まで京都にいてくれって、頼んだわけでもないのでしょ」

「うん、電話しておけばよかったよ、ごめん、足止めするのを忘れてた。何だか頭の中がいっぱいだった」

「私も、とにかく京都で降りなくてはと思ってたから、最初の目的を忘れていた」と笑うと、隆夫はほっとしたように、そうだね、と応じた。蕗子の寛容さは魅力の最たるものだった。しかし、すでに夕刻になっていたから、次の方針が必要だった。

「どうしようか、もう六時を過ぎている、引き返して夕ご飯でも食べてから考えるか」

「そうね、でもまだ明るいわ。この近くに観光出来るお寺はないかしら」

「門が閉まっていると思う」

「祇園とか八坂神社はどうかしら、門はないわ」

思わず、意に反して引き留める言葉が口を突いて出てきた。早く戻らなくては泊まる場所にも困ってしまわないか、と本来は思っていた。

「そうしようか、せっかく降りたんだし、そのあたりを歩いてみようか」

隆夫も同じ気持ちだったのだろう。先のことはその先で考えようと。出町柳から再び市電に乗って祇園四条で降りた。八坂神社に通じる道はそろそろ人の波が引いて人影もまばらになってきた。二人とも顔を見合わせて、八坂神社の前を軽く頭を下げて、参拝せず通り過ぎたのは、神道とはやはり相容れないというぐらいの思いだったか。

「ね、祇園が近いでしょ、何を思うか。私は与謝野晶子の『清水へ祇園をよぎる桜月夜今宵会う人みなうつくしき』だわ」

「おっ、日本文学科だね、僕は祇園といえば舞妓さんかな、そういえばさっき見たね」

「私ね、長い間解釈が分からなくて、祇園をよぎるのは『私』ではなくて『桜月夜』の『月』だと解釈していて、月が天空を弧を描いてよぎっていく、というイメージだったの、だからその月明かりで桜の下の人々がみなうつくしく見える、という解釈。悪くないと思わない？」

「ううん、そうだね。悪くないよ」

東大通りを歩いて二年坂から産寧坂へと通じ、清水寺に通じる道を行く頃にはすっかり暗くなってきていた。お腹がすいてないか、と聞かれて、そうね、この近くのお店で食べましょうか、とおばんざいと漬物と汁の簡単な食事を済ませた。

「どうする、今夜は…」と、箸を置くと、隆夫は尋ねた。

「夜汽車で帰るより、どこか泊まれるところはないかしら」

「うん、それもいいよ」

「探してみましょうか」

店の者に事情を話して聞いたところ、思いのほか簡単に、この先の道を入ったところに宿があると教えてくれた。高い料金は払えないというと、いや、高くはない、と応える。蕗子はいくらか用意があった。貯めてあった貯金の一部をおろして持っていた。なぜか、こんなふうになるのではないかと、思っていた。隆夫が支払いに困ったら、当然出すつもりでいた。

「そういえば、お風呂に入ってないわね、昨日も」

「ああ、そういえばそうだよ、汗臭いかな、僕ら」

「ふっ、ふっ、きっとそうよ、いやね。お風呂に入れるだけでもよかったわ」

と互いの風体を見て笑った。白かったはずのシャツも薄汚れ、ジーンズは型崩れをして、背負ったナップザックも汚れていた。


宿は簡易宿泊所のような飾ったところのない殺風景な宿だったが、玄関は大きく取ってあった。ちょうどシーズンオフのためか部屋は空いていた。二人一部屋でよいのか、と女主人に聞かれ、そうです、と隆夫が答えた。こういう客には慣れているのか、じろじろと見ることもない。隆夫がポケットから財布を出し代金を支払うと、あっけないほど簡単に宿が決まったのだった。夕食はいらないが、朝食は用意してください、と隆夫が言った。

風呂場は共同だったが、すでに入浴する人もなく小ぎれいに清掃されて、脱衣所の鏡の前には小さな壺に一輪の夕顔が活けてあった。汗をかいた身体を石鹸で洗い、たっぷりとある黒い髪もごしごしと洗った。湯船に浸かると、今日一日の疲れが溶け出すかのように心地良かった。ゆったりと手足を伸ばすともうこのまま眠りに就きそうになった。

髪を乾かしたのでずいぶんと時間がたってしまった。持参した替えの下着に宿の浴衣を着て部屋に戻れば、とうに隆夫は所在なげにテレビを見ていた。留守の間に、仲居が布団を敷いていったのだが、ぴたりと並べてあった。初めて、どうしよう、と狼狽えた。隆夫も同様な感情と羞恥といくらかの期待が交錯していた。

蕗子は、同じ部屋で眠るということの深遠な意味を、緻密には理解していなかった気のゆるみを恥じた。そう、こういうことだった、と思うのだが、一方でこの状態をごく自然に受け入れている自分もいる。隆夫の隣にすっと腰を落とした。

「疲れたわね、考えたら集会もデモも今日のことよね、歩いたし足も痛いわ」

「疲れたよ、でも僕は楽しかったよ…寝ようか…」と呟くように言うとテレビを消し部屋の明かりも落とした。街中なので部屋はほんのりと明るい。

蕗子は頷くと、眼鏡をはずし卓のうえに置いた隆夫が、夏掛けを持ち上げ布団によこたわるのを見てから、さっと滑り込んだ。隆夫はそのまま動きもしないでいるので、彼女は、隆夫さん、と小さく声を掛けた。うん、何、と小さく答える。

「お友だちがいたら、きっと狭い部屋で雑魚寝だったかな」

「そうだろうな…電話しないほうがよかったってことだよ」

と言うと、急に身体を向けて手を伸ばすと蕗子を抱き寄せた。何て急に、と彼女は思うのだが、隆夫はそのまま唇を寄せてきた。慣れていないせいか鼻と鼻が当たってうまく重ならない。彼女が顔を少し斜めにすると重なった。彼が少し身体を離して
「何もしないよ…」

「どうして…」

「さっきそう思ったから。君はしてほしい…?」

「…じゃ、つぎに…ね」

「うん、こんなことが、またあれば…ね」

蕗子は少し落胆したのだが、一足飛びに男女の深い関係にならずによかったのだと思うことにした。君はしてほしい、と聞かれたことに隆夫の情愛を感じた。だが、してほしい、と応えたら本当にそうしたのだろうかと疑問も残った。責任を取ることを避けたのではないか。

抱き合って寝るのは窮屈なので、離れてしばらくするとどちらも、一日の疲れから寝息を立てていた。


翌朝、早い時間に目覚めた。ふと、隣を見るとそこには隆夫がいた。掛布団は剥いで片足が見えていた。昨夜のことが思い出された。まだ薄暗いのだが、隆夫の顔を覗き込んだ。するとふっと隆夫も目を開け、じっと見つめると、きれいだね、と言う。やだ、寝起きの顔よ、と応え慌てて身体を起こした。その手を掴むと力を込めて引くので、身体ごと隆夫の上に乗り上げた。隆夫はきつく抱きしめると、君のからだ見せて、と囁く。蕗子は黙って頷くと、身体を起こし背を見

せて、下着を脱ぎ捨て浴衣も肩から落とし、振り返るとゆっくり立ち上がった。恥じらいは当然あったが、何をしてもよいのだというつもりだった。卓上の眼鏡をかけ、改めて朝の光を浴びた蕗子を見た隆夫はただ、きれいだ、本当にきれいだ、という溜息の混じった小さな声を発するだけだった。そして、立ち上がり彼女を抱きしめた。ごめん、と言いながら。いいのよ、と彼女は応え下着を拾い上げ身に着けた。

日が昇り周囲がすっかり明るくなってから、運ばれてきた朝食を向かい合って食べる。

「箸の持ち方、少しもおかしくないよ…」と学士会館での会話を思い出した隆夫が言う。焼き魚と卵焼き、漬物に海苔、ご飯に味噌汁の宿屋の朝の食事だ。すっかり綺麗に食べて下げてもらう。

「さあ、今日はどうする。まず、京都駅に行こう。切符を手に入れてから時間があればどこかで時間を潰すかだね、東寺にでも行けるかな」

「そうね、そうしましょう、それなら早めに出ようか、夕方には東京だわ」

お世話になりました、と宿の者に挨拶をして清水五条駅を目指して歩く。二人とも穏やかな顔で並んで歩いた。途中人気のないところでは手をつないだ。

蕗子にとって、長い夏は刺激に満ちていた。初めての経験も秘密も、そのすべてを包み込んで夏も終わろうとしていた。広島から帰ると、鳩居も呉羽も帰郷していた。アルバイトをしていた隆夫は、休みのときは自宅から長い電話を架けてきた。新宿のジャズ喫茶で会うこともあった。

そんな折、隆夫の兄は、六〇年安保を全学連で闘ったが今は会社員だと聞かされたことがある。隆夫とのデートの別れ際には、さっと唇を合わすこともあった。見聞きすることのすべてが新鮮だったが、何か最後の一ピースが欠けている気がした。その一つがないためにジグソーパズルは完成しない。

隆夫との関係は、初恋といえばそうだったが、熱情に煽られて焦がれるほどとはいえない。父廉太郎は蕗子が学生運動に興味をもってその活動の一部に参加していることは知っていたが、義父欣吾の手前、家の中でこの件で会話をすることはなかった。

志津代にとって蕗子は少しの心配事であったが、弟の英之の健康の心配ほどではなかった。幼少のころの英之は食も細く、食べては吐き出すといった虚弱な体質で、朝起きるとぐっしょりと寝汗をかいては、すっかり下着を替えなくてはならなかった。風邪の季節には高熱を出すこともあって、そのたびに志津代は英之を抱えて医者に駆け込んでいた。蕗子は一人留守番をしながら食卓に置いてあるおやつを食べて帰りを待った。祖母のしなが相手をしてくれるあやとりやお手玉などをして、紛らわすことがあった。

その英之も小学校の高学年へとなるにつれて、細かった身体に幅が出来、虚弱な体質も克服されたのか、見違えるほど元気な子供になった。中学では運動も学業も成績が良く親を喜ばせる少年になった。学区で一番の進学校に進み部活の剣道にも熱心に取り組んでいた。

家の中は何事もなく、蕗子の贅沢な悩みなど誰にも気付かれずに夏も終わりになった。

学費値上げ反対闘争

九月になると、学内は騒然としてきた。七月頭には学費の値上げ案が自治会側に通告されているが、当然、反対を表明する自治会側とは平行線をたどるようになった。キャンパスのあちらこちらで集会が開かれ校内のそこかしこに立て看板が立ち並ぶ。大学側は次の年の三月から値上げを実施したいとの意向だから、急いで決定したいと思うのだが、学生側は値上げそのものを認めない。

　このころから、自治会には全学連の中執である室谷忠彦が頻繁に顔を出すようになった。経済学部の自治会室からまるで引越しをして来たようだった。室谷さん、と呼ばれるより室谷の一字をとって、室（むろ）さん、と呼ばれていた。書記局長の谷川寛幸は、谷寛（たにかん）と愛情を込めて呼ばれた。早稲田は革マル派、明治・中央はブント、法政は中核と、衆目一致の拠点校だったから学費値上げ反対闘争は敗北や妥協が許されないということだったろう。中執がテコ入れにやって来た。谷川はある目的もあって文学部に来ていた。書記局長の仕事を助けてくれる有能な局員が必要だった。まだ一年生だが文学部に洞察力のある将来有望な女子学生がいる、二年生になったら局員に登用したらどうかと上層部から言われていた。そのつもりで育ててみたらどうかとも。たしかにいるな、と谷川は、蕗子を見ていた。

まだ十分暑い九月中旬、かねて学生側から申入れをしていたのだが、大学側から全学自治会側に説明会の申し出があった。場所は五十五年館の551番大教室である。一般の学生も説明会の聴衆として参加してよいとの配慮だった。自由な開かれた大学を標榜しているので理事会および大学当局も腹をくくり交渉によって局面を打開したいと考えた。

説明会の当日、昼過ぎから始まった交渉はまったく進捗せず延々と時間ばかりが過ぎていった。自治会委員は無論のこと、自治会室に出入りする活動家や学生は、ほぼ全員に待機命令が出ていた。交代で交渉に出席することも求められた。蕗子もその日は、遅くなると、志津代に伝えシャツにジーンズというデモにでも参加するかのいで立ちで登校した。

初めは多くの学生も参加し、大学側の説明に「ナンセンス」「撤回しろ」と声を上げていたが、時間が経過しても何らの進展も見られない。同じ説明を繰り返すだけの交渉は、夕刻ともなれば、階段状の大教室も上段の席から空席になっていった。

午後六時になると、大学側が、もう交渉は終了する、打ち切るほかない、学生側が反対しても値上げに踏み切る、と言った。席を立とうとする総長を学生が取り囲み、大学職員がそうはさせないとばかり、学生達に掴みかかる。入り乱れる状況の中で、総長が学生側に「拉致」された。

蕗子は人垣の中で総長が両腕を掴まれ、引きずられるようにして大教室から出され、そのまま二階に連れ去られる姿を出入り口近くで見た。「今日は終わりだ、終わりだ」と言いながらざわざわと大教室から人々が出ていった。いったん自治会室に戻って状況の変化を確認し、次の行動に従おう、おそらく総長との直談判になるのだろうと思っていた。

自治会役員や活動家の三十人ほどの学生は、総長を取り囲み両腕を掴んだまま総長室に連れ込んだ。総長室はさほど広くはない。二階なのだが、下はピロティ空間になっていた。太い四本の柱で支え空間に総長室が張り出している形だ。大きな机に椅子、応接セット、書棚などが三十平米程度の長方形の部屋に収まっていた。学生三、四十人ほどで一杯になった。総長室に閉じ込めるつもりで、総長室に通じる廊下に集まるように指示が出た。伝令の係が六角校舎の階段を駆け上ってきて、待機していた鳩居や呉羽にも動員がかかった。鳩居は蕗子にも声を掛けた。

「総長室の廊下に集合するんだ、一人でも多いほうがいいんだって。大学側も職員を動員して総長を返せ、って廊下で怒鳴りあっているらしい、冬華も来いよ」

「分かった、何だかすごい状況になってきたわね」

「そうなんだ、収拾が付かなくなってるようだ、ほかの大学の学生も応援に来ているよ」

「たしかに、うちの学生だけじゃないわね」

と呉羽と言葉を交わし、とにかく行こう、行こう、と蕗子も階段を足早に下りた。三人は駆け足でキャンパスを斜めに横切り、総長室のある五十五年館二階を目指した。総長室前の廊下には百人を超える学生が集まってきた。それだけで動きが取れない。廊下からエレベーターホールまで人がいた。見ると隆夫の顔もあった。総長室の内部には鈴木や田根村、玉田、太田がいた。三木葉子や榑林康子も廊下に参集していた。

中から一人が出て来て様子を報告する。総長はすっかり疲労困憊の態で、とにかく大学職員に合わせてほしいと言っているが、外から電話が入って、水と食事を差し入れすることは許した、などと細かい報告もあった。総長室の秘書が、水とサンドイッチをもって恐る恐るやって来たが、中には入れず廊下で学生に手渡して逃げるように戻っていった。

「そういえば私たちもお腹が空いたわね」と呉羽に小声で伝える。

「うん、いつまでやるんだろうな、このまま膠着状態ってのはあまり展望がないよな」

鳩居は、パンでも買って来るか、と言うが、まあ、待てよ、と呉羽が指示を待とうと言った。総長室の中では、値上げは絶対に阻止する構えなので、少なくとも次回の団交には新しい提案を出すと約束させなくてはならない。そうでなければこの包囲網を解くわけにはいかない。しかし、大学側も安易にここで約束するわけにはいかない、どちらも妥協するつもりはないので、膠着せざるをえなかった。

総長はトイレに行くにも数人の監視が付いていった。廊下は学生が占拠する形になっていたから職員は近付けない。総長には電話が何度か入った。電話の内容を学生側は聞こうとして耳を極端に近付け盗聴する。総長はとにかくこの状態から逃げ出したいと思うので、何とか妥協策を見出してほしいと言うのだが、理事会が一切の妥協はしないと突き放しているようだった。

しばし、時間を与えるので、次回団交を検討してほしいと学生側から理事会に伝え、その間は一時休戦状態となって、みな簡単な食事をしてよいという指示が伝わってきた。ただし、廊下は占拠を続けるということで、買い出し部隊が購買に出掛け山ほどの食料を買って来た。紙パックの牛乳やパンを、手際良く配るのはだいたい文学部や社会学部の女子だった。蕗子は人と人の間をぬうようにして隆夫に近寄り、パンと牛乳を手渡した。隆夫はありがとう、と、食べ物を受け取り、今夜は長くなりそうだね、とも言った。そうね、お尻が痛くなるわ、と彼女も笑顔で返した。

突然、総長室の壁が凄まじい物音とともに破られたのは、深夜十二時を回ったころだった。突き破って機動隊が突入した。その場にいた誰もが目を疑う光景だった。一番驚愕したのは総長だった。総長はただちに機動隊によって確保されたのだが、椅子から立ち上がることも出来ず、抱え上げられた。呆然自失の様子が見てとれた。うめくような声で、「どうなっているんだ」「君たちは誰だ」と問いかけた。

空中に浮かぶように作られていた総長室は外から梯子を架ければ、外壁も内壁も打ち破って侵入出来る。大学および理事会の当局者たちは、総長救出という名目で、一斉に学生を検挙する方策に出たのだ。

当然、廊下や総長室にいた学生のすべてが逮捕検挙された。

新聞社の社旗を立てた車が数台、学外の道路に止まっていた。どこからか情報が漏れたのか、意図的に流したのか、記事となって翌日の新聞に載る。テレビのクルーも取材に来ていた。大学に最も近い麹町のテレビ局だ。情報を流したのはおそらく常駐していた全学連側だ。こうした大学の自治を破壊する大学側の暴挙、というニュースにするためだろう。

装甲車の屋根に付いた照明灯の煌々とした明かりが、検挙された学生たちの長い列が護送車に収容される光景を照らし続けた。蕗子も鳩居も呉羽も隆夫もみな検挙された。廊下にいた学生たちは、一瞬何が起きたのか、正確に理解出来たものはいない。そこにいないはずの国家権力が深夜大学構内に静かに侵入し、周囲を包囲したあと、巨大な槌で窓のない壁を一瞬にして突き破ったのだから。激しい物音と声に驚くと同時に、廊下にいた学生は総長室から機動隊が出現したことに衝撃を受けた。驚くと同時にエレベーターホールと階段から突如侵入した機動隊に一網打尽にされた。

君たちを、総長室を不法に占拠し総長を監禁した容疑で全員逮捕する、と言ったのだが、学生たちにはまったく聞こえなかっただろう。一斉に、口々に、ナンセンス!機動隊帰れ!の大合唱が起きた。と同時に校歌が歌われた。誰からともなく校歌を口ずさんでいた。

「若き我らが命の限り、ここに捧げて　ああ愛する母校、見晴るかす窓の富士が嶺の雪、蛍集めん門の外堀　よき師よき友集い結べり…」

一人一人、後ろ手に腕を掴まれ検挙される間際、隆夫がやや離れた場所から、大丈夫だ、頑張れ、と蕗子に向かって声を投げた。静かにしろ、と機動隊に小突かれても、彼は声を投げかけてきた。彼女は目で声にならない声を返した。涙が一筋流れたのを見逃さず、蕗子の腕を掴んでいた機動隊員が
「泣くくらいなら、こんなところに来るんじゃない」

「いいえ！悔しくて泣けたんです。あなた方は大学の自治をなんだと思っているのですか、土足で踏み込んで…大学が自治を捨てたこと、それが悔しいんです」

蕗子の怒りに機動隊員もそれ以上言うことはなかった。大きな声でそう答えたのは隆夫に聞こえれば、と思ったからだ。

巣鴨警察署の留置所に留置される際に、婦人警官から身体検査を受けた。下着を膝まで降ろして、と言われ、下着の中まで調べられるという事実を、蕗子は初めて理解した。終わると入れ替わりに私服の警察官が入って来る。

それから取調がはじまった。柔和な口調で、名前と住所を言いなさい、君たちは罪を問われないから言いなさい、釈放の手続きをするから、と言われたが、それが真実かどうかは分からない。しばし黙っていると、親御さんに明日の朝迎えに来てもらう、言いなさい、と重ねて問いただされた。

蕗子もはっとして、そうだ、母に何と言おう、遅くなりました、と言うのだろうか、と思うと観念して、名前と住所を述べた。すかさず相手は、電話番号も言いなさい、連絡するから、と畳みかけてきた。蕗子は簡単に白状したことになる。完全黙秘などはする意志もないことが自分でも分かった。出会い頭に逮捕されて、彼女に罪の意識などはまったくなかったからだろう。

翌日、昼前には母の志津代が迎えに来た。母が警察署を出る際、周囲に頭を下げたことに多少の申し訳なさを感じた蕗子だった。

「まったく、蕗ちゃんには驚かされる…」

「お父さんには知らせた…?」

「当然でしょ」

と母の突き放したような、それでいて温かい口ぶりに蕗子はほっとすると同時に何と言って父に説明をするか、と思っていた。

「何をしても、信念があるのなら私は何も言わない。ただ周りに流されているのならやめろ。今回は罪にならないということだったが、起訴されたり裁判になったりするかもしれないんだ。そのことは肝に銘じていなさい」

「分かりました、心配かけてごめんなさい…」

常よりも早めに帰宅した廉太郎に、蕗子は頭を下げた。母が、さあ、お風呂に入って、と早々に風呂を作ってくれたことに感謝した。食欲はなかった。留置所のまずい朝食を食べたからだ。麦の入った薄黒い飯に薄い味噌汁、具は野菜の切れ端のようだ。漬物が二切れ付いているだけの食事は、蕗子の人生で初めて食べた粗末なものだった。一口食べてまずさに驚いたが、妙に冷めた意識が、そうかこれが留置所のいわゆる臭い飯、ということかと納得した。あの食感は舌に残っていた。国家権力の味だと。

逮捕され怖気づいて学生運動から召還するということは、蕗子の選択にはなかった。初めから父にはそのことが分かっていたから、何も言わない、と告げたのだ。彼女はそう理解していた。

親なら、まして娘の親なら、嫁入り先がなくなる、世間体が悪い、といった類の言葉でいさめるのが一般的である。

そう言わない父に蕗子は感謝はしたが、それは彼女に責任を持って行動するように、おそらくは己の良心に恥じない行動をするようにと、言っていたに等しいのだ。その日は大学には行かず、自治会室に電話を入れて、留守を守っていた者に、釈放されたと伝えた。明日は大学に行きます、と付け加えた。


隆夫も、鳩居も呉羽も、鈴木も、自治会室にいる活動家は、みな一泊二日ないし二泊三日の留置で釈放された。百名を超える逮捕者をさしたる罪も証拠もない状況で、起訴する必要はなかった。機動隊を要請した大学側も、寛大に扱って欲しいと要望していた。さすがに、学内でも教授会でも、いきなり機動隊を要請し、学生を検挙させた暴挙に対して批判が噴出した。そのことは、その後、体調の悪化を理由に総長が辞任したことでも分かる。新しい総長は、リベラルで良識派と世間では評された者だった。

その夜、蕗子は隆夫に電話をした。

「とにかくよかったよ、あんな劣悪な留置所に君がいると思うだけで腹が立ったから、飯はまずかっただろ」

「ほんと、まずかったわ、一食いくらだろ、あのご飯。いくら犯罪の容疑者だからといって、あのご飯は人間の食べるものではないわ、ひどいわね」

「明日は大学に行くよね、会えればいいけれど、きっとごたごたしてると思うよ、田根村さんは釈放されたかな、あの人のことだからカンモク（完全黙秘）なんかしたら長くなるよ、二十三日間くらったら、困るよね」

「うちの笹岡さんはあの場にいなかったような気もする、中にいたとしたら同じね、早く出て来る方を選択してほしいわ」

蕗子は、隆夫が咄嗟に放った、大丈夫だ、頑張れ、という一言がどれほど勇気をくれたか、と感謝の気持ちを伝えてから電話を切った。

夕方、急いで帰宅した英之は、姉の無事な顔を見て、ほっとしたと同時に苦言を呈した。

「姉さん、母さんが心配していたんだからね、新聞の記事でどうやら機動隊が出たんだって分かったから逮捕されたんじゃないかって、おろおろしてた。もう、少しは考えてよ、俺だって心配だったよ」

「そうだよね、ごめんなさい、気を付けます。だけど、もうしないからとは言えないわよ。明日は大学に行って、抗議集会だわね、だって幕引きの機動隊導入ってことだから、そうはいきませんよって、大学側に思わせないと」

「何言ってるんだよ、姉貴は打たれ強いのかな、少しは反省してよ。寺谷の叔母さんに言いつけるぞ」

「絶対言ってはだめよ、絶対にね、もう大変なことになってお祖父さんにお母さんが怒られることになるのよ、分かったわね」

と、蕗子は口止めをした。大変ことになることだけは十分予想された。

翌日、蕗子の推察どおりに五十五年館前広場で緊急の抗議集会が行われた。多くの学生が立ち止まり、あるいは急ごしらえで広場に並べた長椅子に腰を下ろして、一昨日の機動隊侵入の暴挙に抗議の声を上げげた。蕗子も呉羽も、朝から急いで作成したビラを配った。鳩居は、笹岡に促されて二番目に壇上に立つと、一年生の抗議の声をマイクの音量に乗せてキャンパスに響かせた。紅潮した顔の鳩居が壇から降りるや小声で、あぁ、緊張した、と言ったので、傍らにいた蕗子は、うん、よかったよ、機動隊突入の緊迫感が出ていたわよ、と応えた。

アジテーションはただ大声でがなりたてれば、よいということではなくて、聴衆が聞きたい筋書きと論理がなくてはいけない。それに情緒が加わればなおよい。最後は応援に来た全学連を代表して、中執の室谷忠彦が聴衆を唸らすアジテーションをして締めくくった。

一つ分かったこともあった。総長室の中に全学連の秋山委員長がいて、逮捕されたことだった。もちろん、彼は完全黙秘し、総長を脅すなどの犯罪の証拠がまったくないことから起訴はまぬがれたものの、留置所から出てくるまでに十三日間ほどかかってしまった。

団体交渉がこうした形で一方的に終了してしまったことから、残る方法は学生側のストライキによる抗議の訴えで、打開する以外なくなった。自治会側も指導部が逮捕され不在の中、自治会の総会を開き、ストライキ権行使の賛成決議を求める必要があった。各学部、各学科のクラスに向けてスト権決議のための総会出席または委任状の提出を求め、委員が奔走する日々が始まった。

総会は十月半ばと決定した。それからは鳩居や呉羽は地道に活動をした。ビラを作りビラを配り委任状の回収に努める日々だった。蕗子も委員を助け、懸命に活動した。

十月になり、キャンパスには秋の気配が漂い、外堀公園の桜の樹木の葉の先がほんのり紅く色付いてきたころだった。大学内では、自治会委員を中心に、学費値上げ反対のためのストライキ権確保に、懸命な努力が重ねられていた。

このころ、米国では、ベトナムから送り返される負傷兵や、戦死者の数が増え続けるに従い、若者や学生らの反戦運動が高まりを見せていた。日米同盟により、後方でこの戦争を支援する日本でも、ベトナム戦争の影が身近なものとなっていった。北ベトナムへの爆撃が開始されたことに抗議する市民や学者、作家などがつくる「ベトナムに平和を!市民連合」(ベ平連)が声を上げ活動を続けていた。

一九六七年十月八日、羽田

十月八日は、高い空に一片の雲もない秋晴れの日だった。

その前日、都心の拠点大学には全国から学生が集まってきた。佐藤首相のアメリカ訪問に反対し、阻止しようと三派全学連は羽田で集会とデモを行うと決めていた。蕗子の大学は拠点校であったから、その日、全学連書記局には見知らぬ顔の学生たちが多数いたし、普段は静かな図書館棟にある教室には人の声や熱気が満ちていた。

図書館棟の二階から、多数の学生たちが一人の男を包囲し、羽交い締めにして階段を降りてくる光景を、蕗子は偶然目にした。いったい何だろう、確か、囲まれて蒼ざめた顔の男は社青同の高橋副委員長ではないか、ただならない緊迫した様子だったし周りにいたのは我らの仲間だったようだ、何かが起きている、と感じた。その一団が、蕗子のやや離れた前方を、重い塊のように空気を押しつぶすかに乱暴に通り過ぎていった。

異様な塊を見てしまったという感覚が残っていたが、そのあと、用事で経済学部の自治会室に入ると、パーティションで区切られた隣の書記局から複数の低い声が聴こえてきた。

「高橋は、一発殴ったら、それでいい、それでいいって言うんだ。あいつもだらしないな、こっちの提案を全部飲んだ。明日の総指揮は秋山と、副は青山だ。日和見の高橋に総指揮は任せられない。弁天橋を突破するんだ、空港に…突入…する」

「ただし、こうなると、もう一緒にはやれないとなって、三派は彼らの提案どおり分裂行動になるな」

「分裂はやむを得ないな、三派が同時に、一斉に羽田を目指すのならそれでもいいが、とにかく空港を前にして引き返そうなどという日和見は、断固許されない」

蕗子には断片的に声が聴こえてきた。おそらく明日のデモの戦略を巡って三派全学連指導部は紛糾したのだろう。

総指揮を誰にするかで決着が付かずに最後は多数派が実力行使かと、「男の世界」の理不尽な幼児性も垣間見た。三派全学連執行部は全員男で、女性は初めから執行部入りしなかった。指導部が男と決まっていたから、議論が膠着すると彼らは暴力で解決しようとするのだろうかと、蕗子は思った。

しかし、分裂も辞さない覚悟とは、あとには引けない。前に進むしか許されない。明日は、闘うしかないという状況を執行部が作り出していた。

文学部に戻ると、笹岡、鈴木委員長はじめとしてほぼ全員の姿があった。部屋は一杯であったし、熱気があった。

「明日のデモは、みな、覚悟を決めてほしい。逮捕もあるかもしれない、ただ、ここで闘わないでどこで闘うのか！明日は早いから、今夜から泊まり込みだ。夜は寒いから毛布は用意してある」

鈴木がそう発言すると、異議なし！佐藤訪米阻止だ、と口々に言い合って、意気は上がる。笹岡が言った。

「ただし、一年生は全員待機だ、文学部だけじゃない、全学部の一年は大学に残る」

「ええっ、ナンセンス！」と鳩居が叫ぶ。それはないでしょ、というぐらいの合いの手だ。

「値上げ反対の闘争があるだろ、全員逮捕される可能性もあるんだ。そうなったら闘争が続かない」

笹岡が、納得してほしい、との言葉をつないで、これは命令だからな、と言った。

その後、北は北海道、南は九州まで全国から集まってきた学生の全員が、最も広い551番の階段教室に集まり、総決起集会を開いた。インターナショナルの大合唱は学外にまで及び、「我々は闘うぞ」という決起の声はこだました。その中には京都大学からの多数の学生の一団もあった。近くの警察署は、学生が多く集合し不穏な様子だと大学側に警告してきた。大学側は全学連の書記局に対して、乱闘などが起きないようにと釘を刺した。

その古い建物の二階、八畳間ほどの下宿は、市ヶ谷のいずれかの坂の途中にあった。蕗子が思い出すにはあまりに遠い記憶だった。

前日の夜、決起集会のあとはプラカードの作製に費やされ、その後は、教室や廊下のそこかしこで毛布をかぶり雑魚寝になるのが常だった。しかし、近くにアジトがあったおかげで一年生はほぼ全員が、そこで夜を過ごした。隆夫の姿もあった。文学部は三人が固まっていたため、ほかの二人の手前、隆夫と言葉を交わすことはなかった。

翌十月八日は自治会室に待機とされたが、隆夫は、経済学部は昼頃までに行くから、とそのまま数人が下宿に残った。他の一年生は八時過ぎ三々五々キャンパスに向かった。すでに学内には全学連のデモ隊の姿はなく、昨夜とは打ってかわった静けさであった。

蕗子は空を見上げた。雲一つない青空が、なぜだか、不吉に思えて今朝このキャンパスを出ていったすべての学生たちの行く手を、気に掛けた。六角校舎の階段を上り自治会室に入ると、そこには三年生の太田洋平がいた。

「あら、太田さん、おはようございます、留守部隊ですか」

「遅いな、もっと早く来て送り出さないと、留守部隊とはいえないぞ」

「すみません、そうでした」

「ほかの二人は」

「ご飯食べに行ってます」

「しょうがないな、笹岡さんが甘やかすから。まず、こっちに来ることが先だろ」

「はい、二人にはそう言っておきます」

太田は、どこか蕗子や鳩居にはきつく当たることがあった。それは地方出身者である太田の、都会出身者である蕗子たちに対するちょっとしたコンプレックスなのだろう。彼女もそうした太田の態度には心当たりもあって、太田には丁寧に当たっていた。太田はラジオの周波数を合わせて電波を拾うと、少し音量を高くした。軽音楽が鳴っていた。

そこへ、鳩居と呉羽が入って来た。

「遅いぞ、みんな七時前には出発してるんだ、佐藤は十時半の飛行機でアメリカに行くんだからな、待機だといっても、デモ隊と共闘しろよ」

蕗子は鳩居と呉羽に目で合図をして、謝らないと、と声に出さずに伝えた。

「あっ、すみません、遅くなりました。すみません」とほぼ同時に二人は頭を下げた。

「まったくしょうがないな、今日は基本的に留守部隊と同じ、ここにいて、現場から入ってくる電話に応対する。ラジオのニュースを聴いて、目新しいことはそのときに知らせる、誰か必ず一人はここにいる、分かったな」

「はい」

太田はそれだけ言いおくと、外に出ていった。三人は目を合わせて、ふ、ふっと小さく笑った。太田さん、厳しい、恐い、と言って茶化した。蕗子も、私も朝ごはん食べてくるね、すぐ戻ります、と言いおいて自治会室を出た。

待機中、鳩居と呉羽と蕗子の三人は太田が座る場所から少し離れて、ラジオに耳を傾け、時には小声で雑談もした。


正午の時報とともに、昼のニュースが入ってきた。アナウンサーの緊迫の声が流れた。

「ただいま、三派全学連のデモの中で、学生一人が死亡した模様です。繰り返してお伝えします。本日、羽田の東京国際空港に通じる弁天橋上で機動隊とデモ隊が衝突し、学生が一人死亡した模様です」

蕗子は、一瞬、跳ねるように立ち上がり
「学生が死んだ、いったいどうして！」と叫んだ。

「すぐ、知らせろ！アジトに残っている一年生に召集を掛けるんだ、冬華、すぐ行け！鳩居と呉羽はここにいるんだ、弁天橋は俺たち、中核だぞ、必ず笹岡さんから電話が入るはずだ」

はい、と応えるやいなや、蕗子は階段を駆け下り、キャンパスを駆け、道路に飛び出した。一心に祈るように駆けていた。中央線に架かる橋を駆け渡り、息も絶え絶えになるのだが、一刻も早くこの事態を知らせなくては、という思いで駆け続けた。

市ヶ谷の坂を駆け上がるころには、スニーカーの足は痺れていた。

古いアパートのドアを開けるや、そこは階段だった。脱いだスニーカーを蹴とばすようにして九十度に曲がった階段を駆け上がると、部屋の扉を思いきり開き
「今、ニュースで学生が一人死んだって！一人学生が死んだの！」

「…死んだ、デモで？」

「学生が？死んだの？」

「そう、昼のニュースで知ったのよ、太田さんがすぐ知らせろって、みんなすぐ来て！召集が掛かってる」

隆夫の顔は、歪んでいた。蕗子が初めて見た顔だった。壁に背を持たせかけ、片手には本を持ち片膝を立てていた隆夫はそのままの姿勢で、苦悩の表情を見せていた。蕗子は隆夫に、畑中さん、すぐ行きましょう、と声を掛けた。彼はうん、行くよ、と応え立ち上がった。

「急ぎましょう、笹岡さんか田根村さんから連絡が入ると思うわ」

「よし、そうだな、急いでいこう」

その場にいた経済学部の一年生は固まって階段を下りていった。隆夫の後を付いていくように蕗子も階段を下りた。当然、急ぎ足や駆け足になった。蕗子はすっかり疲れてしまったので、駆けようにも思うように足が運ばない。隆夫はそれを察して時々後ろを振り向いた。

大学に着いたあとのことは、蕗子には記憶がない。すべては上の空で、地に足が着かないとは

蕗子のことだった。

ふっと気が付くと、大教室にいた。もう夕暮れだった。中庭に面した一方の窓からは薄暗闇が迫ってきた。辺りは暗く沈み、大教室は広く高い天井から降る蛍光灯の白い光が清浄な空気をもたらし、多くの学生がそこにいたにも拘わらず厳かな静謐に満ちていた。鎮魂の静けさだった。

十月八日夕刻、デモに参加した多くの学生たちがこの551番大教室に帰ってきた。帰らないものがいるとしたらそれはただ一人、不帰の客となった京大生山崎博昭だった。

この日、羽田の東京国際空港を目指し、全学連の隊列は三方向から進んだ。空港の入り口となる海老取川に架かる三本の橋、穴守橋、稲荷橋、弁天橋には有刺鉄線のバリケードや装甲車が置かれ封鎖されていた。弁天橋上に到達した中核派の学生は、このバリケードを手にしていた角材やプラカードで突破し、付近の歩道の敷石をはがし激しく投石を行った。これを阻止しようとする機動隊も盾や警棒で防ぐも押し寄せる学生たちの勢いに押され、後退を余儀なくされた。学生たちはさらに橋の上を空港に向けて進んだ。

この勢いを止めるため、放水警備車から放水がなされたが、学生たちの勢いは止まらず、さらに後退する機動隊めがけて投石は激しさを増した。激しい白兵戦の攻防のすえ双方とも橋から転落する者もいた。退避後退する機動隊をさらに追い、空港に到達しようとする学生たちは、橋の上に鍵が差されたままの警備車を見つけ、それを奪うや空港に向けて走らせることもあったが置かれた警備車に阻まれる。

空港敷地内への突入を絶対に阻止しようとする機動隊との衝突で、激しく放水が行われ警棒が振るわれ、学生たちも後退した。一進一退の攻防の後、学生が後退した後に午前十一時二十七分、橋の上の警備車の陰に倒れる学生が発見された。その後、死亡が確認された。

学生の死を知った全学連、機動隊の双方とも自然発生的に一時休戦となって、川を挟み対峙する状態が続いた。午後一時十五分、警告の後、血のメーデー事件、六〇年安保闘争以来三回目となる催涙ガス弾が使用され、学生への放擲がなされた。周辺は、催涙ガス特有の異臭が漂い、激しい痛みが学生の目を襲った。怯み前に進む力を失った学生たちを一斉に機動隊が襲い、抵抗する学生を次々と逮捕していった。

後退する全学連の学生たちは退去し近くの公園で、抗議集会を行った。ひらりと宣伝車の上に飛び乗った六〇年安保時の全学連副委員長の北小路敏は、七年を経て万感胸に迫りくるものを絞り出すように
「国家権力は山崎君を奪った！山崎君を殺したんだ！我々はこのことを決して許さない！」

と叫んだ。


蕗子は大教室に戻ってきた学生の中に、柴田を見つけた。彼女は蒼白の顔に悲愴感を浮かべ、頭には微かに血の滲んだ包帯を巻いていていた。

「柴田さん、大丈夫ですか！」

と、近寄ると、柴田は苦痛に顔を歪め、

「軽傷だから、心配するほどのことじゃないわ、私なんて…」

とうめくように吐き出した。そうだ、死んだ同志に比べれば、振り下ろされる警棒の下でも生きていた彼女には、大したことではないのだ、と蕗子はそれ以上掛ける言葉もなかった。

学生たちの衣服に染みついた、催涙ガスの化学臭が微かに漂う大教室で始まった追悼と抗議の集会は、山崎同志の死を悼み、国家権力の横暴と攻撃性に抗して戦う意志を新たにして終わった。逮捕状の出ていた秋山委員長の姿はなく、逮捕された青山副委員長もいなかった。室谷忠彦中央執行委員の、伸びのある中音（バリトン）の、悼む心情を込めたアジテーションが広い教室の隅々まで広がっていった。

蕗子は、そのとき、初めて何かが降って来るようにして、闘おう、決して怯まず闘おう、国家権力の暴力による恫喝には決して退かない、山崎博昭の死にこたえようという力が湧いてきた。


この年の秋には、山崎博昭君追悼の集会もあった。集会の後、京都から来た山崎君の母親と兄が法政大学を訪ねてきた。案内には、ぼさぼさの頭髪を撫でつけた笹岡が当たり、書記局のある図書館棟や大教室を案内した。ここに来たのですね、と遺影を抱く母は涙を見せた。笹岡も胸が詰まった。通りかかる学生たちも、遺族の二人には、足を止め頭をたれて弔意を表した。

晩秋には第二次羽田闘争があった。闘争のたびに必ず逮捕者が出る。蕗子には忙しく拘置所や留置所を訪ねて歩く日々があった。谷川書記局長のたっての依頼で全学連書記局の仕事を手伝ってくれないか、とのことだった。文学部の笹岡にはすでに話は済んでいるから、と半ば強引に引き抜かれた。ただし、会議に参加する際は大学の学生組織にはとどまることになっていた。書記局のある場所は同じだったから、蕗子にとって特段の変化ではなかった。ただ、鳩居や呉羽との語らいはなくなってしまった。

学費値上げに反対する闘いは、ストライキに参加する者には単位を与えないこともあるといった大学側の広報の策謀によって急速に潰えた。田根村以下数人の逮捕者もあって運動の中心が削がれてしまった。キャンパスには空虚な平穏が訪れた。

そんな冬のある日、鳩居、呉羽、蕗子の三人は笹岡に話があると言われ、市ヶ谷のアパートの二階に一人ずつ時間を指定され呼び出された。

一体何か、と三人は額を集めて考えたが、答えは一つだと分かっていた。笹岡からの話は、革共同全国委員会への入党だった。君の力が必要だ、ぜひ考えてくれ、同志として迎えたい、と熱望された。鳩居は、はい、とすぐに返事をした。蕗子は、少し考えたのち受諾した。呉羽もやや考えたのち、はい、と応えた。三人を呼び込むと、笹岡は相好を崩して喜ぶと同時に、権力にとっては秘密結社だからね、家族にも、どんな状況にあっても決して口外しないのが鉄の掟だと言った。その場には笹岡のほかに誰もいない。党員になる決意書を書きペンネームも添えて次回会議に持参するまで、誰がこのH大細胞と呼ばれる学生組織のメンバーかは分からなかった。

活動家はほぼ入党していたが、蕗子はその中に隆夫がいないことに衝撃を受けた。しかし、そのことは誰にも言えない重い事実だった。隆夫は田根村に誘われても入党を断っていたのだ。断りつつしかし、闘争には参加します、と応えていた。彼女にとっては彼がどうであっても、失ってはいけない人であり、いつでもそこにいて手の届く人でいて欲しい、ただそれだけだった。だが、蕗子だけが同志であって、隆夫を同志と呼べない関係性になってしまった。

決して口外しないのであれば、隆夫には黙っている以外に方策はなかった。ただ、それは苦しい選択だった。おそらく隆夫は知っているのだろう、それを口にはしないだけだ。

自宅に帰ったときは隆夫に電話をした。不在のときもあったが、彼から反対に電話が架かってきた。他愛のない世間話であっても、学生運動の深刻な内容であっても話していればつながっている実感があった。

「佐世保には行くんだろ?」

「行くわ、あなたは?」

「行くと思うよ、今はね、そう思っている、だけど、もうこれまでの全学連じゃないからね。佐世保の米軍基地へのアタックだよ、文字どおりの実力闘争だ」

「そうね、何か想像も出来ないわ、でも、佐世保に行けない理由があるの?」

「いや、君にはなかなか理解出来ないことさ」

「ごめんなさい、行く、行かないは、あなたが決めることなのに、自分のことのように言っているわ」

「謝らなくてもいいよ、この話はやめようか」
隆夫は内心の揺れ動く気持ちを抱えていたが、蕗子に打ち明けることはなかった。

六七年末に掛けては、全学連が佐世保に行くための資金を集めるカンパ闘争があった。銀座数寄屋橋、新宿東口などで行われた。市民も闘う学生には概ね好意的で、年末だっただけにカンパには相当の資金が集まってきた。
「ベトナム戦争に使われる核空母エンタープライズの長崎佐世保への寄港を許さない、寄港を阻止するための行動です。僕らを佐世保に送ってください」と訴えて、多くの学生がカンパを募った。

蕗子は、年を越して勾留される者たちに差し入れをして歩く。秋山委員長は、十一月十二日第二次羽田闘争の抗議集会の最後に登壇したところを、張り込んでいた私服警察に取り押さえられた。拘置所の食事は極めて粗末だったことから、一食でも満足な食事をと、あれこれ頭を悩ませながら食べ物を差し入れすることが多かった。書籍や衣類といったものは、恋人や妻が差し入れをしていた。
青山副委員長が留置されていたときは、都内で評判のホットドッグの差し入れをした。すると出所してきてすぐに、顔を合わせるや
「冬華さんでしょ、差し入れしてくれたのは。看守からパンだ、といって渡されたからどうせ、いつもの拘置所内の売店の不味いパンだと思ったら、美味いホットドッグだったんで、もう、嬉

しかったよ、ありがとう」

「そう、それはよかったわ、美味しいって評判のお店だから、ちょっと遠いけれど買いに行ってよかったわ」

谷川は、蕗子を書記局員にした効果はあったとその様子を見守っていた。他の者にはない気遣いがあるのだ。書記局の手提げ金庫から、経費は出していたがその中でやり繰りをしていた蕗子だった。


六七年の暮れは、激しい学生運動の展開が待ち受けているとは、到底思えない穏やかな大晦日だった。蕗子も久々に家族と食卓を囲み、年越しの蕎麦を食べ正月のおせちづくりの手伝いをしたのだった。テレビからは紅白歌合戦が流れ、菅原洋一の「知りたくないの」を聞きながら台所で過ごした。まさか、自宅に帰ることも出来ないような激動の日々が待っているとは、このとき、想像すら出来なかった。

母の志津代は台所を手伝う蕗子に
「蕗ちゃん、もう少し、電話してちょうだいよ、帰って来ないと心配で、信じてはいるけど何かあったらって心配するじゃないのよ。お父さんだってそうよ、心配しているわよ」

「分かったわ、帰れないときは必ず電話するから。信じてよ、書記局の仕事が結構きついのよ、でもやらないと」

「お願いよ、どこにいるのか分からないのは困るわ、どこに電話したら通じるの、緊急なことも起こるかもしれないでしょ」

「うん、分かったって、こっちから連絡するわよ、でも、もし緊急のときは書記局に電話して、あとは文学部の自治会室、そうね、電話帳に書いておくわよ」

「それならお願いね、そうそう、時々畑中さんって人から電話があるでしょ、感じのいいひとね、あの人はボーイフレンド？」

「うん、まあ…そうね」

　恋人だとは母には言えない。それに、母の心配は、まったくもって理解が出来るので、蕗子もさらに連絡は欠かさないようにしようと、思うのだった。大晦日の夜は、父も酒をたしなみ上機嫌だった。

激動の六八年、佐世保

　一九六八年が明けた。前年十一月、佐藤内閣は、かねて米国から要請のあった原子力空母エンタープライズの長崎県佐世保への寄港を承認する。閣議決定であった。日本政府のベトナム戦争への後方支援、もしくは参戦を意味するこの承認には多くの反対の声が上がった。しかも、核による海水汚染を指摘されている空母の、被爆地長崎への寄港である。当該長崎県の労働者、市民は反対の声を上げたが、原子力空母の寄港は一月十九日と決定された。全学連はいち早くこれに反対し、直ちに佐世保現地での入港阻止を掲げていた。

凄まじい闘争になることは当然予想された。蕗子にとっても隆夫にとっても。

一月十四日午後、首都圏の学生たちが法政大学に集まってきた。蕗子の顔見知りの女子大生もいた。集会やデモで顔を合わせるので、その都度ちょっとした挨拶をする。中に慶応の女子がいた。それは、いつも一緒にいる仲の良い女子二人組だった。キャンパスの図書館棟前で蕗子を見かけるとにっこりと笑顔で寄って来て
「消耗してここに来られない奴がいるんで、佐世保から帰ったらサルベージする。男子のくせにしょうがない奴でさ、水没してるんだよ、しっかりしろよってさ」

「ふっ、遠山さんにかかったら男子も形無しね」

「貴美子、手加減してよ」

と、相棒が言うので三人で笑いあった。遠山貴美子（とおやまきみこ）は一目で良家の子女といった風情を醸し出していた。それでも蕗子とは互いに気持ちが通じ合うものがあった。夕方からの九段会館などでの集会のときは、イヤリングを着けた横顔が凛々しいと思った。良家の出のくせに悪ぶって、乱暴な男言葉を使うんだから、と思ったりした。

前夜集まってきた五百名に近い学生たちは、手に鋸や金槌をもち、長い角材を手ごろな長さに切っては、板を打ち付けプラカードを作製する。それぞれが作っては手にしてみる。女子たちが板に白い紙を貼っては、墨汁で寄港阻止！といった文字を書く。白いヘルメットも各自が手にしていた。振り下ろされる警棒から頭部を守る防具になった。

夕方から決起集会があった。蕗子は参加しながらも、一歩引いていた。明日は早朝から出発だ

から、無事、全員が博多の九州大学に到着してほしいと思っていた。切符は書記局が人数分用意していた。その夜は、厚手のセーターにジーンズ、上着にジャンパーを着ていても寒い上に、硬い椅子の上ではとても眠れなかった。文学部自治会室に行くと、廊下に出した長椅子を二つ並べ、どこかで調達したマットを敷いたベッドの上で、鳩居が毛布を引き被って寝ていた。見ると呉羽が隣で丸くなっていた。

昨夜の蕗子の心配は、当たっていた。飯田橋駅に向かう通りの逓信病院を過ぎたあたり、すぐその先が飯田橋駅だったが、姿を隠していた機動隊が阻止線を敷いて道を塞いでいた。「全員逮捕！」という声とピーッという双方の笛の音がするや、あっという間に激しい衝突がおきて、隊列は崩され怒号と人と人がぶつかる鈍い音や警棒がヘルメットにあたる音、角材のぶつかる音がまじりあって、激しい衝撃音が朝の空気を破った。

隊列は崩されたが、指揮する者が大声を出し集合させるや、阻止する機動隊に対して、学生たちは怯まず手にしたプラカードを突き出した。まるで竹槍のようにして身をかがめ一気に押し出し、機動隊の隊列を散々に散らし、狭い道を開けさせるや一挙にスピードを上げ、全速力で飯田橋駅に向かった。プラカードの「威力」はまずは試された。

蕗子はすばやく隊列を抜け、外堀公園を全速力で走って通りに出ると飯田橋駅に向かった。機動隊を突破し駆け抜けて、飯田橋に到着する学生の一群を待った。百名を超える逮捕者が出たので、隊列はその分小さくなっていた。

飯田橋駅頭で、いずこかから現れた室谷中執が一段高いところに立って短いアジテーションをした。機動隊の過剰な逮捕を激しく批判し、声を限りに隊列に向かって
「権力の卑劣な弾圧に屈せず、断固たる決意をもって、我々は、佐世保を目指し、逮捕された同志の無念の魂とともに進軍する！」

と鼓舞した。一斉に、ウォーという唸りと異議なし！の声が周辺にこだました。

室谷の感情に訴える即興の名調子で、全学連は一糸乱れぬ隊列になれる。蕗子はこの力のある中執が逮捕されたら困ったことになると思っていたが、そんなことは一番理解しているのが、執行部であり室谷だった。阻止線の情報が入るや、最初から隊列を離れてうまく機動隊をかわしたのだ。

すばやく駅構内に入ってしまうと公衆の手前、機動隊も手を出せない。蕗子をはじめ、すでに書記局の者が切符をまとめて窓口に提示していたが、各校確認してみると百三十近い余剰があった。すぐさま留守部隊に知らされた。

滑るようにホームに入線してきた東京駅午前十時三十分発、急行「西海・雲仙」号に、全員飛び乗るように乗車した。蕗子は心底ほっとしたと同時に、隆夫を目で探した。乗車している姿を確認して胸をなでおろした。

「西海・雲仙」はあたかも全学連の特別列車であるかのように、途中停車する駅で、佐世保に向かう全学連の学生たちを乗せて、鉄路を西へと向かった。静岡、京都、大阪、広島と各拠点から

続々と乗車して来た。このころの東京—博多間の急行は、丸一日がかりの行程だった。

「室谷中執、室谷中執！佐世保に向かう意気込みを聞かせてください！」

と声がした。東京駅から乗り込んだ、社名入りの腕章を巻いた新聞記者が、室谷を見つけると人をかき分けてメモを片手に、取材にやって来た。

「中核派は断固闘います、今朝、飯田橋駅前で阻止線を張っていた機動隊を突破して来ました。我々を佐世保に行かせまいとする卑劣極まる弾圧です。学生に何の罪があるというのですか。まったく不当に百三十名も逮捕しましたからね。しかし、我々はこの権力の横暴を許さず、機動隊を蹴破って、必ず米軍基地を占拠し、核を搭載した空母エンタープライズの寄港を阻止します、我々は怯みません。学生は全国から続々とこの列車に乗って来ています…と書いてくださいよ」

と語りかける。記者が照れ隠しに笑みを浮かべて離れると、室谷は近くにいた蕗子に
「ちゃんと、見たこと、聞いたことを書いてくれ、と言いたいよ、半分も真実を書かないからね」

「現場の記者さんは、よく我々の話を好意的に聞いてくれますよね、刷り上がるときには歪められているんですから、検閲でもあるのかしら」

「まあ、そういうことかな、新聞は社会の木鐸であって欲しいね」

この飯田橋での、学生百三十一名の逮捕の容疑は凶器準備集合罪であった。角材が凶器とされた事件であった。

一月十六日早朝六時四十五分、全学連は博多に着いた。二十時間もの行程であった。

しかし、ここでも機動隊が博多駅構内まで侵入し、学生と衝突し逮捕者が出たのであった。学生が逮捕されるたびに蕗子は、東京の書記局の留守部隊に事実として逮捕者が出たことを簡単に知らせた。蕗子はそうした任務とは別に、ただ隆夫がどうなったか、が知りたかった。

その後、全学連は隊列を組んでデモ行進をし、九州大学教養学部の校舎に向かった。九州大学当局は、九大教養自治会と全学連の連名になる「開門」要請を受け入れて、閉ざされていた門を開けたのだ。これほどの英断と自由な意思には、誰もが礼を述べたいと思ったことだろう。国立大といえども大学自治の点からいえば、大学が全学連に宿代わりとなる拠点を開放したことは、誰に憚ることでもないのだが、政府にとっては苦々しいことには違いない。

要請が受け入れられたので、すべての全学連学生は旅装を解いて、ゆっくり眠ることが出来る。この日は、旅の疲れもあって簡単な意思統一の集会が開催され、これから約一週間の佐世保での闘争が始まることを全員で確認した。さっそく翌日早朝からの活動に備えた。

蕗子は、夕食にと、九大の学食で初めて白濁したスープのラーメンを食べた。東京の醤油味しか知らない彼女は、テーブルに置かれた品が、間違っているのではとさえ思った。箸をつけるや、ふと、鳩居、呉羽の三人で、広大学食の定食を食べた日が、懐かしく思い出された。

もう、男は男同士で、戦場で飯(めし)を食べ、女の立ち入る隙はない、とも思える実力闘争の日々だった。男女が腕を組んでデモをするというのは過去の話だ。男は角材を手にして戦う、という姿になってしまった。たしか、半年前には想像も出来なかった。

蕗子は女で、しかも書記局の仕事を与えられていた。どこか一線ではなく後方部隊なのだと意識していた。だからといって第一大隊、第一中隊、第一小隊の第一列で「武器」を手にして戦うかといえば、そんな勇気も力もない。では、男たちは、戦場に、勇気と献身と力をもって向かうのかと問えば、確かに向かっていける男たちがいた。蕗子は、機動隊の阻止線に突撃していく男たちの姿に、羨望と哀れを同時に見ていた。ただ、蕗子はそれをヒロイズム、センチメンタリズムと否定して、自問する。

いや、学生はあくまで社会の中の特権なのであって、血に飢えた群衆ではないのだから、己の自我や意識は常に覚醒されていなければならない。にもかかわらず、使命に向かって盲目的に突撃していくにはどこかで自分に暗示をかけなければならない。非日常と日常の間を行ったり来たりしなくてはならないはずだ。

もし、前衛としての立場から、最前線で模範を示さねばならないのだとしたら、己のあとに付いてくるはずの群衆に、学びの場と方法の場を示していると自負する以外ない。

それにしても、あるときには命を懸けて、あるときには将来を捨てて、今この道を行くというのは、じつに悲しくある意味で美しい行為には違いない。蕗子は、角材を手にして闘う男たちの姿に、涙を禁じ得ないときがある。忌み嫌う暴力が正しく見えるのは錯覚に違いないのだが、それは歴史が審判するのだと思った。

すべての歴史の転換点には暴力がある。固定され慣習化され、人々が隷属する権力構造は、より強く管理されることを願う人々によってつくられているから、いわば、人々が家畜のように飼いならされてしまうのだから、よほど強く揺り動かさなければ、覚醒はない。

暴力的な破壊行動が、どうすることも出来ないほどの大きな権力に向かっていくとき、その身を捧げるほどに献身的であるとき、それが人々の目に焼き付くとき、心を揺り動かされ屍を乗り越えていくこともあるのだ。ただし、そこには真理と道義がなければ、人々は動かない。

十七日早朝、全国から集結した全学連は、再び「西海・雲仙」に乗り込み、佐世保に向かった。途中、鳥栖駅から乗り込んだ僅かな集団は、二百数十本の角材を持ち込んだ。蕗子は鳥栖で何かが積み込まれたと思ったが、それは秘密部隊の行動で、広く知らされていたわけではなかった。

九大を出たときには、丸腰ともいえた学生たちだったが、佐世保に到着するときは、「武器」を手に入れていた。千名に及ぶ部隊は、直ちに幾本もの中核旗を打ち立て、平瀬橋に向かった。いうまでもなく、この橋は佐世保米軍基地に通じる橋のうちの一本だった。平瀬橋の手前に雄姿を現した全学連は阻止線を張る機動隊と真正面から激突した。真っ先に号令をかけ、突っ込んでいった部隊の先頭には室谷忠彦がいた。あっというまの検挙、逮捕だった。

しかし、室谷の後に続く指揮者は変わらず「前へ!」「前へ!」と指揮をする。一歩も怯むことなく前進する学生たちに、佐世保市民は共感し、一挙に味方になった。機動隊はじりじりと後退するが、催涙成分入りの放水を行い、一気に戦局を打開しようと、市民をもめがけて放水する。催涙弾も発射され、平瀬橋一帯は、激しい目の痛みを訴える人々で溢れた。

ボランティアで救護班を作っていた医学部学生や、市内の病院の医師団が後方の脇にテントを張り出していた。飛んで来た催涙弾が近くに落ち、痛みでまったく目が開けられなくなった蕗子も、このテントに飛び込んだ。目を洗ってもらい、ようやく光が射した。こうした救護班は、負傷した学生たちの応急手当の場ともなって、大いに学生たちを助けた。市民たちは、血を流し手当てを受け頭に包帯を巻いた姿で再び前線に飛び出していく学生に、共感の拍手で意志をしめした。中には加勢しようとともに闘う市民もいた。多くの市民の援護や好意の輪があって、闘いの継続が見えてきた。

この、長崎佐世保のために、「核空母入港」を阻止しようとして命を賭して闘う学生たちの、不屈の闘志と姿に圧倒された市民たちは、その後も様々な援護を惜しまなかった。この日、九州大学教養学部の千人の学生たちが、佐世保で闘う全学連に共闘して、福岡市博多の街でデモ行進を行った。

十八日は、佐世保市営球場で「エンタープライズ阻止五万人集会」が開催された。全学連も集会に参加する形で、デモ行進を行い、労働者と共闘し基地に通じる橋の一つの佐世保橋で機動隊と衝突した。十八、十九の両日とも全学連は博多から佐世保へと現われ各地で機動隊と激突した。一方、東京では、十九日に佐世保に入港したエンタープライズに抗議をして、二十日、社会党系の反戦青年委員会が五千人の集会を行い、首相官邸、米国大使館に向けてデモを行っている。

ミサイル巡洋艦トラクスタンとハルゼー二隻を従え、佐世保に姿を現した空母エンタープライズの甲板には、ベトナム戦争に出撃する戦闘機が並んでいた。その昭和の黒船とも称されたエンタープライズの圧倒的な威容に人々は震え恐れた。その寄港を本気で阻止しようとする全学連の闘いはある意味、佐世保を熱狂させた。

そして、二十一日、この日、エンタープライズ阻止全国実行委員会と同中央実行委員会が合同で開催する二万人集会が開かれたが、日本共産党は会場入口でスクラムを組んで全学連を排除しようとした。しかし、これは連日の闘う全学連を見ていた労働者、市民の怒りを買い、反対に共産党のスクラムはごぼう抜きにされ、会場から排除されることになった。

全学連はこの集会に参加した後、一路、佐世保橋を目指し進んだ。多くの市民や労働者を引き寄せ、一進一退の果敢な攻防の末、夕刻の潮が最も引いたとき、ついに膠着した状況を破ることになった。この橋の下を流れる水位の下がった佐世保川を渡った一群が、対岸の米軍基地を目指した。二人の全学連学生が塀を乗り越え基地に突入したのだった。橋の上ではウォーという大歓声が上がった。

侵入した二人はすぐさま逮捕されたが、刑事特別法違反容疑であった。書記局員がただちに留置所まで赴き、弁護士の手配をしたことはいうまでもない。

こうした佐世保の街を揺るがす闘いがあったのちの、二十三日、エンタープライズは佐世保を出港した。全学連の闘争による寄港阻止は叶わなかったが、その後、多くの労働者の闘いに伝播していった。寄港阻止をともに闘った日放労長崎や造船所の労働者は、その後も弾圧や締め付けに抗して長い闘いを行った。

二十四日に東京駅に到着した全学連は、八重洲口で待つ二千の市民、群衆に迎えられた。また、佐世保闘争報告日比谷集会には記録的な六千人が参集した。

エンタープライズが出港する前日二十二日の夜、闘争も最終盤になり全学連も東京に撤収する前日であった。蕗子は、隆夫が逮捕されず、無事に隊列に残っていることを確認した。ほっとすると同時に、なぜか憂いに満ちた顔が目に焼き付いていた。鳩居と呉羽も玉田も残っていた。最前線で闘っていた玉田に、元気がないことの方が気になってはいた。それでも、最後に、出来れば夕食は隆夫と食べたかったのだが、鳩居と呉羽に声を掛けられれば一緒に行かざるを得なかった。

学食には「飽きた」と鳩居が言うので、キャンパスを出て近くの洋食屋に入った。そこにいた客の誰からとなく、学生さん、お疲れさん、ありがとう、と声を掛けられたのには驚かされた。ほとんどの学生は着たきり雀で、一目で全学連風と見えた。正直嬉しかったが、恐縮して身をかがめるようにして、メニューを見ながら頼んだ。蕗子は、黒板にハッシュドビーフ、ライス付き、と書かれていた洋食を頼んだ。玉ねぎとトマトが本格的な味をかもして美味しかった。ふっと、思ったのは隆夫と食べたかったということだ。それも一つの皿の料理を。思えば異常な緊張の中で一週間を過ごしていた。それが、人への執着につながっている。それぞれの思いもありながら、三人は急いで食べて九大に戻った。

東京に帰ってみると、何か様子が違っていた。それは蕗子の主観であったのかも知れないが、一種の高揚感が佐世保帰りの学生を支配していた。

しかし、そうした高揚感とはまったく反対に、いっさい自治会や集会に姿を現さなくなった者がいた。法学部の玉田憲治だった。法学部の委員長は解放派だったので、笹岡が対応することになった。下宿を訪ねていった笹岡に、玉田はこう言った。

「もう、何もかも、興味がなくなった、外に出ていくのも億劫になった。だって、もうすることがないんです。言ったじゃないですか、すべてをかけてあの基地に突入するんだって。たった二人です、基地に突入したのは、僕じゃないんです、でも、もう、エンタープライズは出ていってしまった、もう、やれることがないんです」

「…それは、そうだが。しかし、君は本当によくやったと、みんな思っている。先頭に立って、よく人を率いて、指揮をとって、みんなそう言ってる。この先も、やらなくてはいけないことがあるだろ…でも、今君は疲れているように見える。誰もがそうだ、目標を見失うことがあるんだ、それは目いっぱい闘ったせいだ、疲れたんだよ…」

笹岡は、どう言えば、玉田の燃え尽きてしまった心を呼び覚ますことが出来るのだろうかと、必死に考えたが、これは専門家にも難しい問題だと思えた。しばらく休ませようと誰もが思ったのだった。そして、それについては、無理に急いで結論を出さないでいようと、決めた。

あの、いつでも変わらず献身的に行動していた玉田が、と蕗子は思った、が、それ以上に心配だったのは隆夫のことだった。あの浮かない顔を思い出すたびに､胸が騒いだ。そういえば､帰ってから一度顔を見ただけだ、と考え事をしながらキャンパスを歩いていた。そのとき、後ろから、すっと誰かが近付き、右肩に手が乗った。ふっと反対側の肩を見やると、「冬華さんっ」と呼び声がして、田根村の顔がそこにあった。

「誰かと思ったら、田根村さん、どうしたんですか」

「どうもしないですよ、下向いて歩いてたから。元気ないじゃないか」

「いえ、どうでもいいですけど、肩寄せて歩いてたら、誤解されませんか?」

「あは、は、そうだね、離れよう」

と言って、肩に回した手を離したが、蕗子は、田根村のこうしたフランクで何気ない振る舞いが、人を惹きつけるのだと思った。並んで歩きながら
「あの、畑中さんを見かけないのですが、自治会の方に顔を出してますか?」

思い切って尋ねた。

「ああ、冬華さんの彼氏ね」

「えっ、だって。どうして…」

「どうして、って?二人して京都で途中下車したじゃないか、笹岡さんに誰か降りたかって、聞いたらすぐ分かったよ。隠していたつもりかな?バレてるよ」

「…すみません…」

と言ったきり、言葉が続かなかった。恥ずかしさで顔を上げられなかった。

「いいんだよ、誰が誰を好きになったって、誰も責めないよ。それより、そうなんだよ。最近来

ないんだ、で、冬華さんが歩いていたから、ちょっとカマかけてみた。悪かったね。あなたの方で彼に電話でもしてみたらどうかな」

と、言われてしまった。何事もなければ、それでいいよ、とも言われた。田根村の深謀にも驚かされたが、それ以上に彼の親切に心から感謝した蕗子だった。

冬の陽は長い影を落として、背中を通り過ぎていく。今夜電話をしてみようと、思った。

「別に、体調は悪くないよ、心配しなくてもいいよ」

「何か、困っていることがあるの？悩んでいることでもあるのかしら？」

「……ないよ、あったとしても君には…」

「でも、私は聞きたい、聞かせてよ。どんなことでも私は聞きたいわ…」

「君は本当に聞いてくれるのか、君にはきっと僕の気持ちは…分からない…よ」

「分かろうと思うわ、きっと。どんな難しいことでも、私は分かりたいもの、あなたの気持ちを」

「本当は苦しいんだ、誰かに聞いてもらいたいって、思ってる自分がいるんだ…」

「会いましょう、これからでもいいわ、高円寺に私が行くわ」

蕗子は時間と場所を決めると、コートをはおりながら家を飛び出した。驚く志津代には、必ず今夜中に帰るから、心配しないで、台所の鍵はかけないで、と言いおいて。

高円寺は隆夫の家の最寄りの駅だった。駅の北口で隆夫が待っていた。近くの喫茶店に入った。

他に行くところがなかった。互いにコートを脱ぎながら、テーブルを挟んで座ると向き合い、何を頼む、と額を寄せた。コーヒーにするわ、そうだね、僕も、と同じものを頼んだ。

「寒いのにここまで来てもらって、悪かったね、僕の方が高田馬場に行けばよかったよ」

「いいのよ、気にしないで、私がすぐにでも会いたかったのよ」

「君は優しい、いつでも優しい、僕は甘えているんだね、きっと」

「優しいのかしら、私はいつでもあなたが…怖くて…、いつかいなくなってしまうような気がして、それで、今、会っているときには優しいのかもしれない」

「僕が怖いって、どうして」

「とても…」

と口ごもったのは、冷たくて、とは言えなかったからだ。

「とても、理性的で。私は感情的で、直感的ですぐ行動に移すけど、あなたはじっと見ていて何かを考えているわ」

「僕の考えなんて、何にもないんだ、本当は。だけどそう見せているんだ、男って変だよね、いつも競争しているから、馬鹿にされたくないんだ。高校のときからそうだった。僕の周りには頭の良い奴がいて、女の子はそういうやつに甘いから。学生運動なんかしたりして、気を引いているんだ、女子を思うようにしたいだけだよ」

「あなたは、だから、そういう不真面目な人ではないんでしょ」

「…そういうことはしたくない、と思っていたよ。でも、今はもう違うんだ、もう自分に嘘はつけない。君のことは好きだ、だけど、耐えられない。君のことが気掛りだけど、もう学生運動から身を引きたい。そうなんだ」

「…きっとそう言うのだと思っていた、なぜだろう、そんな予感がしたわ」

「君には僕のこの気持ちは理解出来ないだろ、召還なんて出来ないよね」

「確かに理解は出来ないと、思うの。だけど、どうしてそう思うようになったの、それはおしえてほしいわ、説明出来ないほど難しくて複雑だというなら、それをちゃんと言葉で伝えて」

隆夫は黙ったまま、テーブルの上に運ばれていたコーヒーを口にした。ごくりと飲み干す音が沈黙の中で聞こえた。

「僕は、兄のようになりたいと思っていたから、兄が六〇年安保を闘ったように、七〇年安保を闘うんだと思っていたんだ。大学に入って田根村さんに会って、かっこいいなって思ったよ。三年後には七〇年安保だと思ってたから、学生運動には何の疑問もなくて、高校のときからデモにも行っていたし、その仲間との付き合いもあるよ。不真面目な奴もいるけれどね」

「そのお兄様がもう運動から離れて、会社員をなさっているって、言ってたわ、あなた」

「そうなんだ、結局、闘う意味がないんだ。佐世保に行けば闘う意味が分かるかと思った、でも、分からなかった。ただ、あの壮絶なヒロイズムには、誰でも憧れるよ、きっとあの佐世保橋の最前線にいたら、僕も川に飛び込んでいるかもしれない。米軍基地の塀に手を掛けたかもしれない……でも、もっと胸のうちから湧いてくる怒りとか、そういうものがないと、ヒロイズムだけでは闘えないんだ。それがないんだ、僕には…」

「………そういう心から湧いてくる怒りや正義感がなくて、あの場にいるのは辛くはなかったの？」

「うん、辛かった、捕まるのも嫌だったし。ごめん、こんな話に付き合わせて、本当にごめん、気分悪いよね」

「ううん、大丈夫よ、誰だって捕まるのは嫌よ、きっと」

「将来を台無しにしたくないって思った。もう、こんな僕を、嫌いになったっていいよ。今だから言うけれど、あの十月八日の羽田の弁天橋のことを、君が必死に走って伝えに来たよね、山崎君が死んだって、あのとき、僕は、ああ、もうこれで僕の七〇年安保が終わってしまったって、そう思ったんだ。一瞬目の前が暗くなった」

「………私は、打たれるように、誓ったわ、彼の屍を乗り越えようって……」

「…君は素直だ、死んでいった同志に正直だ。それは素晴らしいよ。僕は、違うんだ。もう三年間の時間が済んでしまった。今の全学連は僕の知っている全学連ではもうないんだ。あの山崎君は、七〇年安保のときの僕だったかもしれないってね、そうだったら君も僕もきっと三年後まで一緒だったよね」

「そうだったら、きっと幸福(しあわせ)だったたってそう思うの？…そうね、そうね幸福だったわね…」

「でも、そうはならないよ……だって、君はさっき屍を乗り越えようって、そう言ったよ」

「うん、正直に言ってくれて、ありがとう。あなたのことは分かったわ、いいえ、分かりたいと思う。二人の見ている方向が違うのも分かったわ。でも、だからって、二人はお終いなの、だって、私はあなたを嫌いにはなれない、好きよ」

「……その答えは、今は出せない。今は……。考えてみるよ……」

隆夫は、蕗子が、嫌いにはなれない、好きよ、と言ってくれたことには、胸を締め付けられるほどの歓びを感じた。思わず、冷たいコーヒーを口にした。

蕗子の前にあるコーヒーもすっかり冷めていたが、彼女はその苦い一口を飲み込んだ。

隆夫も蕗子も、今夜はもう遅いから、と、答えを出さないまま、駅の改札口で別れた。蕗子は手を振ったが、隆夫はうんと首を縦に振った。くるりと踵を返して、一度も振り返らずに去っていった。その後、蕗子は電話をしなかった。隆夫からもなかった。

蕗子が忙しかったこともあったのだが、その理由の一つは逮捕者への支援活動だった。逮捕され東京に移送されてきた者もいた。室谷は佐世保から東京拘置所へ移送され、起訴は難しいこともあるが二十三日間は必ず勾留された。起訴されても保釈が認められないことも多くあった。また保釈が許されても保釈金の提出は学生運動にとっては大変な負担ではあった。

二月二十六日には、三里塚空港反対同盟から共闘を依頼される形で、現地での闘いがすでに組まれてあった。しかし、電話一つ掛けない理由が、忙しいというのは口実に過ぎない。正直に話してくれた隆夫には、決して言えないことだが、冷静になってみれば幻滅がなかったわけではない。ただそれで、隆夫への好意がすべて失われることはなかった。少し距離を置いた方がよいのだと蕗子は思っていた。

室谷忠彦が保釈されて拘置所を出て来た。室谷にはそのときには恋人も妻もいなかったから、もっぱら差し入れは蕗子が行っていた。書籍や衣類も頼まれれば差し入れをした。室谷は出所後、時を置かず書記局に顔を出した。たまたま、蕗子が文学部自治会室にいると知って、六角校舎の二階にやって来た。扉を開けるや

「冬華さん、いるかな。いやあ、ありがとう、差し入れだけが楽しみだからね、本も食べ物も助かりました」

「いいえ、そんなお礼を改めて言われるとは、こちらこそ恐縮です。当然の仕事ですから」

「ブントの藤本には歌手が差し入れするって看守が言ってました。僕には冬華さんが一番だな、妻にしたいくらいです」

「えっ、ご冗談でしょ」

と笑ったのだが、その場には、鳩居も笹岡もいたから、ただの冗談では済まない空気が流れてしまった。鳩居は二人を見比べ、ははあんっといった視線で見た。こういうとき、呉羽がいればうまく蕗子を助けたのだが、不在だった。

「さっき、室谷さん、冬華を『妻にしたい』って言ってたよね」

鳩居は室谷が階段を下りていったのを見計らうようにして、蕗子に話しかけてきた。

「何言ってるのよ、冗談でしょ、お礼のついでにちょっと冗談を言ったのよ」

「いや、あれは本音でしょ、そう思うよ、冬華はどうなんだよ」

「だから、何だっていうの、私は冗談としてしか取っていないわよ。鳩居君、いい加減にしてね」

「鳩居、やめなさい、冬華さんが困っているだろ」

と、笹岡が蕗子の困惑を察していさめて終わった。しかし、笹岡にも室谷の本音のように聞こえたのだが、それは言わずにいた。笹岡は、蕗子と隆夫の件を、田根村を通して聞いていた。


畑中隆夫は召還しそうだ、と聞いた。「召還」とは本来は派遣した者を呼び戻すことをいうのだが、学生の用語では、運動から離れていく、運動から誰かによって呼び戻される、という意味に使われていた。戦中の「転向」ほど深刻な意味はない。蕗子は田根村に、隆夫と会って話を聞いた、彼は学生運動から離れたいと言っていた、と伝えた。ふーん、やっぱりそうなんだな、と応える田根村だった。

蕗子は、六角校舎を出て歩きながら腹を立てていた。鳩居もそうだが、室谷にも腹を立てていた。また、へんな噂でも立ったら本当に困る、鳩居にはもっときつく叱って、腹を立てていると思わせておけばよかった、と。


書記局に寄ってから、今日最後の授業に出席しようと思っていた。案の定、室谷がいたので、さきほどは、と頭を下げた。

「あれ、また会ったね、ご冗談でしょ、って言われちゃったから、それ以上言えないね」

「何てことでしょ、唐突なことですよ、もう、反省して冗談はほどほどにお願いします」

と言い合っていると、書記局長の谷川寛之が
「何を言い合ってるの、室さんも冬華さんも、仲がいいんだね」

「あっ、そう見える、谷寛もときにいいことを言うね。僕は嬉しいけれどね」

「私は、尊敬する先輩とずっと格下の後輩っていう以外ないです」

と蕗子は説明口調で応えた。

内心では、室谷とは顔を合わわす機会も多く話をすることも多かったので、室谷の気持ちも分からないではなかった。ただ、その気持ちに応えたいとは思わなかった。室谷は蕗子よりも七つも年上だった。東京工業大学に籍は残しているのか、留年を繰り返していた。誰もが尊敬する人物で、胆力のある懐の深い人物であった。秋山委員長を陰で支える中執であったし、他派の執行委員からも一目も二目も置かれていた。小柄な秋山と大柄な室谷が並んで話をしている姿を見るだけで、皆、安堵する心持であった。

では、お先に、と言い残して書記局を出た。手にしたカバンには授業のための教科書とノートが入ってはいるのだが、蕗子は単位が大幅に不足している現状を、父に何と申し開きをしようかと、頭を悩ませるばかりだった。

二月二十六日は近付いて来た。一月二十九日には、東大医学部の無期限ストライキが始まっていた。東大闘争の始まりであった。世界は動いていた。激動を予感させる日々だった。

六角校舎の横にはボアソナードという大学創立者の胸像があった。隆夫は久しぶりに大学に足を向けた。授業もあったのだが、蕗子にも会えるのではないかと思ったとしても無理はない。胸像の横の樹木の陰で足を止めた。しばらくそこに佇んでいた。オーバーコートの襟を立てていても、二月の風は冷たく長く立っていることも出来なかった。何気なく、六角校舎の一階ピロティから地下に通じる片隅に身体を潜めた。

そこに、ダッフルコートを着た鳩居が下りてきた。以前から、彼は隆夫にさしたる意味もなく「敵愾心」を持っていたから、姿を見るや

「なんだ、畑中君か、しばらく来なかったね。ここは文学部だよ、何をしに来たの？あっ、そうか、冬華だろ、今はいないよ。六十二年館に行くって出ていったから」

「いや、別に彼女に会いに来たわけじゃないよ」

「追いかけても無駄だよ、彼女はきっと、室谷さんと結婚するんじゃないかな、そのうちだけどね」

「…あの室谷さんと、結婚？」

「うん、そうだよ、室さんが妻にしたいってね、そのうちにね。職業革命家の妻、かな」

「馬鹿なこと言うな！」

と、隆夫はその場を足早に離れた。情けなさが隆夫を襲っていた。そしてそれへの苛立ちと攻撃性は、鳩居をいつか殴ってやる、と呟かせることになった。情けなさの正体は、隆夫の完膚な

きまでの敗北感だった。

彼の足は、市ヶ谷駅へと続く外堀公園の道を辿っていた。紺のウールのオーバーコートを着た
蕗子は、中央線の線路と堀割に架かる橋を渡って、外堀公園の道を大学に向かって歩いていた。

はっと気付くと、すぐそこに隆夫が足早に歩いてきて、彼も彼女を見た。険しい顔だった。

「隆夫さん元気だった、どうしたの、もう帰るのかしら」

「………うるさい!」

「どうしたの、いったい何があったの、誰かと喧嘩でもしたの?」

「喧嘩なんてしないさ、だけど、あいつはいつか殴ってやる」

「何てこと言うの、やめてよ、殴るなんて」

「もう、君には会いたくない!何だ、ちょっと会わないうちに、もう他の男と」

「えっ、どうしてそんなこと言うの?私が他の誰かとどうかしたって言うの?」

「室谷さんだよ」

「嘘よ、変な噂流しているのは誰!もう、ひどいわ」

「女はみんなそうだよ!出世する男になびくんだ、まさか、君がそういう女だとは思わなかったよ!」

「ひどいのはあなたよ、そんな噂を信じるなんて!」

「もう聞きたくない、もう君には会わない、絶交だ!電話もするな!」

と、言い放つと、駅に向かって駆けるように去っていった。後ろ姿を目で追いながら、呆然と

佇むばかりの蕗子だった。あまりにも突然の、しかも、身に覚えのない理由での別離だったので、これが本当にわが身に起きたこととは思えずにいた。

しかし、これが、二度と会うこともなかった隆夫との別れだった。あれほど恋しく思った隆夫との別れだというのに、涙もないのだ。あとを追うでもなく踵を返して、蕗子は図書館棟に向かって歩き出した。あまりの悲しみに、彼女は泣くことも忘れたのだった。

三里塚闘争へ

三里塚闘争が数日後に迫っていた。六角校舎の二階は文学部自治会と、かつてはサークルの部室として使われていた部屋が続いてあったが、そのときには空き室になっていて、資材置き場として使われていた。

数センチほど扉が開いていて、中の様子が僅かに見えた。ちょうど二階に上がってきた蕗子が、ふっと目を凝らすと人の横向きの姿が見えた。しかも、椅子に座り後ろに回した手が交叉していたのだが、普段は人のいない部屋に異様な緊張感があって、蕗子は扉を開けた。

男は、後ろ手に簡単なひも状のもので縛られ椅子に括りつけられていた。口にはハンカチが猿轡（さるぐつわ）のように回されており頭の後ろで軽く縛られていた。長袖シャツにセーター、灰色のスラックスの男だった。

「なあに、これは、どうしたの？一体…」

蕗子は見知らぬ男に向かって思わず尋ねた。無論、男子学生は答えられない。年恰好は二年生ぐらいではないか。あまりにも異様な光景に
「待っててね、大丈夫よ」

と言うと、蕗子はその部屋の扉をきちんと閉めてから、隣の自治会室に入った。扉を後ろ手で閉めるや
「一体何なの？あの男性は。どうしたっていうのですか」

「ああ、隣の部屋の者ね、民青だよ。2・26三里塚闘争の立看を破ったんだよ、まあ、大したことないけどね。たまたま見たんで、その場で襟首捕まえて手を捻り上げたら、おとなしくなった。で、そのまま捕まえてきた。途中でお前はどこの党派かって聞いたら、小さな声で民青だって言ったよ。部屋に押し込んで注意しようとしたら抵抗したんで、椅子に縛り付けたんだ」

と太田が言った。その傍らには鈴木が座っていた。笹岡は不在だ。

「分かりました。でも、とにかく、同じキャンパスの中で、同じ学生どうしで、こういうことは止めましょう。鈴木さん、何とかなりませんか。お願いします」

「うん、破かれたのは隅っこで、大したことはないからね、しかし、このままってわけにはいかない」

「いいわ、それなら、自己批判書を書いて署名させたらいいじゃないですか。二度と立看を破くようなことはしないって、他派の言論を封殺するようなことはしないって、自己批判させればい

いじゃないですか。ね、そうしてください。鈴木さんお願いします」

「まあ、冬華さんがそういう提案してくれたから、どうだ、太田も、それでいいんじゃないか。いつまでもここであの男を放っておくわけにもいかないだろ、どうだ？」

「あっ、鈴木さんがそう言うならいいですよ、自己批判書をこっちで書いて、署名と拇印押させる。あいつには、何かあったら、これを見せるからなって、言っておきます」

「ということに。ここは冬華さんの提案で。しかし、二度とこういうことをするなって、あいつには言っておくぞ」

「はい、分かりました。鈴木委員長、裁定をしてくれて、ありがとうございました」

蕗子は頭を下げた。

あれもこれもと言いながら、太田が「自己批判書」を書いてから、わざわざ朱肉とボールペンを持って隣の部屋に入っていった。鈴木も入っていった。蕗子もあとから、物音をたてないようにして部屋に入り、隅の方に控えた。資材置き場になっていたから椅子や机、段ボール箱や木材、麻の紐の輪などが雑多に詰め込まれていた。人が数人も入ればいっぱいになった。

鈴木は黙って、恐怖で身体を硬くする民青の学生の頭を、げんこつで軽く殴った。一瞬、痛そうに顔を歪めたが、手加減が分かったのか顔はやや安心したものになった。

「いいか、自分と同じ考えでなくても、他派の主張や行動を認めるんだ。同じ学内で立看板を破ったりするのはご法度だからな。二度とこういうことはするな、分かったか！」

「では、この自己批判書に署名して拇印を押すように。偽名なんか使ったら、ここから帰さないぞ」

と言いながら、太田が後ろ手に縛ったひもをほどいて、ハンカチの猿轡を取り去った。あわてて、その若い学生は署名をして拇印を押した。鈴木は、拇印を押し終わるや紙面を取り上げ、しげしげと眺めてからやや間を置いて
「帰ってよし！」

と声を掛けると、若い男は後方にいた蕗子の顔を見て、さっと頭を下げるや、逃げるように部屋を飛び出し、階段を駆け下りていった。その姿を確認してから、太田の背中に声を掛けた。

「太田さん、すみません。私、出過ぎたことを言って。でも彼もこれで懲りたでしょ、もう近付いても来ないわ」

「いや、いいよ」

と、振り向きながら太田がむすっとした声で返した。

「共産党は、去年の十二月に、三里塚の空港反対同盟から三下半を突きつけられて、共闘から外されたんだ。それを知っていて、立看を破こうと思ったんだろうな、奴は」

と。鈴木は、あれは確信犯の男だったのだと、太田の肩を持つ形にして、その場を収めた。

気付くと、外は暗く、冬の陽は足早に落ちていった。

三里塚芝山連合空港反対同盟は、一九六六年八月に結成された。

羽田の国際空港のキャパシティから、やがて航空機の離発着が十分に出来なくなることを見越

して、時の政府が、新しく国際空港を作ろうとしたのが発端だ。羽田の拡張工事が出来ないとなると、予定地を探さなくてはならない。当初建設予定地とされたのは、三里塚芝山ではなく千葉県富里村だった。

しかし、富里村農民たちの極めて激しい反対闘争にあい、当時の政府と千葉県知事との話し合いの末、規模を縮小し、同県成田市三里塚と芝山町にかかる内陸に変更すると内定した。しかも、これら一連の内定を、一九六六年七月に国会には諮らず閣議で決定した。

この富里に代わる候補地となった三里塚は、戦後、外地から身一つで引き揚げてきた者や、戦後の荒廃の中で出身地に帰れなくなった者、農家の次三男などが、困窮の中で入植してきた土地で、戦中・戦後、何処の地でも血の滲むような生活を送ってきた者たちの土地だった。ようやく、収穫量も増え安定した農業が期待された矢先だった。そのような土地に対して、政府が高圧的に強制収用をちらつかせ、命の糧を取り上げようとしていた。

空港建設による土地強制収容に反対する二つの村の農民たちは、それぞれが速やかに反対同盟を作り、のちに連合する。初代の反対同盟委員長は、戸村一作（とむらいっさく）氏だった。反対同盟は、政府の強権に反対するあらゆる勢力とともに闘うとして門戸を開いていたが、ある事件をきっかけにして方針を変えた。

一九六七年十月十日、空港公団は、測量を実施するため三里塚の現地に機動隊を伴って現れ、測量を実力で阻止しようとした農民、支援する勢力との間で、双方に重傷者が多数出る流血の惨事を引き起こした。農民の魂ともいえる土地を守ろうとして、土地に杭を立てそこに己の身体を縛りつけて抵抗する実力闘争に、ただ傍観者として批判を加えるだけの共産党は、反対同盟にとっては裏切り者といえた。

そして、十二月十五日、反対同盟は、日本共産党関係者の空港阻止闘争からの排除を決めた。代わって、新左翼の実力闘争に期待と好感を寄せて、共闘を呼び掛けてきた。こうした経緯を受けて、一九六八年二月二十六日、中核派全学連も三里塚闘争に主体的に加わっていった。

二月二十五日午後、三里塚闘争に出発する学生が全国から集まってきた。夕方からは決起集会が大教室で開かれ、残されていた秋山委員長と出所した中執が壇上からアジテーションをした。大教室は大いに沸いて、蕗子は袖にいて聞き惚れた。

ことに室谷は開口一番

「風雲急を告げる三里塚！命を賭して空港建設に抗して闘う反対同盟から、わが闘う中核派全学連に！共闘が呼び掛けられた！」

「我々は全学連の栄光とともにここに誓う、我々の闘いは何のためにあるのか！圧政の苦難に沈まんとする人々のためではないか！決して強制執行は許さない！土地は生きていく農民の魂だ！反対同盟の闘いに連帯して空港建設阻止の最後までともに闘うのだ！」

と、始めた。まるで、ツアーリの暴政に抗して、土地を求めて立ち上がった農民を鼓舞するボルシェビキのようではないか。会場は異議なし！異議なし！の声で沸き上がる。

決起集会後のことだ。図書館棟の二階大教室に毛布を持ち込んで、ほとんどの学生が雑魚寝になるのだが、そこに、池袋の前進社に常駐する全国委員会政治局員の加山武敏が、数人の者に担がせ山のような紅い布や白い布などを運び込ませた。他には携帯出来るミシンが二台持ち込まれた。教壇の教卓にはそれらが山のように積まれた。

「ちょうどいい、冬華さん、いいところにいた。この布を今夜中に百枚の中核旗にしてくれないか」

「今夜中ですか、女子だけで作るのはちょっと大変かもしれない、でも何とかします。男子にも作ってもらいますから。百枚ですね」

「いや、作れるだけでもいいよ」

「はい、目標は百枚！」

「何しろ、深紅の旗が、大地に百本翻るっていうイメージなんだな、全学連が三里塚に登場するときのイメージが、ね」

「まあ、映画のようですね、分かりました」

蕗子は、請け負うとすぐに、教壇に上がりマイクを手にして
「静粛に願います。ここにいるすべての闘う同志の皆さん、ことに女子の皆さん、今夜中に百枚の中核旗を作る必要があります。明日、三里塚の大地に翻る旗です。協力をお願いします。手伝っていただける方は前に出て来てください。男子も同様です。ぜひ手伝ってください」

と呼びかけた。女子は、ほぼ全員が前に出て来た。そして僅かだが男子もいた。

「ミシンがけが上手な人は手を上げて、前に出て来てください、二人必要です！」

「これから、この赤い布を旗の大きさに切りますから、ハサミはここにあります、前に出て来てください、四人です、前に出て！」

と次々に仕事を分担し、役割を与えて、瞬く間に百枚の布を切った。その切った端をミシン掛けするや、女子に並んでもらい、数人のグループに分け、縫ったそばからグループに白いテープと針と糸、赤い布と黒の太いマジックをセットにして渡す。

教室の黒板には、旗の完成図を描いてある。

「明日の朝まででよいですから、中核派とか、中核全学連とか書いて、紐を四か所しっかり付けて旗の形にしてください、お願いします。早く出来たグループは出来たところで、私に届けてください。よろしくお願いします。何か分からないことがあれば、私に聞いてください。糸やテープが足りないときは、隣のグループからもらって、ね」

すべて配り終えたときは十二時近かった。ほっと一息つくと、加山政治局員が
「さすが、お見事だね、感心したよ」

と声を掛けた。

「いえ、まだ出来上がっていませんから。明日の朝までにお届けします」

「僕はこれから池袋に行くから、室さんか、谷寛に渡して、じゃ頼みましたよ」

と言って帰って行った。

遠山貴美子が、旗を五枚、きちんと畳んで持ってやって来た。

「冬華さん、はい、五枚、うちの男子にもやってもらった。でも、冬華は凄い仕事っぷりだな、ローザ・ルクセンブルグだよ」

「まあ、どおりで早いこと。どうもお疲れ様でした。ところで、ローザは下働きはしないんじゃないの、常にドイツ革命の闘いの前線にいて」

「そうか、でもきっと何でも出来たよ」

「ふっふっ、遠山さんこそ、ローザだわ」

まさか、この言葉が暗示する未来があるとは、このとき蕗子も貴美子も思わなかった。

翌朝には百枚の旗が蕗子の下に集まってきた。畳まれた百枚の旗は段ボール箱に詰められ、数人の手ですぐさま谷川の下に運ばれた。谷川は、まるで手品を見るかのように目を丸くして、蕗子を見ながら「ご苦労様」と受け取った。


二十六日、出発の早朝は、いつでも同じことを願うのだ。この教室から出ていったすべての学生の行く手に、何事もありませんことを、と。蕗子は久々に、谷川から留守部隊を仰せつかった。

その日、遅くなってから戻ってきた谷川に話を聞いた。百本の中核旗は壮観だった。全学連が三里塚に登場する絶好の舞台装置になった。しかし、旗を付けた百本の竹は、もし、機動隊と対峙したら即座に旗の役目は終えて、「竹の槍」の役割となったことだろう。

この日の集会とデモは、機動隊が道の向こうに阻止線を張っており、激しく衝突した。デモ後の集会での戸村一作委員長は、機動隊に小突かれ負傷し、頭に包帯を巻いて挨拶に立った。なかなかの人物で、教養のある老人だったが激しい闘志の持ち主でもあった。闘わない集団はいらない、我々とともに闘ってくれる全学連こそ頼りになる集団だ、と。北原事務局長は、向こう気の強い理論派の闘士であった。

それもそのはずなのだ。ここ三里塚は戦後すぐに、「新窮民」と呼ばれるほど困窮した生活状態にあった人々が、昼は他の村での小作、夜は月明かりを頼りに、食べることも惜しんで鍬一本で開墾したといわれたほどの土地柄だ。このような苦しい開墾に耐えて、この村から逃げ去った者の土地を買い合わせて今の生活を成り立たせた者しか残っていない。筋金入りの農民なのだ。

開港を急ぎ、農民や周辺住民の騒音被害への不安といった問題に蓋をして、一気に機動隊を投入し、かたを付けようとした政府の傲慢な対応が余計抵抗を激しくした。この先の三里塚闘争は七〇年代、八〇年代と続き、開港を過ぎてもなおやまなかった。その間、多くの死者が双方に出てしまった。問題の根は深いといわざるを得ない。

王子野戦病院

同じころ、重要な問題の一つに野戦病院があった。ベトナム戦争の戦死者や負傷者を引き受ける、日本国内の米軍野戦病院だ。

この年の三月、アメリカ軍は、埼玉ジョンソン基地内の野戦病院を都内北区の王子に移転してきた。負傷者が多く、ジョンソン基地内の病院では収容が追い付かなくなったからだ。

住宅地に囲まれた王子の野戦病院には、周辺の住民はもとより多くの反対の声が上がった。日米安保体制によって、日本はベトナム戦争に深く組み込まれていることが露になった。運び込まれる戦死者や負傷者の姿は、「平和」な日本に住む住民にとって、いやでも戦争を想起せざるを得ない。

当時の美濃部東京都知事も、この「住宅地の中にある野戦病院」を視察せざるを得なかった。王子野戦病院も移転が検討されてはいたが他の候補地が見つからないのだ。住民の反対闘争が頻繁に行われる中で、全学連の各派も王子野戦病院反対闘争に加わっていった。

全学連の闘いは実力闘争となって、野戦病院につながる道で阻止する機動隊と激しく衝突した。道路の敷石をはがし破砕して、投石をする学生には催涙弾が使用された。住宅地が市街戦場と化し、付近の住居にも大変な被害が出た。しかし、学生の激しい抵抗は止まなかった。野戦病院に通じる商店街の店は、ほぼシャッターを下ろすこととなってしまった。

学生たちは機動隊に阻止されれば、野戦病院に通じる路地から路地へと動き回り、まったく統制も利かなくなったときもあった。蕗子も学生たちを見失うことがあった。というのも、多くの住民や市民や反対集団が参加し、群衆も非常に多かった。人の波をかき分けなくては前に進めないという状況もあったのだ。

学生が激しく投石する現場を遠巻きにする群衆の中に、テレビで見たことのある若い俳優を蕗子は発見した。後に日本の演劇シーンで最も高名な演出家となるその男は、女優の恋人と肩を組んで並んでいた。誰がいても不思議ではないほどの多くの群衆が、どこからか王子の街に集まっていた。四月一日には、群衆の中で一般の市民が死亡するといった、起きてはならない悲惨な事件も起きた。喧騒と硝煙の燻る騒然たる街だった。

王子野戦病院反対闘争を闘った翌々日、三里塚空港反対の闘いを三里塚で闘うといった、休む間もない連続した闘いだった。そのたびに負傷者も逮捕者も出るという日常で、蕗子も気の休まる間もなかった。ほとんど家には帰ることが出来ず、硬い床や椅子の上で仮眠をとるという日々が続いた。

三月、四月は、ほぼ三日に上げずに波状的な戦いが、三里塚と王子野戦病院で繰り広げられた。そのエネルギーの放出には、さすがに、全学連の体力も気力も物資も資金も底をつくか、となった。これ以上続かない、底をつくという実感が、初めて蕗子のような書記局の一学生にも及んだ。闘いは収束の方向に向かわざるを得なかった。

王子野戦病院反対の闘いは、四月二十一日には、そこに住む住民を主体として、多くの野戦病院に反対する市民が病院を囲むように参集し、大規模な抗議集会が開かれた。「エプロン姿のおばあちゃん」たちが、先頭に立ってデモ行進をした。多くの市民が自らのこととして立ち上がっていった。

蕗子は、一度だけ隆夫の自宅に電話をした。四月の終わりだったか、ほぼ一週間ぶりに家に戻る時間が出来たときだった。戻るや母にはいきなり叱られた。連絡がなかった、と小言を言われた。

「ごめんなさい、何だか私だけ電話をするのも憚られて、そのままになったのよ」

「何言ってるの、ちょっと外に出たときにでも、する気があれば、電話は出来るでしょ。お母さんもお父さんも心配してるのよ、あなたを信じてはいるわよ、でも怪我でもしていたらどうするの。連絡が何もなければ、どうすることも出来ないでしょ」

「ごめんなさい、謝るわよ。分かったからもういいでしょ」

と、反抗的な態度を取ってしまうのは、やむなかった。母には申し訳ないと詫びてはいるのだが。志津代はむっとした顔と無言で、それでも食事の支度をしてくれる。父廉太郎が帰ってくる頃には、汗臭い身体を一刻も早く洗いたいと、隠れるようにして風呂場に飛び込む。父親は娘の在宅を知っても、無言だった。なぜ無言でいるのか、蕗子は聞いたことがなかったが、外泊を繰り返す年頃の娘に、何を言っていいのかが分からなかったのだろう。

電話を架けようと階下に降りた途端、父とばったり顔を合わせ、お帰りなさい、と蕗子の方から先に声を掛けた。虚をつかれたように、うん、とだけ言うと廉太郎は茶の間に入っていった。母の声と父の声が何か言い争いをしているように聞こえた。おそらく娘の躾や心配事を言い争う形になったのだろう。

玄関の上がり框(がまち)のやや広い空間の隅に電話台があった。冬は寒いのだが、隆夫との電話には少しの障害にもならなかった。隆夫と別れてから、何度か電話をしようと思ったのだが、勇気がなかった。きっと激しい拒否にあうだろうと、思ったからだ。今夜は必ずしてみようと、決意をしていた。受話器を耳にあて、呼び出し音を聞きながら、動悸を抑えることが出来なかった。受話器が上がる音がした。

「もしもし、畑中さんのお宅ですか、隆夫さんはいらっしゃいますか、冬華と申します」

「あらっ、冬華さん、隆夫ですか、…今、ちょっと外出してます。ごめんなさいね…」

「いえ、ご不在なら…結構です…」

「ごめんなさい、何しろ、今しがた出ていったものだから、いつ帰って来るとも言わないのでね」

と、母親は明らかに言い訳をしているのだ。蕗子は、もう電話をしてはならない、と思い知らされた。不本意に、しかも、隆夫に対する思いがまだ残っていたのだと、涙が滲んだ。

「電話があったと、隆夫には言いましょうか」

「いえ、大丈夫です。お母さま、ご親切にありがとうございます、では、失礼いたします」

蕗子は静かに受話器を置いた。もう、すべてが終わった、と切ない諦めが支配した。と、同時に、隆夫のふとしたしぐさや横顔、並んで歩いたキャンパスや外堀公園の空気、唇や身体に触れた感触が俄かに思い出された。やりきれない思いだったが、拒絶する隆夫の気持ちも、分からないではなかった。

もう、どれほど手を伸ばしても届かないのだ、と。失うことは辛いと、身を切られるような痛切さが蕗子を襲い打ちのめした。

その晩、机に打ち伏して初めて、静かに泣いた。

六八年全学連総会のころ

この一九六八年という年は、日本のみならず世界中で学生・労働者・大衆の抗議運動が活発化した。

アメリカのベトナム戦争は勝利には遠く、一層泥沼化していた。学生たちの反戦活動もまた広がりを見せていた。一方、中国では、中国共産党内の主導権争いを反映して毛沢東が学生を動員し、権力闘争の様相を呈して文化大革命が激烈化していく。

日本では、東大全共闘の無期限ストライキによる、前近代的な医学部の慣習への反乱が起きていた。これに続く最大数の学生を擁する日大の全共闘結成など、さらなる学生たちの反乱を、迎えようとしていた。

しかし、この年、最も特筆すべきことは、パリ五月革命であった。五月、パリの学生たちが主導し労働者がゼネラルストライキを起こし、大衆を巻き込んで一斉に蜂起し、政策の転換を図ろうとした運動であった。

発端は、五月三日、旧態依然とした大学の位階制度に反発するパリ大学ナンテール分校の学生たちの反乱に、当局側がロックアウトで応じたことであった。

ロックアウトで学校を放逐された学生たちはソルボンヌ校を占拠し、それを警察、共和国保安機動隊が強硬に排除、百名以上の負傷者、数百名の逮捕者を出した。ソルボンヌ校は封鎖され、行き場を失った学生たちが、パリ市街ラテン地区を、バリケードを築いて占拠した。カルチェ・ラタンを含むパリ市街地中心部では、大規模なデモが行われ、それを規制し制圧しようとする警察・機動隊との間で激しい「市街戦」が起きた。

五月六日にはさらに激しい衝突が起き、それに連帯する学生による連帯ストライキが、フランス各地で起きた。七日には仏全学連の呼びかけで四万人のデモが起こり、カルチェ・ラタンはさながら解放区となった。

こうした運動に当初は、教職員組合などの労組も連帯して、デモやストライキを行い、やがてポンピドゥ首相も学生の要求に譲歩の姿勢を見せた。さらに、学生に呼応し労働者のゼネストが、労働組合や左派政党の呼びかけに応じて広がり、最終的にはフランス全土で一千万人の労働者がストライキに参加した。五月の末には労働者側は、すべての賃金の一〇%の上乗せと最低賃金の三五%の引き上げを勝ち取り、労働組合運動の合法的な権利も勝ち取った。

しかし、大統領シャルル・ド・ゴールは、六月総選挙を約束し、反撃に出る。軍の協力を取り付け、一方で、ド・ゴール支持派の大規模なデモを整然とシャンゼリゼ通りで行う。結果として、政府の軟化姿勢による労働環境の改善は、労働者のデモの鎮静化を促した。

六月にはデモは鎮静化し、二十三日、三十日の総選挙で、ド・ゴール派は大勝利をする。

パリの五月革命は終息した。

しかし、この「革命的な運動」は、当然のように日本やドイツ、イタリアの新左翼の運動や学生運動に影響を与えていくのだ。そして、この運動が生み出したものは、さらに大きなものがあり、その後の世界の若者の文化や価値観にも多大な影響を及ぼしていった。

六月には、全学連の総会が開かれた。場所は法政大学の551番大教室であった。地方からも学生は集まってきた。中に、京大全学自治会の学生がいた。図書館棟の前の通路で、顔見知りの京大四回生の橋本津由己（はしもとつゆき）と山口純治（やまぐちじゅんじ）の二人に会った。蕗子を見つけると、歩み寄って

「冬華さん、うちも随分世話になっているよね、礼を言います」

「いえ、書記局の仕事ですから、そんなお礼なんて」

「いやあ、冬華さんに会えたら言うつもりでいたんだ」

「でも、私だけではないのですから、書記局の者へのお礼だということにしましょ」

「こいつは、冬華さんと会って話したいんですよ」

と、山口が軽口を叩いた。

「そんな、光栄です。私も会いたいですよ、遠くの方（かた）には」

蕗子も咄嗟にそう返した。橋本は中肉中背、ふくよかな顔つきで、山口はうりざね顔で体つきも細い。二人で一人のように、いつも並んでいる。きっと良いコンビなのだろう、と蕗子は微笑ましく思っていた。蕗子に向けた橋本の笑顔が優しく柔和で、目の底に焼き付いた。

総会を開く前日は、準備で慌ただしかった。全学連の運動の前期の総括と、後期に向けての意思統一の場である。特に十月には、10・21国際反戦デーがあり、大規模な集会とデモが予定されていた。

総会の演壇後方には、白い垂れ幕状のスローガンが八本並ぶことになっていた。誰がということもなく、字がうまいのは冬華さんだな、と書くことを指示された。白の模造紙を四十センチ幅に切ってつなぎ、天井から教壇までの長さに揃えて八本用意し、教壇の床に長く広げた。習字用の太い筆でスローガンを書く段取りになった。原稿を横目で見ながら、墨汁の皿に筆を浸し、文字の間隔を空けずに一気に書いた。

「へえー、上手いんだね、綺麗な字だね」

と谷川が言う。周りの者たちも同様な反応を示す。蕗子ぐらいの年齢の女性にとっては、書道は嗜みの一つで、必ず近くの書道教室に通わされた。秘書課とはいわないが、字が下手では会社勤めもままならないからだ。この時代にはワープロもなく、書類はすべて手書きが常である。タイプライターで打つ書類の作成にはタイピストという立派な職業があった。

ただ、蕗子の父も母も手跡は美しく、彼女もその血を引いたのだろう。さらさらと八本書き終えた。それに掛け軸のように竹を付けて、天井近くから垂らしすっかり総会らしくなった。様子を見にやって来た室谷は開口一番、

「これまでの垂れ幕はお粗末だったね、今年は誰が書いたんだ?冬華さんだろ、さすがに上手いね、いいね、総評大会みたいだよ」

た。

と感心する。小学校の冬の書初めとさしたる違いはないのだが、と蕗子は逆に小さくなってい

当日は式次第に沿って、議事運営は進んでいく。秋山委員長をはじめ、多くの中執が残ってい
たので、華やかな総会になった。地方の委員からもこの間の、羽田から佐世保、三里塚、王子と
続いた激動の七か月を総括しこれからの更なる闘いへと決意表明がなされていく。

一人、蕗子が聞き惚れる魅力的な名調子で、アジテーションをする人物がいた。室谷が、あい
つには敵わないよ、と脱帽する男で、埼玉大学四年生の中村壮太（なかむらそうた）委員長だった。

東京での集会の際に、登壇するや聴衆から掛け声と拍手がわくのだ。声の音域が柔らかなテナー
で、よくとおるうえに気付かないほどのビブラートがかかっていて、よく「我々はー」といった
ように語尾を伸ばすことはあっても、きりっとたたみ掛けるような調子になる。言葉の選択にも
知性が感じられて、蕗子は集会で彼に会うたび、聞かせてね、と微笑み頼むのだ。中村は少々照
れた表情をするのだが、彼自身が己の技量をよく分かっていた。登壇し、やや姿勢を前に倒し「埼
玉大学全学自治会を代表して」と一声を発するや、首を振ることもなく身体全身でリズムを刻み、
張りのある声で強弱をつけ、訴えかけるテナーは聴衆と蕗子の心をつかんで離さない。アジテー
ションとはいうが、これも才能かと思うのだった。今思えば、彼は甘い声をしていた。

すっかり議事が進行し、最後は全員が立ち上がってインターナショナルを歌う。ここに集った
学生たちの一人一人に、顔があり思いがあり、友があり家族がある。まだまだこれから、人生の
歓びも辛酸も味わうはずの年頃だと、蕗子は肩を組んで声を張り上げるたびに思うのだ。書記局

の蕗子と神冊祥子の二人は互いに肩を組んで、さらに隣にいる谷川の高い肩に手を伸ばし組む。演壇の袖に近い場所で、蕗子も、ああ、インターナショナル我らがもの、と歌う。


谷川が熱を出し、池袋の前進社にも全学連書記局にも顔を出していない。蕗子が文学部の自治会室に顔を出すと、笹岡が声を掛けてきた。

「青山さんが、夕方谷寛に代わって行くって言っているから、冬華さん書記局にいてくださいって今電話があったよ」

「分かりました、これから行きます」

六角校舎の階段を下りて、キャンパスを歩いていると、彼方のマル研の部室のある建物の蔭に田根村の姿が見えた。ふっと目を凝らすと樽林康子もいた。顔を見合わせているようだ。そうか、これまで気が付かなかった方があまりに無頓着だった。

田根村の恋人は樽林だったのだと、気付かされた。お似合いだわ、と思った。そんなところに無粋に近付かないほうがよいと思い道を変えた。鳩居と呉羽の二人にばったり会った。

「やあ、冬華じゃないか、どこに行くの」

「書記局よ、青山さんが来るんですって、谷寛さんの代わりに」

「でも、遠回りだよな」

「あ、そうね、いいじゃない、たまには遠回りでも。あなたたちはどこに行くの、授業?もう終わったわね」

「今日は映画でも見に行こうかって思っているんだ」

呉羽は言うが、鳩居はぐずぐずとしている。

「ゴダールでも見に行くの？」

「いや、高倉健かな」

「映画にしても、新宿に行かないか」と鳩居は呉羽に提案して合意を取り付けている。近くの名画座ではあまりに大学に近く、具合が悪いのだろう。

二人と別れて、図書館棟の経済学部の自治会室に入っていくと田根村がいた。

「あ、冬華さん、元気ですか？」と聞いてくる。

「はい、まずまず元気です。あっ、やはり元気じゃないです。すみません」

「うん、そうだよね、無理して元気にしてるのは、よくないよ。辛いときは辛い」

田根村は、蕗子と隆夫が結局うまくいかなくなったのだろうと、推測している。だからといって、慰めるのもおかしい。聞いたところでアドバイスなど出来ない。蕗子も先ほどの二人を見ているので、互いに察して言葉を選んでいる。話題を変えて
「書記局で待っていて、と青山さんに言われているんです」

「そういえば、谷寛さんが、具合が悪いんだって？」

「はい、熱が出たんですって、風邪でもひいたのかしら」

柴田磐根が入って来た。田根村がさっと立ち上がって、じゃあね、と言うとその場を後にした。

「柴田さん、すみません、マル研には行けなくなってしまって、本当はもっとちゃんと読みたいんですが、時間がとれなくて」

「ああ、いいんですよ、冬華さんは書記局の仕事もあるのでしょう、こんな状況だし、まったく激動の七か月よね。マル研はこのところ自然休会になってしまって、またいつか再開するつもりでいます」

「はい、そうなることを期待します」

「でも、やあね、田根村さんたら、私の顔を見たら、さっといなくなってしまって」

と、蕗子に向かって小声でそう言った。

「えっ、……」

「いいのよ、もう済んでいることだから。あらっ、知らなかったの」

「あの、よく分からないのですが、お付き合いしていたとか…」

「そうよ、でも他の人が現れて、その人のほうがいいって、彼が言うのだから、仕方ないわよね、納得は出来ないけれど、諦めるしかないでしょ」

「はい…」

蕗子にも、その気持ちは身を切るように理解出来た。

田根村は、女性にはおよそ好意を寄せられるだろうと思われた。蕗子も、田根村のスマートなやり方には驚かされていたので、柴田が、田根村に魅かれた気持ちはよく理解出来た。榑林康子も、均整の取れた体ときりっとした顔立ちや、周囲の言動には左右されない物言いが新しい女性のようで、秘かに憧れてはいた。

柴田は用事を済ますと、蕗子にも挨拶をして、自治会室を出ていった。しばらくすると、慌ただしく青山がやって来た。入って来るなり

「やあ、ごめん、ごめん、待たせちゃったかな、今夜中に一応全国の加盟校の学部あてに会費の請求書を送らなくてはいけないいんだ。前回やったことあるかな？」

「いえ、今回初めてです」

「谷寛さんが急に出て来られなくなって、あれ、請求書は送った？って話になったんだ。前回の書類はたぶん、このファイルの中でしょ。これを見てやれば今夜中には送れる段取りにはなる。手伝ってくれるかな？」

「はい、やりましょう、あっ、ちょっと電話して来ます、すぐ戻ります」

蕗子は、構内の公衆電話から、母に電話をした。急な話でごめん、今夜は書記局の仕事が山のようだから、もしかしたら、書記局に泊まるかもしれない、と。母の反応は、まっ、これだから、いい加減にしなさい、と言いながら不承不承に電話を切った。

書記局に戻ると、早速ガリ版を出して用意をしている。蕗子は、あっ、それは私がやります、と仕事を引き取る。封筒の宛名はコピーをすればよいようになっていた。ただしそれは学外の文房具屋に行かなくてはならない。青山は、じゃ、これは僕が外に行ってやって来ます、と言いながら、出ていった。

文案は、蕗子が内容を今年度用に多少手直しをして作成する。昨年の原本を読みながら、原稿用紙に書き留めた。あとは、ガリ切をするだけなので、そういう仕事は蕗子にとっては何の負担にもならない。

小一時間もするとガリ切は終わっていた。そこに青山が、はい、パンも買ってきた、と言いながら戻ってきた。何しろ、書記局と言っても実働部隊は、書記局長と蕗子だけである。ほかの局員は別の大学なので、なかなか常駐が出来ない。書記局で蕗子と仲の良い神冊祥子も普段は学芸大学にいるため、集会やデモのあるときにやって来て仕事をする以外なかった。

まずは、食べましょうか、と言いながら牛乳とパンを頬張る。食べ終わるや早速ガリ版に向かって用紙を貼り付け、インクの具合を確かめてから刷り始めた。その手際の良さに、青山が感心する。

「やだ、こんなこと、誰でも出来ますよ、青山さんが事務的な仕事してこなかったってことじゃありません?」

「うん、まあ、そうかな」

「広島大学で、あっというまに偉くなって?東京に出て来てからも事務はしてこなかった」

「冬華さん、何だか、急に大人になった感じがするよ、この間までは、初々しい憧れの東京の女子大生って、感じだったんだけどな」

「あらっ、いやだ、私、口の利き方間違っていました。同い年のような気がして。でも、女性だってある歳になれば、大人になるんですよ、きっと。男子だってそうでしょ」

「そうだね、だけど、同い年だと女子の方がエライよね、なんだって女子の方がうまくやれるよ」

話をしていても、蕗子の手は休まずに動いて五百枚ぐらいは済んでしまう。刷り終わって、紙を器用に捌いて整然とした束を見せると、それにも青山は感心する。封筒に入るように折りたたんで、百枚にまとめ輪ゴムで留めておく。宛名の紙を裁断機で切り、封筒に糊で貼る。封筒に会費の請求書を差し込んで封をする。そのところまでで終わった。段ボールに入れていると

「明日、午前中に僕が車で来て郵便局に出しに行きます。これで終わり、ご苦労様でした。明日はゆっくりしてください。別に用事はないと思う。あっ、そうだ、この封筒、谷寛さんに渡しておいて、いつでもいいんだけど、早い方がいいかな、でも出て来なければ渡せないよね、ま、任せます」

「分かりました、早い方がいいんですね…」

「別に今日じゃなくてもいいよ、もう十時を過ぎているし、明日以降でいいよ、室さんが今日電話したら出て来たって言ってたから、回復はしているようだよ」

蕗子がこのとき、ふっと、今夜中に届けに行こう、と思ったのは、その封筒の中が紙幣のような気がしたのだ。それ以外ほかに、何も意味はなかった。

手を振って青山が出ていった。机の上の後始末をしながら、そうだ、彼の住所と電話番号は手帳に書いてあったと思い、カバンの中から取り出した。

私鉄の沿線に住んでいる。どこかで谷川本人から聞いた記憶を頼りに、十一時過ぎ、ようやく谷川の住むアパートの入り口に立った。一階の部屋番号だけを頼りに、ドアをトントンと叩くと、中から、はい、という声が聞こえた。それを聞いてほっとした蕗子だった。室内に、ほかに女性がいるなどという想像は、彼女にはまったくない。ドアが開いて

「えっ、冬華さん?どうしたの?こんな時間に」

と谷川に問い詰められるように聞かれると、なぜだか、心外なという心持がした。

「青山さんから封筒を預かって来ました。早い方がいいと言われたので」

と、その場で封筒を手渡した。

「うん、分かった。すみません、わざわざ。でも、まあ、上がって」

「でも、渡したら、もう用事はありませんので…」

「何を言っているんだよ、何にもないけど、お茶ぐらいはあるよ、とにかく入って」

「はい…では、ちょっと…」

と言いながら、部屋に入っておずおずと、差し出された座布団に座った。書記局員が書記局長の部屋にいるというのは、おかしなことではないにしても、夜遅い時間に男の部屋に一人で入るというのは、やや不用意なことではないか。

「あの、具合が悪いと聞いたのですが、よくなられたのですか」

「うん、もういいんだ、確かに熱がさ、八度五分ぐらい出たんだけれどね、昨日ぐらいからもう何ともないいんだ。だけど、ここのところずっと休みもなく働いているからさ、ちょっと休んだん

だ。明日辺りから出ていこうかと思ってね」

「ちょっと、心配しました。だって、初めてですよね、熱を出すなんて」

「鼻かぜだろうね、いつもだったら休まないよ、何しろ『激動の七か月』だろ。休もうなんてこれっぽっちも思わないで、みんな突っ走ってきたよね、急に空白になったから気が緩んだのさ」

「そうですね、私も、気が張っていました。きっと中執のみなさん、もっと大変だったのでしょうね……あっ、そうだわ、お仕事の報告しますね。会費の請求書は送るようにしてあります。今日青山さんと作りました」

「そうか、それがあったんだ。ごめん、やってくれたの、ご苦労様でした」

「いいえ、お礼なら青山さんに」

「いいよ、青山のやつ、貸しをつくったぐらいに思ってるよ、それに……」

と言いかけて口をつぐんだ。冬華と一緒に仕事して楽しかったんじゃないか、というセンテンスがあったのだ。

淹れてくれたお茶を飲んで、ひと区切り付いたところで、蕗子は
「じゃ、これで帰ります」

と言うと意外な一言が返ってきた。

「もう、電車もなくなっているよ、泊っていったら」

「えっ、ええ…でも…」

「遠慮はしなくていいんだよ、誰も帰ってこないよ」

この時代、今では女性の人格をまったく否定するようなことなのだが、革命家を支える女性というあり方がもてはやされていた。女性が革命家の家計を維持する働き手「女給」となって、いわば革命家の僕(しもべ)ともいうべき役割を持つことがあったのだ。蕗子は、谷川にそういう伴侶の存在を意識して躊躇したと思われたのは、まったくもって心外だった。しかし、谷川の「遠慮はしなくていいんだよ、誰も帰ってこないよ」という口ぶりには、君はまったく範疇にはない、大人の女ではない、という響きもあった。そうか、私はそういう目では見られていないのだと、蕗子は思い直した。

「では、そうします」

「じゃ、ここで寝て、シーツだけは取り換えるか」

と言いながら、折りたたんであった布団を伸ばすと、洗ってあると思われるシーツを出してさっと取り換えると、毛布はこれで、と言って押し入れから一枚出してきた。では、谷川はどこで、と思っていると、座布団を二枚敷いて枕は使っていたものを自分用に、蕗子には使っていない枕を出してきた。タオルをくるりと巻いて、これでどうかな、と言った。

おそらく深夜まで会議で使われることもある部屋だから、来客用の寝具の用意はいくらかあるのだろう、と思った。

蕗子は、着ていた白いブラウスと紺色のフレアスカートのまま、横になった。横向きに寝て背中を谷川に向けた。毛布を肩までかけて寝た。しばらくすると谷川の寝息が聞こえてきた。そのうち蕗子にも睡魔が襲ってきて寝入ってしまった。

朝、目を開けると、すぐ横に谷川の寝姿が見えた。いつもは、自然に七三に分けている長めの前髪が額にかかっている。うーん、と声を出すと、谷川が目を開けた。蕗子は身体が硬くなったまま動けなかった。谷川が蕗子を凝視する。まるで、そこに寝ていることが必然であるかのように。

無言の谷川が、すっと横に身体を伸ばして覆いかぶさり、接吻をしようとしたとき、突然、部屋の外の廊下から、ウォーンともワーンともつかない音が繰り返し聞こえてきた。次第に激しくなっていき、しかも止まらない。

これは一体、何かと、谷川は身体を両の手で支え半身(はんみ)にしたまま音の方向に顔を向ける。七、八秒だったか、我に返ったように、蕗子の身体の上から谷川が離れた。と同時に

「すまん、君をどうこうするつもりはなかった。ただ、今朝、君を見たら、抑えられなかった、本当にすまなかった」

蕗子も起き上がり、フレアスカートで隠した膝を揃えて座ると

「……私も悪いんです。タクシーを拾ってでも帰ればよかったんです。泊まっていけばと言われて、ふっと気が緩んでしまった。…でも何事もなくてよかった…あら?…止まっているわ、さっきの音、何だったんでしょうか」

「本当だ、あの音が止まっている」

「ふ、ふ、ふっ、ごめんなさい、笑ったりして。だって、私たちを救ってくれた音ですよね」

「そうだね、書記局長と局員がへんなことになったら、俺も局長失格だったよ。そうだ、今日はこれから海に行こうか。どうかな?それとも、もう、一緒にいたくないかな?」

「行きましょうか、谷川さんを嫌いになったわけでもないですし、でも、恋愛感情はないですから、それでもよければ」

「もちろん、それでオーケーだ」

谷川は一言でいえば美男だった。彫りの深い顔立ちで目は奥二重で黒く澄んでいた。背も高くあまりに美男子（ハンサム）だったので、周りは『たにかん』などと高名なコメディアンの名で呼んでいたのだ。横浜市立大出身で、十九歳になった蕗子より六つ年上だった。

二人は品川まで出て、横須賀の海を目指した。海岸に通じる道を貸自転車に乗って、走った。風を切って追い付いたり、離れたりして、蕗子はフレアスカートの裾が気になったが、緩い下り坂を、自転車が走るに任せた。

蕗子の軽やかな笑い声と、谷川の、危ないから気を付けて、の声が重なって、潮風がそれを遠くに運んでいった。

数日して、谷川と蕗子が向かい合って机の上の書類を整理しながら、語り合っている姿があった。周囲の者から見れば、仲の良い男女で、お似合いな二人、ともいえる。しかし、良き話し相手で、信頼出来る「上司と部下」なのであった。

室谷は、二人の関係が気になるのだが、単刀直入に聞くことも出来ないので、ちょっとした悩みの種になった。

ところで、この夏に起きたのが「プラハの春」へのソ連の弾圧だった。チェコスロバキアは、戦後、ソ連の占領下で共産主義国家となった。のちに、共産党第一書記に就任するドプチェクは、戦後のスターリン批判が始まった一九五五年、共産党機関で働いていたことからモスクワに留学した。当時はスターリンを批判する「非スターリン化」といわれるソ連共産党の政策転換の時でもあった。

一九六八年、ドプチェクの考える穏健な民主化の意志を超えて、労組や青年組織などの民主化要求が高まり民主化を目指す活動も一挙に急進化した。ソ連書記長のブレジネフは民主化運動を制圧するため、八月二十日軍事侵攻し、ドプチェクを拘束した。全土は占領され「プラハの春」は終わった。世界の人々は、この強権的な軍事侵攻と民主化の制圧をただ見つめる以外なかった。

しかし、この二十一年後、一九八九年十一月から始まった無血革命「ビロード革命」によってチェコ共和国が実現したのだ。ソ連の支配下にある東欧諸国の一員であったが、経済の停滞と生活水準の低下は多くの国民、市民に不満をもたらし、共産党政権に対する反体制運動がおこった。運動の主導者で迫害を受けていたヴァーツラム・ハヴェルの投獄に反対する署名活動へも多くの市民が参加した。

最大のデモはプラハのレトナーに集まった百万人の集会である。広場を立錐の余地もなく埋め尽くした反体制の集会であった。この結果、共産党指導部は政権から退出し、民主化・自由派の新政権が誕生した。辞任した大統領に代わってヴァーツラム・ハヴェルが満場一致でチェコスロバキアの新しい大統領に選出された。この後、チェコは共和国となりスロバキアと分離した。

10・21国際反戦デー

十月に入り、キャンパスは慌ただしくなってきた。10・21国際反戦デーには大規模でかつ激烈な闘争が組まれていた。各大学ともこの間の激しい闘いの日々で、疲弊していなくもなかったのだが、歴史的な反戦デーでもあったから、その準備には余念がなかった。

蕗子は、『季刊全学連』の各校・各学部への配布の作業を終えて、一息吐くや自宅に帰った。母の心配を思えば、帰宅出来るときは、なるべく、夕刻の早いうちに帰宅しようと思っていた。

玄関のガラス引き戸をガラガラと引くと、叔母の寺谷喜代子とばったり顔を合わせた。

「まっ、蕗ちゃん、久しぶりじゃないの、離れに来たついでにお姉さんに会って帰ろうと思って来ても、蕗ちゃんに会ったことないじゃない。随分熱心に大学に通っているのね。うちの娘はまだ小学生だから比べようもないけれど、家にいないわね」

「叔母さま、こんにちは、すみません、ちっとも家にいなくて」

「蕗ちゃん、今年いくつになったんだっけ?十九歳、たしか、うちとは九歳離れているのよね」

「そうです、三月で十九才になりました」

そこへ、志津代が出て来て、いやだ、玄関口で何を話しているの、と割って入った。すると喜

代子は三和土から上目遣いに
「お姉さん、蕗ちゃんもうすぐ二十よ、娘盛りじゃないの、綺麗になって、びっくりしたわ、じゃあね」

と言い残して、入れ替わりに玄関を出ていった。

志津代は、また喜代子が、何を、もの言いたげに帰っていったのかと、内心のちょっとした不愉快さを、玄関を上がってさっさと二階に上ろうとする蕗子に向けるように
「あなたが、珍しく早く帰ってきたから、喜代子に変なこと言われたわ、いやね」

「何が?喜代子叔母さんが変なことって」

「年頃の娘への注意が足りない、ってことでしょ」

「なあに、それは、箱に入れて監視していろ、っていうことかな?」

「そうよ、分かっていたらもっと注意してね、自覚して」

と言われ、蕗子は内心ひやりとした。谷川の部屋で起きたことか、と。

夕飯の料理を作る母を手伝い、久々に、家族四人でテーブルを囲み和気藹々と、英之が熱心に部活動の話をするのを聞きながら、夕餉の団らんを楽しんだ。


食卓も片付け、英之が風呂に入っている間に、蕗子は『季刊全学連』を何気なく母に手渡した。全学連総会の様子を記事にしたページの隅を小さく折ってあった。母はそのページを開くと目に入ってきた写真に見入った。垂れ幕状のスローガンの書体に見覚えがあるからだ。

「蕗ちゃん、この字は、誰が書いたの？」

「私よ、ね、ちゃんと書記局の活動をしているでしょ」

「お父さん、この字を見て」

「どれどれ」

と夕刊を読むのを止めて、志津代の差し出した冊子のページを、最近誂えた老眼鏡を掛けた目で覗き込む。

「ふうん、志津代の字と似ているね」

「何言っているの、お父さんの字とそっくりじゃないの」

と、互いに言い合っている夫婦が微笑ましくもある。しかも、総会の最後に演壇に並んだ中央執行委員と書記局員の写真でもあったので、その中の一人が娘であることを、二人とも確認していた。

それは、母にとってはちょっとした心配事でもあった。確かに娘が夜遅くまで帰らない、もしくは時に外泊することが全学連書記局の仕事のためだと理解は出来たので、娘の言うことを信頼しようとは思った。しかし、それほど熱心に学生運動に関わっているのは、将来何か災いをもたらさないのか、とも思ったのだ。

それは、妹の喜代子が、もの言いたげに、娘の将来について注意が足りないと言って帰っていったことと、多少の違いはあっても同様の心配事でもあった。おそらく、しなと喜代子が、最近の蕗子の行状を不確かではあっても、知っていて、話しているのだろうと思われた。

十月中旬のある日の夕方、全学連書記局に室谷がやって来た。室谷は十月二十一日の総指揮を務めることになった。それは、重い罪で逮捕されることと同義でもあった。長い勾留は必至でもあった。

谷川と話をしていたが、それも終わると蕗子に向かって声を掛けた。

「冬華さん、夕飯一緒に食べに行きませんか。神楽坂に美味しい焼き肉屋があるんだ」

「谷川さんも一緒で?私、焼き肉屋って行ったことがないのですが」

「あ、それでもいいよ、谷寛、一緒に行く?冬華さん焼き肉屋って知らないんだって」

「えっ、一緒でいいんですか?室さん、二人で行ったらどうですか」

「いやだ、谷寛さん、一緒に行きましょうよ」

「うん、一緒で、谷寛、食事が終わったら、大学に帰るだろ?」

「あっ、そうですね」

よし、行こう、という鶴の一声で決まった。蕗子はブレザーをはおり、カバンを手にして帰り支度の格好で、谷川はセーター姿のまま、ジャケットを着た室谷と、三人並んで図書館棟を出た。神楽坂の真ん中あたりの角を曲がって、しばらくするとお目当ての店に着いた。

蕗子は、「焼き肉」という食事があることさえ、知らなかった。家族で外食に行くことがなかったからだ。寿司も蕎麦も出前というのが、習いだった。電話を架けさせてください、と二人に言うと、店のピンク色の電話で、母に、夕食はいらない、だけど九時ごろには帰るから、と告げ、電話を切った。

室谷と谷川の二人で、注文をする。これ、美味しいですよ、と谷川がメニューを見て言う。蕗子はまったくの埒外だ。

出て来た料理が、たれをまとった生肉のままということに、初めて気付いた。テーブルのコンロで焼いて食べるのだとも知った。スープとキムチもあって、白いご飯を焼いた肉と食べるのがとても美味しいのだと感心した。キムチも初めての味だった。蕗子が成人前で、酒はたしなまないことを知っているので、室谷と谷川だけがビールを飲んで焼き肉を頬張っていた。

「どうですか、美味しいですか」

「はい、美味しいことにびっくりしました」

「ご飯をお代わりしたら？」

「えっ、はい、じゃあ、お代わりお願いします」

と、店員に声を掛け、小さな白い器を差し出した。

「谷寛、クッパ頼もう」

「じゃ、クッパを二つ、追加で」

食べて、飲んで、食べての食事が終わると、谷川だけは大学の書記局に戻っていった。支払いはすべて室谷が済ませていたので、食べた分は支払うものと思っていた蕗子は、慌てて礼を述べた。

店を出た室谷に、近くの喫茶店に誘われた。蕗子は早めに帰れるはずだと考えていたので、やや当惑したが、はい、と応えた。

改めて、向かい合って座ると、なぜだか緊張して居心地が悪かった。注文したコーヒーがテーブルの上に並んで、一口飲んだ。カップを置くと

「冬華さん、谷寛とは付き合っているのかな？」

「いえ、いわゆる、上司と部下です。良いお友だちでもありますが、何か約束しているような関係ではないです」

面接か口頭試問のように答えた。

「そうか、じゃあ、恋人でもなくて、婚約者でもないのですね」

「はい、そうです。谷寛さんに聞いていただいても同じ答えだと思います」

蕗子は、二人の仲を調査されているのではと思っていたので、大真面目に答えた。すると、室谷は

「それでは、僕が、冬華さんに付き合ってください、と言ってもいいかな」

反対に大真面目に聞いてきたのだ。

「えっ…なんと答えていいのか、もちろん、室谷さんは尊敬する方です…それだけではいけませんでしょうか」

「はっはっ、…そう言うと、思ったよ。でも、尊敬する人、という言い方は、好きとも嫌いとも答えていないのと同じだな。ふられたのかな」

「いえ、そんな、ふる、だなんて。すみません、あまりにもおこがましいですね」

「いや、いいですよ、冬華さんにとっては、付き合う範疇にはないってことだね」

「すみません、なんと言っていいのか分かりません、私、本当に子供だと思いました」

「そんなことはないよ、はっきり答えてくれてよかったよ……ただ、十月二十一日は僕にとっても大変な決意の日でもあるので、その前にあなたに僕の気持ちを伝えた、ということだと思ってください」

「分かりました、その気持ちは受け止めました」

「そう言ってくれただけで、嬉しいですよ」

「すみません…」

蕗子は、そう答えるだけで精一杯だった。室谷の好意は、薄々分かっていたのだが、それにこたえることは難しかった。その夜は、飯田橋の駅で別れた。何故か、申し訳なさで深く頭を下げざるを得なかった。


十月中旬のいつだったたか、蕗子を訪ねて前進社からある人物がやって来た。書記局には谷川とほかにもう一人の男子学生がいたが、ちょっと、二階の空いている教室で話が、というので、谷川に断ると、蕗子はその人物と二人で二階に上がった。ちょうど角の空いている教室に入った。男は机の上に手際良く地図を広げた。

「冬華さんの自宅は高田馬場でしたよね、聞きたいのですが、駅の周辺で、公園や使われていない施設や人の住んでいない家など、ありますか」

「…うーん、そうですね、駅の近くというと、戸山口から出たすぐのところに割と大きい公園がありますす。ここですね」

　と蕗子は地図上を指でさす。

「ほかには、今言ったような場所がありますか」

「早稲田通りに面したパチンコ屋の裏の空き地に建物が建っていたのですが、その建物が空き家同然で使われていない、と思ったのですが、家から少し離れているので、確かな記憶ではありません」

「その場所は」

「うーん、ここじゃないかしら？」

　と地図上で、パチンコ店の裏の場所を指した。男はその場所に、さっと印をつけた。他にはないか、と聞かれたが蕗子は、私の知りうる限りありません、と答えた。

「ありがとうございました、冬華さんに言うのも失礼だと思いますが、この話は他言しないでいてください」

「はい、承知しました」

　蕗子が知らない男は、彼女と一緒に階段を下りて、「では、ここで」と言うと、足早に図書館棟を出ていった。書記局に戻った蕗子が

「戻りました」

と声を掛けると
「うん」

と言ったきり、目を伏せた谷川は、蕗子の顔を見ない。

「じゃ、これから貸布団屋に、最終の確認の電話をします」

「はい、よろしく」

前日から図書館棟に寝泊まりをするのは、この間の闘争の約束事になっていたので、おおよその数の布団や毛布を、借りる予約をしておく。だいたい寝具は足りなくなるのだが、予算もあるのでその範囲にとどめる。問題は食事で、前もって学食と交渉をして多めの食事を用意してもらうのだが、10・21は昼の食事を確保しないといけないので、握り飯を準備する。学食だけでは間に合わないとなると、学外から同様の調達先を見つけなくてはいけない。それはずいぶんと前に手配し予約しておかないとならない。

蕗子にとって、今日来た男のことは、俄かに忘れ去る多忙ぶりとなった。そうなのだ、二十日には全国から学生が集まってくるのだ。


後に「新宿騒乱」と称されたこの年の10・21国際反戦デーだが、もともとは、一九六六年十月二十一日、日本労働組合総評議会（総評）が、世界に呼びかけたベトナム反戦ストライキが由来である。フランスのジャン・ポール・サルトルは「全世界で初の労働組合によるベトナム反戦のストライキだ」と日本の労組を大いに讃えた。

一九六七年には、同じ十月二十一日、アメリカ、ワシントンDCで十万人を超えるベトナム戦争反対の大集会が実施され、「ペンタゴン大行進」が行われた。

この六八年にも、日本中で、十八単産組合、七十六万人がストライキに参加し、四十六都道府県、五百六十か所で集会やデモがあり、延べ四百五十六万人が参加した。

全学連各派四千人の学生が、国会議事堂や六本木防衛庁に侵入し、午後二時ごろ同じく代々木方面から二千人の学生が、線路に沿って新宿駅に侵入し電車を止め、駅構内を占拠した。機動隊がそうした占拠を解除するため駅構内に突入し、激しい衝突の後、学生たちは退去しつつ、各方面に散った。

白ヘルメットに手には角材を持った数百の学生の隊列が、新宿駅から数駅の高田馬場駅周辺に現れた。早稲田通りでは機動隊の阻止線とそれに突入する学生との間で衝突が起きた。

一進一退でしばらくすると、早稲田方面に向けて学生たちの集団から、瓶の口に炎の点いた火炎瓶が投げられた。地に落ちて、瓶が割れると激しく燃焼し黒煙を上げた。敷石を砕き投石が行われ、さらに多くの火炎瓶が投げられ、道路上が黒煙と赤い炎に包まれた。早稲田通りは完全に麻痺し、多くの市民が歩道で遠巻きにし、群衆の一部が学生とともに石を投げるなどしたため大混乱になった。機動隊と学生の激しい衝突が続き、負傷者や多くの逮捕者も出た。

やがて、学生たちの集団は新宿駅方面を目指していった。しかし、火炎瓶はどこに隠されていたのか、何処かから、木製の数個の箱に数十本入れられた火炎瓶が、路上に運ばれ、現れたのだ。一人の者が火をつけると、学生たちがそれをまるで野球のボールのように遠くに力を込めて投げる。このとき使われた火炎瓶は、その後の全学連の闘争の中においても使用される、その初めだったのではないか。

夜になって新宿駅東口周辺は、二万人ほどの群衆と二千人ほどの全学連学生たちで埋め尽くされ、閉鎖された駅への突入を繰り返し、やがて駅構内になだれ込むと占拠した。駅構内では施設の一部がはがされたのち放火され、炎と煙があちこちで立ち上った。

こうした状況に時の政権は、十三年ぶりに騒乱罪を適用し、この日の全逮捕者は七百四十五人、うち騒乱罪容疑での逮捕者は四百五十人、騒乱罪で起訴されたのは十三人だった。

室谷忠彦は、その日長く全学連を指揮し総指揮の役割を務め、後日、集会に現れたところを逮捕され、騒乱罪で起訴された。当然のように、起訴後も保釈は却下され続け、勾留は長引いた。

毎回、蕗子が差し入れに行くことはなく、書記局のもう一人の女性である神冊祥子と交代で行った。

蕗子は初めて神冊と自己紹介しあったとき、なんて神々しいの、と感嘆の声を上げた。そんなことないのよ、神様とは縁がないわ、と彼女が言って、互いに微笑んだ。やはり谷川が見込んで引き抜いてきたという、明るく芯の強い女性であった。彼女が在学する東京学芸大学が郊外に移転して東横線沿線ではなくなったため、普段は、蕗子一人が事務や日常的に起こる用事を片付けていた。

それでは冬華さんばかりに負担が掛かっていけない、と神冊が逮捕者への差し入れを手伝ってくれることになった。互いに電話で連絡をするようになった。神冊も東京世田谷の出身者だった。掛かった費用は、まとめて谷川に請求することにした。

ときおり、電話や向かい合っての話の中で、神冊祥子の口から、のぶよしさん、という名前が出て来るようになった。蕗子は、自分に気を許しているのだと思いつつ、あの本多延嘉さんのことかしら、と首を捻るのだった。蕗子も
「室谷さんに、付き合ってください、と言われて、断ってしまったので、私が毎回差し入れに行くのは、何だか意味のあることにとられても、いけないと思うの」

「あら、そうだったのね、それはそうね、ますます私の役割が重要ね。いいわよ、私がなるべく差し入れに行くわ」

などと、言い合ってはいた。

やがて、半年も経ったころ、神冊祥子は
「私、本多さんと結婚することにしたわ、とてもとても長く考えたのよ。学業はどうするのか、生活は成り立つのかって、家族は反対したわ、でも、それでも私は彼と結婚したかったから、父や母を説得したわ」

「…そうなのね、あなたの出した結論には、ただすごいことだと思うだけ、私には出来そうもないわ。でも、お相手が本多さんなら、私も大賛成。私が一年生のとき、伊豆のマル研の合宿に来

てくださったの、そのときのお話が、とても印象に残っていて、本当に飾らない人柄には驚いたのよ。でも、とても大きな責任を背負っているのだと、そうも思ったわ、本多さんを支えて力になれるなんて、神冊さんも大変だけどきっと大丈夫よ」

ありがとう、冬華さん、うれしいわ、結婚式には来てくださいね、と言った祥子の声が耳の奥に残っている。三十四歳になる本多書記長と二十二歳の神冊祥子の結婚だった。

全共闘運動の高まり

この六八年は、ベトナム戦争において、大きな局面を迎えた年でもあった。

一月の旧正月にあたる日を境に、民族解放戦線側が大攻勢（テト攻勢）をかけた。南ベトナムの多くの州都や地方都市を攻撃し、旧サイゴンなどで熾烈を極める攻防があった。米軍は敗走するも、その後徐々に都市に再度攻め込み、米軍、解放戦線とも双方に多くの犠牲を出した。しかし、このテト攻勢が、アメリカ国内に反戦運動の高まりや、厭戦気分を醸成し、十月には北爆が停止された。

トンキン湾事件を機に、ベトナムに介入を図り戦争を拡大したジョンソン大統領は、再選不出馬を表明し、退陣せざるを得なかった。

そして三里塚では、空港公団の測量や杭打ちに対抗して、反対派農民の激しい実力闘争が続けられていた。共闘する全学連もそうした政府・公団に対して実力で闘った。一方で、空港建設への条件付賛成派農民たちは土地を売り渡していく。狭い村の中で、双方の激しい応酬に伴い危害が加えられ暴力事件が多発した。

三里塚闘争はますます激化し長期化するのだが、次第にどこかやりきれない闘いになっていかざるを得なかった。反対派農民を追い詰める権力者のやり方は、あまりに惨い農民の分裂を生んでいく。反対派農民の心中にあったのは、退路を断たれた悲壮感であり怖れであった。

しかし、まだこの年を越すころは、本多書記長と神冊祥子の結婚は、それは慶事だ、として革共同の人々の口の端に上っていた。

全学連とは、思想的背景も闘いのやり方も異なっていたが、一九六八年から六九年にかけて大きな運動のうねりとなったのは、全共闘の闘いだった。

東大と日大の闘いが特筆すべきものだったが、全国の大学でそれぞれの課題や問題を抱えて大学側と交渉を続ける幾多の学生たちがいた。

時代が生んだエネルギーともいえる学生たちの反乱は、何に対する異議申し立てだったのか。戦後二十余年、民主化が根付いたとはとてもいえず、それ以前の犯罪的な思考や悪弊が大学をむしばんでいたことではないか。

ことに日大闘争のそもそもの発端は、二十二億円もの使途不明金の発覚だった。国税局の調査で明らかになったのは、古田重二良会頭の専制的な体制と、それを支える体育会系学生と大学の教職員の闇給与に代表される不明朗な経理と組織的な脱税だった。右翼的な体育会系学生の運動サークルにも、闇の金が流れていた。

その使途不明金の原資は、学生の親が払う入学金や学費だ。この当時の日大の学費はかなりの高額だった。学生たちが経理の不正の追及や、その組織的な犯罪の責任者たる理事会の退任を望むのは当然といえる。しかも、学生の自治会が認められていない。学内出版物への検閲もあった。

この日大全共闘の運動よりもはるか前に、日大の学生たちが大学側に求めていたのは、教員の質と数の確保であったり、校舎や寮の整備、出版物の検閲の廃止であったりした。一部の強欲な会頭や理事が、私利私欲で大学の経理を食い物にして、学生の学ぶ環境を犠牲にしてきたとしかいえないではないか。


一九六八年五月二十三日、大学当局に抗議する日大初めての学生デモが、神田三崎町の経済学部校舎前で僅か二百メートルの長さで行われた。続く二十七日、経済学部、法学部、文理学部、商学部、芸術学部など各学部の有志が集まり、三崎町の校舎前で抗議集会が開催された。この日を契機に、秋田明大（あきたあきひろ）を議長とする日大全学共闘会議が結成された。

神田界隈が騒々しくなる。あの日大が全共闘だって、と二駅離れた大学のキャンパスにもその興奮が伝わってきた。自治権の確立した自治会もなければ、デモのやり方も手探りの初々しい学生運動の立ち上がりに、血が騒ぐのが同じ界隈の活動家たちだった。

蕗子の耳にも、鳩居や呉羽の興奮した口ぶりが伝わってきた。文学部自治会に顔を出すと、東大の山本義隆（やまもとよしたか）議長の手腕への評価よりも、秋田議長を秋田明大（あきためいだい）と呼んで彼の話題の方が勝っていた。

ある日、蒸し暑い梅雨時のことだ。全学連総会の前後だった。突然、谷川がこう言った。

「冬華さん、神田三崎町で集会があるんだけれど、その辺りの地理に不案内でさ、日大に行ったことないんだ。一緒に行かないか」

「ええ、いいですよ、私も行ったことはないですが、少なくともちょっと外れた『江戸っ子』だから、神田で迷子になっても帰って来られるわ」

「間に合うかな、急いで行こう」

と、二人でキャンパスを飛び出した。目指した三崎町の様子は、様変わりしていた。経済学部の校舎の前には机や椅子を積み上げたバリケードが築かれ、壁には「無期限ストライキ決行！」や「日大全共闘は闘うぞ！」といった文字が書きなぐられた紙が何枚も貼られていた。隣の法学部の校舎も同様だった。経済学部のバリケードの入り口には学生が数名立っていたが、谷川は小声で

「中核全学連書記局長の谷川です」

と名乗り、すんなり入ることが出来た。蕗子も谷川に続いて軽く会釈して中に入った。大教室には、ほぼ満員の聴衆の熱気が、窓を開けていても充満していた。会場の階段教室の前方横から眺めた景色は壮観だった。その場にいたすべての者が皆、清々しい顔だった。蕗子にはそう見え

た。惰性という色の付いていない学生たちの顔には、純粋な怒りや正義感が満ちていた。

待ちわびた秋田明大の演説は、節の付かないものだった。アジテーションを聞きなれた耳には、語尾の伸びる節がないのが物足りないのだが、それでも、聴衆の心を揺さぶる激しさや説得力を持っていた、十分に。学生たちは、いいぞ、そうだ、の大声と拍手で応えた。何よりも、ワイシャツの袖をまくり上げた秋田のその真摯な心情と、素朴な横顔の凛々しさに、蕗子は手が痛くなるほどの拍手で応えた。谷川も同様だった。やがて共闘先となるリーダーの器量を見定めるには、十分な機会だった。

帰りの道で、蕗子は、すっと波に持ち上げられるようにして重責に就いた彼のこれからを、思った。


日大の闘いは、大学側のロックアウト、学生側の無期限ストライキ、封鎖と解除を繰り返したが、解除とは機動隊による暴力的な排除だった。学生、機動隊員ともに負傷者を生み、逮捕者を出し、届け出がなされたデモにも機動隊が出動するといった事態に、学生側には平和的な話し合いには期待出来ないとする意見が生まれていった。九月十二日には全学連各派も加わり、神田神保町で激しいデモが行われ、機動隊と全面衝突した。本と学生の街、神保町が煤けるような煙の中で揺れた。

一方で、学生側の粘り強い交渉とストライキの継続によって、当局も「大衆団交」を飲まざるを得なくなった。九月三十日、両国講堂に三万五千人もの学生を集め、床が抜けるといわれるほどの多くの学生の参加を得て、大衆団交が行われた。その十二時間にも及ぶ団交で、大学側は「経理の公開」「理事全員の退陣」など学生側の要求をいったんは受け入れた。

ところが、時の権力者佐藤首相によってこの団交は「常識を逸脱している」と否定され、間髪を容れず大学側もすべての合意事項を破棄した。しかも、団交中の両国講堂には日本刀を持った体育会系学生が乱入し、そこへ機動隊が突入した。学生たちはこれに抵抗するも、混乱の中、全共闘学生の多くは逮捕され、闘争は鎮圧された。

それにしても、この秋田ら学生たちの闘いが、圧殺されてのち五十余年後、日大体育会系出身の田中理事長が背任、五千数百万円の脱税容疑で逮捕され、有罪判決が出されるとは、何と言ってよいのか、言葉もない。

この年の暮れは、地鳴りのするような一年を締め括るように、十二月十日、東京都府中市で三億円強奪事件が起きた。一人の死者も負傷者もない稀有な事件だった。ただ、大卒初任給が三万円の時代に三億円という額の多さに、誰もが驚かされた。

蕗子は、室谷がいまだ巣鴨の東京拘置所にいるという年の瀬に、最後の差し入れをした。谷川とはしばらく顔を合わせない日が続いた。電話で指示を仰ぎ、仕事を済ませば帰宅した。

定期的もしくは不定期に、大学細胞の会議もあったが、それは闘争の前に意志を統一し、準備をするためのものが多かった。不思議なことに、文学部の一年生三人が入党してから一年が経過していたが新しい入党者が一人もいなかった。

ただ、燃え尽き症候群のような症状を見せていた玉田が、夏ごろから会議に出て来るようになった。しかし、玉田の存在をないものとするかのように、鈴木や太田が主導する会議はえてして、いかに戦闘的か革命的かを問うような議論ばかりだった。玉田は、かつての溌溂とした活動家という面影を失くし、内省的な面を見せていた。蕗子は、それも十分理解出来ると思うのだった。

そして、平和的なデモや集会が、一つもなくなってしまった。そのことを考える暇もないほどの稠密な毎日を過ごした。闘うことに明け暮れて、何も考えることのない日々だった。これは何のためか、このことは何につながるのか、そんな簡単な問いにも答えずに一年を過ごした。

蕗子は何も考えない日々を送ったことがなかった。常に考えることがあった。それは哲学的で形而上学的でもあるといえたし、泣きたいほどの切実さをもって蕗子の内面にあった。それが一切考えずに過ごした。追われるように、波にさらわれるように。単純(シンプル)な革命理論で、あえて、それでよいのか、と思わずに過ごした。それが渦中にいるというものだった。それは細胞の誰もがそうだったに違いない。

一つ、気にかかることがあった。このころから、革マル派とはかつてない険悪な関係に陥っていった。彼らの機関誌を読むと、まったく非論理的に、「ウジ虫、ゴキブリの中核派を駆逐せよ」と書かれていることが多く見られた。

「どうしてこういうことを、大事な機関誌に書くのでしょうね、品位がないわ」

「いや、俺にも分からないよ、黒田寛一(くろかん)が書いているときもあるからね、彼は非論理主義者になったのかね」

「ウジ虫、ゴキブリでは批判にならないでしょうに」

「理解出来ないね、それほど嫌いになったということかな、彼はゴキブリが苦手なんじゃないか」

笹岡は、そう冗談を口にして微かに笑ったが、「敵」が問答無用とばかり一切の説明や論理や関係性を遮断してきたことは困ったことになったと思ってもいた。ブントや解放派とは主義主張が違っても、互いに話は出来たから、その場にいた誰もが不穏な気分を隠せなかった。

会議が終わると、ひっそりと一人ずつアジトの部屋を出た。夜も更けていることが多く、そこに泊まっていく者もいた。

激動とは鼓動の早まることか、緊迫の年が、暮れていった。

悲喜交じる一九六九年

この年、東大安田講堂が激しい攻防の末、全共闘運動の、そのシンボリックな役割を終えた。

前年十一月二十二日には、学生が占拠する東大安田講堂前で「東大、日大闘争勝利全国学生総決起集会」が行われ、講堂前を埋め尽くす二万人の学生や「反戦青年委員会」などの先進的な労働者が集まった。銀杏並木が、色付いて葉を落とし、講堂に通じる道を黄色く染めていた。

この日、逮捕状の出ていた日大全共闘議長の秋田明大の姿はなく、代わって田村正敏書記長が

マイクに向かって、日大闘争の意義や弾圧に抗して闘い続けるという共闘のメッセージを届けた。このとき、彼の発した言葉は
「東大は日本帝国主義の高級官僚養成、日大はサラリーマン養成機関であったが、このような現体制を打破しなくてはならない」

との、明らかに全共闘運動から乖離、飛躍した体制を否定する提起だった。政府と当局の非情な弾圧によって、大衆団交も、そこで勝ち取ったはずの理事の総退陣も、一瞬にして破棄され鎮圧されたが、日大全共闘は死なない、闘い続ける、どの決意表明であった。権力を持たない学生たちの精一杯の抗議の声に聞こえた。

八千五百名の機動隊による、東大安田講堂制圧が始まったのは、年も明けた十八日のことだった。

占拠籠城する学生の抵抗は激しく、安田講堂の時計台部分から石や火炎瓶が投げられた。それに対して、機動隊は放水と催涙弾の放擲を行い、安田講堂は靄が掛かるかの様相を呈した。時計台の屋上から機動隊めがけて投石があるため、近付くことが出来ない。十八日中には制圧出来ずに、日も暮れて学生排除は持ち越した。その様子は、テレビで中継され全国的なニュースとなって、占拠する学生と機動隊の攻防は、茶の間に届けられた。

蕗子は、当然、大学に泊まり込みとなった。全共闘の闘いだったが、共闘の要請があった全学連各派とも、安田講堂に学生を投入した。ヘルメットの色の違う学生たちがともに講堂内で機動隊と激しい攻防を展開した。

内部の様子が分からないものの、籠城が続くかぎり支援の体制が必要だった。ただ、この時期には安田講堂に近付くことは出来なくなっていた。周囲は機動隊によって厳しく包囲されていた。あとは物資が底を尽くまでどのくらいもつのか、が議論のまとだった。

安田講堂以外にも占拠する建物はあった。それらは機動隊によって早々に排除されていた。内部にいた学生たちは、公務執行妨害罪の容疑でその場で逮捕されていった。

翌十九日、東大の学生たちの闘いを支援するという趣旨で、神田駿河台近辺の学生らが、明大通りを占拠し、周辺一帯をバリケードで封鎖した。まるで前年五月のパリの「カルチェ・ラタン」が再現されたようだった。

しかし、こうした多くの支援にも拘わらず、投石を避ける屋根付きの道を確保した機動隊が、続々と安田講堂の内部に侵入を果たした。いったん突入した機動隊の制圧力は強く、瞬く間に安田講堂は陥落した。十九日の夕刻には、すべての学生たちが排除され逮捕された。

書記局の仕事はここから始まる。逮捕勾留された学生たちがどこの留置所にいるのか、電話を架けて調査しつくす。ヘルメットの色で分かるので警察署に問いただしていった。当面必要な品物を届けることもしなくてはならない。谷川と手分けして弁護士を手配するのだが、その間にも、蕗子はキャンパスを飛び出していくことの方が多かった。

一息つく間もなく、十日ほどがたった。家に帰ることもあったが、泊まり込むこともあった。

昼近くになって、書記局に一本の電話がかかってきた。電話に出たのは谷川だった。

「はい、書記局……おりますが、…はい、替わります。…冬華さんお母さんからだよ」

と、受話器の口を片手で押さえながら、受話器を手渡してきた。何事かと思いながら
「はい、私です、何かしら…えっ、……はい、聖母病院ね、分かりました。じゃあ、切るわね」

「何かあったのか」

「すみません、祖父が倒れて、入院したのですが、危ない状況だと言われて…」

「何だ、それなら早く行かなくちゃならないだろ、気にしないでいいよ、こっちはだいたい手配も済んでいるし、手が足りなくなったら隣の経済のやつらに手伝ってもらうからさ、早く行きなさい。戻って来なくていいからな」

「すみません、ありがとうございます。じゃあ、失礼します。あっ、電話をしますね」

と言い、コートをはおりカバンを手にすると書記局を飛び出した。

気はせいているのだが、電車に乗っている間はどうすることも出来ない。搬送されたのは救急患者を受け入れている病院だ。下落合にあった。高田馬場で西武線に乗り換えると一駅だった。

病院に着くと玄関ロビーの受付で病棟と病室を聞いた。

病室はすぐ分かった。扉を引く前にコートを脱ぐと、静かに入室した。

「蕗子、あなたがいないから困ったわ、電話帳に書いてあったからよかったけれど…」

「ごめんなさい、遅くなったので泊まってしまったから…」

「もう、そういう話はいいから、後にして」

と英之が言った。

ベッドの横の椅子に座るしなは、蕗子を見ると目で、よく来たね、と合図をして無言のまま手招きをした。彼女もベッドに近付いて
「おじいさん、蕗子よ」

と声を落として耳元でゆっくり呼びかけた。すると、欣吾の口元が微かに緩んで応えたように見えた。

「あら、おじいさん、蕗子に応えたわ」

と志津代が言った、そのとき、扉が音を立てて開くと
「お父さん、お父さん、喜代子よ」

と、喜代子がベッドの際に駆け寄るのだった。

病室は臨終患者のための個室なので、ひどく殺風景で、五人も人が入ると一杯になった。医師の診断は、くも膜下出血であった。もう手遅れで回復することはありません、とのことだった。

午後三時ごろ、廉太郎が駆けつけた。家族は、もう欣吾と言葉を交わすこともなく、ただ臨終の瞬間を待つだけであった。

医師がやって来て脈を取り、ご臨終です、と言い、看護婦が白い布で欣吾の顔を覆った。

喜代子が泣き、しなと志津代は、ただ目を伏せて、祈るかのように頭を垂れた。蕗子は、祖父は厳しくもあったが、それは紙幣を刷るという印刷局の仕事柄、己にも厳しかったからだろうと、

思いを致した。いつも口を真一文字につぐみ、眼鏡の奥で厳しい目をしていたことを思い出した。

この当時の葬儀は、すべて自宅で執り行うのが常だった。廉太郎が葬儀屋に電話をすると、すぐさまやって来て暦を調べ、火葬場と冬華家の菩提寺の住職に連絡を入れてから、手際よく葬儀は明後日と、日取りを決めてくれた。自宅に遺体を運ぶ段取りも決め、車を手配し小一時間もすると遺体を運び出した。しなと志津代は、急ぎ一足先に自宅に戻った。

医師、看護婦と廉太郎、蕗子、英之が車に収められた遺体を見送った。喜代子は大久保の自宅に戻っていった。高田馬場の自宅に、欣吾が無言で帰って来た。迎えたのはしなと志津代だった。葬儀屋はその場で遺体を清め、夜までに、廊下のある客間に祭壇を作り納棺までを行って、盛花は明日に届けます、と言って帰っていった。

志津代は、納棺された欣吾の顔をしばらくじっと見つめていたが、思い出したように代々の墓のある椎名町の菩提寺に電話を架け、住職に、明後日の通夜はよろしくお願いいたしますと、この家の長女らしく挨拶を入れたのだった。そして自室の箪笥から襦袢を出し、喪服用の白い半襟を新しくつけ替えた。黙々と喪服を衣紋掛けにつるす志津代に、蕗子は、お母さん、今夜はもうお蕎麦の出前にしましょうよ、と声を掛けた。母の志津代は常の彼女とはどこか違っていて、心を失くしたようにも思えた。突然やって来た父の死に、考える力が抜けてしまったようだった。

翌日、廉太郎は朝一番で会社の総務に、義父の通夜および葬儀について日程などを知らせ、欣吾が勤めていた役所の関係先にも連絡を入れた。女たちといえば、この日は、美容室に出掛け髪を整え、喪服の陰干しをする。通夜ともなれば朝から台所に立って、通夜の客への振舞いを用意しなくてはならないからだ。

蕗子は、谷川に電話を入れた。書記局には不在だったので、池袋の前進社に掛け直すと、谷川が出た。状況を話すと、ご愁傷さま、と挨拶があった。申し訳ないがまだしばらくは大学には行けない、と話して了解してもらった。

通夜は、殺生を避けるという意味から、魚や肉などは口にしない。当日、寿司屋に頼むのは、巻物ばかりでおもにかんぴょうの巻物だった。通夜の日の昼ごろから、町内会の婦人部が三、四人やって来て、煮しめや、酢の物、香の物などを山ほど作っては、手際良く皿や鉢に盛り付けて通夜の席に並べた。志津代だけは一緒になって、あれはこの皿に、これはこの鉢にと指図を出して忙しく立ち働いていた。婦人部からは、若奥さん、ここはあたしたちに任して、早く喪服を着ないと間に合わないわよ、と台所を追い出された。

しなは、黒の絹地に五つ紋の入った喪服を着て、ひとり祭壇のある客間に座り、時折、ガスストーブに手をかざしていた。早めにやって来る弔問客があるからだ。役所の関係者は仕事の都合で、ばらばらと二、三人が固まってやって来た。欣吾が退職してから随分になるのに、役所は一家といわれるほど義理堅い。廉太郎の会社の者たちは、ぞろぞろと通夜にやって来て丁寧な挨拶を口々にしていく。そのたびに夫婦は揃って頭を下げる。

あたりが暗くなったころ、息子を従えた住職がやって来て、通夜が行われた。近所の人々や欣吾と付き合いのある友人なども弔問に来た。かなりの人が来たので、その案内や振舞いの接待で、蕗子も忙しく立ち働いた。住職も弔問客も帰り、埼玉から来た親戚は泊まっていくことになるので、蕗子が離れの客間に布団を敷いて通した。

夜半になって、家族だけになった。しなは、疲れたと言って、棺の傍で寝るのではなく、早めに離れの床に就いた。廉太郎一家の茶の間に、寺谷の夫婦も加わる。残った皿の料理や巻物の桶を茶の間に運び、箸で摘まみながら、やあ、お疲れ様、と酒を酌み交わすのだった。

「享年七十一というのは、まだ早い、というのかね」

「いや、お義兄さん、突然だったからそう思うのじゃないですか。男性の平均寿命より長生きなんじゃないかな」

「まあ、長患いでなくて、あっけないほど早く逝ってしまわれたからね」

「でも、お父さんは幸福だったと思うわ、孫の英ちゃんは成績優秀で、東大にいけば、お父さんが望んでいたキャリア官僚も夢ではないのだもの。そう思っていたに違いないわよ、夢を見たまま逝って。でも、英ちゃん、今年が入試でなくてよかったわよね」

「やめてよ、喜代子、英之はそうなるなんて思ってはいないでしょ」

「お姉さん、それがいけないのよ、そう思うように仕向けて行かなくちゃ。だいたい、子供の自主性なんて建前を言っていないで、本音で言ったらいいのよ、ノンキャリアより上級の方がいいでしょ」

「まあ、それは言いすぎだよ、喜代子。お義姉さんが困っているじゃないか」

蕗子は黙って、ことに、東大入試が佐藤首相の一声によって中止になったことなど、話題にもならないように、箸を動かして遅い食事をとっていた。だいたい、寺谷の叔父が喜代子の暴走を止めに入るというのが習わしだからだ。蕗子が下手に母の加勢に入っても、火に油を注ぐ羽目になりかねない。英之と寺谷の娘のみどりは、とうに二階の英之の部屋に上がっていた。

男二人は酒を飲みながら、近頃の経済情勢などを語り合っていた。この年は日本のＧＮＰがドイツを抜いて、世界第二位になった。喜代子は蕗子に話しかけて、何かと彼女の情報を得ようとする。

それからしばらくして、孝二がタクシーを呼び、寺谷一家は自宅に帰って行ったので、ようやく夜が更けていった。深夜になって、通夜の祭壇の灯明は消さずに守るのが本来だが、ひとつ残らず消して志津代も床に就いた。

まずまず盛大な葬式も、町内の人々が頭を下げて手を合わせ、霊柩車が住み慣れた家を後にしてしずしずと進んでいったのも、蕗子にはどこか他人事のように思われた。

祖母のしなは、欣吾の死を悲しむよりは、肩の荷を下ろしたかのような物言いをした。「私は悪い女、おじいさんが死んでやれやれと思っているんだから」と蕗子の耳にだけ聴こえる声で呟いた。おそらく、欣吾と添い遂げるのは何かと難しかったのだろう。

それはなぜかと問えば、欣吾は、愛想の一つも言わず、妻は従えばいいとばかりの、ことさら妻を大切にするといった人ではなかった。祖父とは、親しく話をしたことがないことにも気付かされた。しかし、だからといって、親しい感情がないのかと問われれば、否である。血脈だろうか、愛しんでくれた記憶がないだけで、あぁ初孫よ、と抱き上げられただろうという思いは、心身に受け継がれているのだ、おそらく。

臨終の枕もとで、最後に、おじいさん、と声を掛けたことが心に沁みた。落合の火葬場の庭は、周囲の住宅街と異界への道とを分けるように、冬枯れの林が続いていた。冷たい風の中で、祖父が、蕗子、と呼びかけてきたように思えた。ふと、悲しみが襲った。


六月末、本多書記長と神冊祥子の結婚式が行われた。蕗子も招待されたので、ちょうど二十歳になった蕗子への、志津代からの祝いの品として新調してもらった薄手ウールの深緑色のスーツを着て参加した。襟は首に沿った糸瓜襟(へちまえり)で、袖は七分、ウエストが絞られていて、タイトのスカートだったので、大人の雰囲気があった。蕗子は耳朶に小さな真珠のイヤリングをつけ、母には真珠のネックレスと手に持つ小さなバッグを借りた。

会場には、革共同全国委員会の人々と全学連の中央執行委員会のメンバー、ほかにも主だった大学の委員長などが、両家の親族に交じって参加していた。公共の会館を借りて、会費制だった。

花嫁は、白いウエディングドレスを身に纏っていた。白いベールを翻し、花束を手に会場を狭しと、挨拶をして回っている。花婿の本多は、少しはにかむようにして壁際で人々の輪に囲まれているのが印象的で、黒の礼服を着ていた。

最初に、来賓の挨拶に立った新左翼のある大物理論家は

「本日は、この会場に来る前に、両家のご親族と新郎、新婦の結婚の儀式に列席してきました。非常に印象的で厳かな式でした。お二人の真摯な愛情と真面目な様子がうかがえて、ご両家のご両親も涙を浮かべて頷いておられました。文字どおりの新左翼の統領ともいえる人の結婚式だから、きっと型破りと、思っていた私には意外なというか、お二人は、まったく普通の人々の感覚を持っておられるのだと感心しました。ご両親への深い愛情も感じられました。

とはいえ、これからの生活が大変厳しいものだということは十分分かっているのでしょうが、どうか今の気持ちを大切に、どのようなことがあっても、末永く夫婦としての人生を全うしていって欲しいと思います」

という言葉で祝福した。

次々と、二人の昔からの友人が挨拶をした。革共同の同志を代表して、加山武敏政治局員が祝辞を述べて続いた。三里塚反対同盟の委員長である戸村一作氏の祝辞もあった。傍らには北原事務局長が並んでいた。

「いやあ、本日は北原ともどもお招きいただいて、しかもこんな立派な結婚式に一緒に参加出来て本当にうれしく思う。三里塚反対同盟はどんな弾圧にも負けず、へこたれず闘います。本多さんから一緒に戦いましょう、と言われたのがどれほど力になったか、勇気が湧きました。我々どもは、全学連に期待しています。綺麗なお嫁さんをもらって、これからの本多さんの仕事がどんなものなのか、私には分からないけれど、きっと弾圧されている人々を救ってくれるものだと確信します。本日はおめでとうございます、末永く幸せに、奥さんも大切にしてください」

と、心情を込めての挨拶だった。

新郎の友人の一人が、アメリカ在住で、しかも歌手だったので、「雨にぬれても」を歌った。誰もともに歌えないのは、初めて聞く歌詞が英語で、しかもアカペラだったから。さらに、その歌唱がジャズの唱法だったためだ。しかし、最初の一音から、ハスキーでジャージーな声が素晴らしく、歌の世界に引き込まれた。

立食のパーティ方式だったので、五月に保釈が下りて拘置所を出た室谷を見つけ、おそらく蕗子に少し遠慮のある彼を、あえて隙間を埋めるように、蕗子は誘った。ご一緒に、と。蕗子のいで立ちがいつもの学生然とした恰好ではなく、美しく大人びているので、室谷は驚かされた。それは言葉にはせず飲み込んで、傍にいた谷川との三人で、料理を皿にとって談笑しながら軽く食事をした。

本多の周りに人が少なくなったのを見計らって、三人は、本多と祥子が並んでいるところに挨拶にいった。

蕗子は
「おめでとう、神冊さん、何て素敵なの、本多さんがあなたのために残っていたなんて。彼が独身だと気付いたのはいつなの？」

「こらっ、何てこと言っているんだ、まったく、すみません」

「見た目に似合わず、大胆、豪気な冬華さんらしいな、でも、少しは言葉を選びなさい」

「あらっ、お似合いで、幸せそうで、本多さんたら、見たことがないほどうれしそうじゃない？っていう意味ですから」

「ありがとう、冬華さん、本当よ、誰のものにもならずに残っていてくれてよかったわ」

と祥子が言うので、皆、笑いあった。本多だけは照れてぽっと赤くなった。

ささやかで温かい、しかし、闘志に満ちた新左翼リーダーたちの、新たな出発の地点だった。誰もが、この平穏な日常も、また、闘いの日々と同時に存在してくれるものだと思ったのだが。

書記局のある蕗子の大学は、大学側のロックアウトと、バリケードを築く学生のストライキを互いに繰り返していた。この一年間、実質的な学問の場ではなくなっており、授業も試験もなかった。前年九月に、全共闘に連帯するストライキに入り、バリケードを築いたが、大学側が反対にロックアウトを宣言した。学生はキャンパスには不在となった。活動家の学生を締め出すための方法だ。
そのロックアウトに対して、全学連が呼びかける集会の場で、一人の学生がマイクを持って、壇上に上がると
「この大学には、僕の尊敬する宇野弘蔵先生が去年までいらっしゃいました。マルクス『資本論』の徹底解明から独自の宇野理論を構築されたその先生を擁した自由な学問を掲げるその大学で、学生たちが旧態依然とした大学の運営に抗議の声を上げ、日大のようなひどい理事会は変えて欲しいと立ち上がり連帯することのどこがいけないのでしょうか。学生の声に耳を傾けてください。

自由な学問の大学の校風が泣きます」

と声を上げた。その真摯さに、周囲にいた者はみな、異議なし！と声を揃えた。鳩居に聞いても誰かは分からなかった。活動家というよりも一般の学生なのではないか、ということだった。

その後、キャンパスは、夏の日差しに射られたバリケードも微動だにせず、静かなままだった。学生がいないので、集会も開けなくなった。立て看板を読む学生もいなかった。


この夏に起きた三つのこと、一つは、七月十二日の早稲田大学キャンパスでの出来事だった。ある著名なジャーナリストが、企画したジャズライブだ。圧倒的な破壊的迫力で学生たちに人気があった山下洋輔トリオのジャズライブだった。革マル派が占拠する大隈記念講堂から、ピアノを運び出し、対立する民青が立てこもる校舎で、演奏した。

対立する党派がキャンパスに混在する中で、いつ乱入が起きるか分からない状況だった。その緊張感の中、洪水のように溢れ流れだすジャズの音に、各派のヘルメットを被った学生たちが、しばし、その音楽に熱狂し、酔いしれ堪能した。

二つ目は、八月三日のことだ。大学管理臨時措置法という法律が、参議院本会議で与党の賛成多数で強行採決された。採決時に野党議員は、議長席に押しかけ、激しく抗議した。

この法律は、大学の自治を狭め、紛争を収め管理出来ない大学を潰すという法律だった。田中角栄を中心とした議員立法だった。通常国会に提出されたが、その内容を見れば、頭から大学の自治を否定するような、警察権力の導入によって紛争を解決するための法律だった。

通常国会の会期ではとうてい採決出来ないので、大幅に延長したうえだったが、野党の抵抗から会期ぎりぎりの八月三日、突如として起立による採決を行い成立した。

施行から五年後には、廃止されるとしていたが、最終的に廃止されたのは三十二年後だった。この法律が成立したことによって、大学当局は、潰されてはならないと自ら警察権力に頼り、次々とバリケードを撤去していった。この結果、全国に吹き荒れた全共闘の闘いは、法がもくろむように収束していったといえる。なお、この法律によって潰された大学も学部も一つとしてない。


蕗子は、書記局の仕事が終われば、家に帰っていた。この夏に起きたもう一つのことを書いておこう。それが蕗子にとっては、最も重大だったのかもしれない。というのも、この年の夏の全学連総会で執行部が大きく替わった。谷川は、革共同の政治局のある池袋に通うようになって、蕗子の前から姿を消した。

先立つ前年、全学連の委員長は下の世代に替わって、秋山委員長から金田克己(かねだかつみ)委員長になっていた。室谷もこの年、中央執行委員を退任した。書記局長は代わって中執になった青山正史が務める。蕗子の親しい仲間が一斉にいなくなった。心にぽっかりと穴が空いたことは否めなかった。局長が青山になったからといって、書記局の仕事の進め方は変わらないものの、息が合うということでは、谷川とのコンビには及ばなかった。

ある日の午後、谷川が蕗子に向かって切り出した。ちょうど、自治会室には、二人のほかには人がいなかった。

「後任は青山がやることになったから、彼を助けてやってくれよ」

「はい、分かりました。青山さんともうまくやれると思います…でも、ちょっと寂しいですね、これまで、大変なときも、苦しいときも、嬉しいときも一緒でしたから…分かり合えるという意味では、谷寛さんが一番です」

蕗子は、そう言いながら谷川の傍に歩み寄った。

「そうだね、俺もすごく助けてもらった…あの激動の中で、君がいることで救われたよ、本当に同志だと思う」

「そうですね、最も近くにいた同志ですね…谷寛さんには同志…愛を感じます」

「そうだあのときも、ふっと愛しく思ったんだよ、そう、キッスしたかったのだろうな…」

「あらっ、どうしよう、あのときのこと、同じこと考えていました。きっと今のような気持ちだったんでしょうね。でも、やめておきましょう。だって最良の同志ですもの、それ以外なにもいらないでしょ」

「君はきっと拒否するんだろうなって思ったよ、今だってそうだろ」

「だって、あのときだって、何もなかったから、ここまで一緒に出来たんですよ。そんな男女があってもいいじゃないですか。あの日、海まで風を切って自転車で走ったこと、思い出したわ、清々しくて本当に楽しかったわ」

「そうか、確かにそうだね、一緒にやって来られたのは、何もなかったからか…」

「でも、最後に握手しましょうか、谷川書記局長に心からのお礼をこめて、私から」

蕗子が右手を差し出した。谷川も手を出し、強く握って、しばし離さなかった。互いの肌の熱を感じとるように。そして、再び会うことはなかった。


夏の夕方、右足を少し引きずるようにして、高校三年の英之が帰ってきた。

「おかえりなさい、どうしたの、足を引きずって」

「うん、この頃ちょっと痛いんだ、最後の夏の大会だろ、剣道部の練習で、坂を駆け上がるんだ。空手部の連中と一緒になるから、それで負けないようにって、走るんだ。それでかな、膝が痛いんだ」

「そうなの、あんまり痛いんだったら、少しは手を抜いてさぼったら」

「下級生の前で、そうもいかないよ、姉貴は、無責任にそういうことを言わないでくれよ」

「だって、痛いんでしょ、我慢しないで。もし、痛みが続くようなら、そうだわ整形外科に行くといいわよ、駅前の松本医院。今日はもう遅いから、とりあえず湿布薬を貼ってね」

「分かったよ、母さんに言って湿布をもらってくるよ」

英之は階段を、そのときも右足を庇うようにしてそろそろと降りていった。


国際反戦デーを前にして、新左翼各派が集まる決起集会があった。十月も中旬となり秋も深まってきていた。九段会館の演壇上でのことだ。

各派の委員長のアジテーションの最後、一人の女性が登壇した。いったい誰だろう、蕗子は初めて見る横顔に疑問を持ちながらも、凝視した。白のワイシャツ、ジーンズの女性の、国際反戦デーでの闘いに向けた、型どおりの決意表明だった。

壇上でマイクを前にして演壇に手を突き、前のめりに重心を右足にのせた、美しい姿だった。少なくとも蕗子の知る限り女性の代表者のアジテーションは初めてだった。終盤おそらくここで決意表明は終わるのだろうと、思った。しかし、さらに続いた。

「最後に、闘うウーマン・リブ日本支部から述べておきたい。我々女性は長い間、男性社会の中で抑圧されてきた。女の人権はないに等しく、理由のない差別に苦しんできた。理不尽な道徳や女とはこうあるべしといった習慣を押し付けられ、良妻賢母といったまったくだらない型に押し込めようとしてきたのは、ここにいる君たち、男たちだ」

異議なし！の声が最後部から僅かに掛かる。

「女の生きる権利を、圧殺、無視してきたのは君たちだ。もう、我々は黙ってはいない！自由に言葉を発し、女性の権利を主張する！もし、君たち男が、我々の権利を踏みにじるようならば、決して許すことは出来ない！」

一呼吸あって
「ここにいる男たちに言いたい！もし、我々の目指す女性解放の闘いの前に立ちふさがる者がいるならば、誰であっても容赦はしない！おまえたち男を殺してから、血に染まった旗を高く掲げ、我々は闘いの場に立つだろう！帝国主義者、侵略者は、常に女性を貶め辱め、非人間的なひどい扱いをしてきた。我々は帝国主義者と闘う前に、お前たち男の屍を踏みしめて、前進するだろう！」

異議なぁし！異議なぁし！

蕗子は、思わずそう声を上げそうになった。彼女の発する言葉の一つひとつに、全身の血が逆流しそうだった。周囲にいた男たちは、声もなく静まり返った。彼女がマイクの前を離れ、ややあって、後方の一角から、異議なし！の声と拍手が、聞こえた。われに返って、周りの男性たちの手前、蕗子は胸の前で小さく拍手をした。蕗子は自分の顔が紅潮していると思った。

蕗子の価値観を根本から問いただすアジテーションだった。耳の奥で、「おまえたち男を殺してから」という言葉が何回も鳴り響いていた。これまで、男性とは信頼と友情で、関係を取り結んできた。蕗子は周囲の男性から、ひどく裏切られることもなかった。必然的に蕗子にとって男性は敵ではない。それは、たまたま偶然ともいえる蕗子の幸運でしかない。

そうなのだ、男性によって虐げられる女は、蕗子が本能的にかぎ取ったように、あまた存在するのだ。

演壇上の彼女は、男は女の敵だと、言い切った。思ったこともない言葉であって、考えたこともない思考を突き付けられた。しかし、これまでそう思ったことのなかった蕗子が、なぜか全身の血が沸き上がるような衝撃を受けたのだ。私もあなたと同じ地平を見たい！私は女だ、と。

形も色もないガラスの天井は、それまで女性差別を意識せずにいた彼女にも分かるのだ。はっきりと目にしたかのように。形も色もないのだが、突き抜けようとする女性の頭の上にあるのだと。

これまで女性でありながら、女性であることを突き詰めて考えることがなかったのだ。するりと価値観に忍び込んできた男女同権や、女性の人権が、あたかも十分にそこにあるかのように。しかし、決して男女は同権ではない。女性の選択肢は、初めから狭められている。誰もが望むように人生の岐路で選択出来るかといえば、それは否である。

この年の10・21は、いつの間にか過ぎていった。

心配な出来事

冬華の家に、これまでになく心配なことが起きた。

冬の訪れの前だった。志津代は、膝が痛い、と訴える英之を伴って近くの整形外科医の診察室にいた。両足のレントゲンを撮ったのだが、その結果を聞くことになった。

「これは、私どもでは分かりません、どうかもっと設備のある大学病院などで診てもらってください。そうとしか言えません」

「…でも、どちらに行けばよろしいんでしょうか、ただ、足が痛い、といってもどういう病院がよいのか、私には分かりませんが」

「一番近くの戸山に、国立の病院があります。整形外科がしっかりしているあそこが良いと思います。お知り合いがおられるなら他の大学病院でも良いと思いますよ」

「分かりました、この子の病気は難しいのでしょうか」

「そうですね、一刻も早い方が良いですよ、出来れば明日にでも…」

この人の好い、歳のいった町の医師は、十八歳になったばかりの少年の右膝の病変を一刻も早く、専門医に診せることを勧めた。それがどれほど深刻な病いであるか、その場で言葉を以って伝えることが難しかったからだ。当時の町の整形外科医院では、英之のそれが不治の病いであるのか、判断が出来かねた。

帰り道、不安に押し潰されそうな英之の顔を見るや、志津代は
「大丈夫よ、英之、必ず治るから、安心して。母さんに任せなさい、必ず治してあげるからね」

「うん、何とかなるさ。でも、どうしよう、明日、学校休むのかな」

「そうね、松本先生は、一刻も早くと言っていらしたから、そうしましょう。明日にでも国立の病院に行って、診察してもらいましょうね」

「うん分かった、電話して休むよ、どうせもう、授業はお終いなんだ、大学受験向けの授業だから」

志津代は英之の身体を支えるようにして歩きながら、心の中で呪文のように唱えていた。この子は私が守る、この子は私が守る、と。

この夜、廉太郎が、男の子は身長が伸びるときに膝が痛むことがあるのだよ、と言いながらも、

そうあって欲しいが、そうでなければと、志津代と内心の不安に抗いながら話したことは、とにかく、出来るすべての医療を施して、治す以外にはない、ということだった。

亡くなった欣吾が幾ばくかの預金を残してあった。離れに住んで、気ままに一人で暮らすという老妻のしながが相続したものだったが、廉太郎一家にも喜代子にも、その一部が残された。

蕗子は、英之から話を聞いた。

「明日、学校を休んで戸山の国立の病院に行くことになった」

「松本先生では分からなかったということなの」

「うん、先生が早く診断してもらったほうがいいからって言うんだ」

「ふうん、そういうことなら、大きな病院に行くしかないわね」

「母さんが、大丈夫、治るからって、医者でもないのに妙にはっきりそう言うんだよ」

「お母さんらしいわ、でも、そうね、大丈夫よ、治さなくちゃ。受験もあるし、早く治したほうがいいわ」

「そうなんだよね、国立大の一次試験は来年の二月だろ、焦るよね、早く治したいよ」

「でも、男の子なら一浪ぐらい何でもないわ。とにかく頑張って」

「うん、分かったよ」

英之が自分の部屋に戻ると、蕗子は階下の居間に降りていった。父が常よりは早く帰宅していた。母は台所で夕飯の支度をしていた。

「お母さん、英之の膝の痛みは、分からなかったの」

と、シュッシュと音を立てて鰹節を削る母の背中に声を掛け、ともに台所に立って胡麻和えにする野菜を洗った。

「そうなのよ、原因が分からないのよ、もっと設備のある大きな病院に行って診てもらいなさいって言われたのよ」

「で、明日行くんだ」

母が黙って頷く。蕗子もほうれん草を茹で、水にさらしきつく絞って切り分ける。母が押さえていて、と言い、娘が縁のところどころが欠けた大きな擂鉢を押さえ、母が使い込まれた擂こ木でごりごりと胡麻を擂る。豆腐と葱の汁に味噌をとき、魚が焼き上がれば、蕗子は小走りに、階段の下から、二階に向かい

「夕飯よ、英ちゃん、降りてきて」

と声を掛ける。家族四人が揃って、温かな夕餉の食卓を囲んだ。

検査のため、すぐさま、入院をすることになった。当の英之も志津代も、難しい病気だとは覚悟をしていたが、問診を受け、少し腫れている部分を入念に触診したあと、担当した若い医師は

「ええと、ですね、今日これから入院して検査をしてもらいます」

「えっ、今すぐですか、何も準備をしておりませんが…」

「あとから、必要なものは届けてください、もしくはここの売店でも揃うものはあります」

「…分かりました、それでは、お願いいたします」

志津代は頭を下げ、英之を見て
「英之、今日このまま入院するのだけれど、いいわね」

膝の上で拳を握っている英之の手に自分の手を重ね、息子の目を見た。

「うん、分かった、だけど、学校は、このまま休みになっちゃうんだ」

「うん、そうだね、だけど検査が一通り終わったら、いったん退院するよ、病気が分かってからどうするかを決めるからね」

困惑する英之に医師が説明をした。英之も少し安心した顔を見せた。

病室は五階だった。看護婦が車椅子を用意してくれて、志津代が押して移動出来たので、広い病院の中を歩く負担はなかった。英之も歩くたびに右膝が痛むので、これまで相当無理をしてきた。本心を言えば、痛みはやわらぐことがなかったので、この痛みを誰かが取ってくれれば、と何度も思っていた。

四人の部屋で、すでに男性二人が入院していた。病衣に着替え、ベッドに座っていると、看護婦がやって来て、一通りの今後の説明と、これから肺のレントゲン撮影と心電図の検査を行うことが告げられた。

検査の間に、志津代は、売店でスリッパと洗面用のタオルと歯ブラシ、チューブ入り歯磨き粉などを買い求めた。傍にあった赤電話で、自宅に電話を入れると、蕗子が出た。

「よかった、蕗ちゃん、いてくれて。英之が入院したわ」

「えっ、今日から入院、どういうことなの、お母さん」

「私にもよく分からない、検査入院だって。これから検査、でも検査が終わればいったん退院するようなことを言っていたのよ、あまりに急な話だから、私も気が動転してしまって、よく覚えていないのだわ」

「そうなのね、お母さん、大丈夫よ、英之はどうだったの」

「そうね、あの子は今は落ち着いているみたい、この時間は胸のレントゲンと心電図をとりに行っているのよ。洗面道具を買いに地下まで降りて来たの、病室は五階」

「分かったわ、じゃあ、もうしばらく病院にいるのね。夕ご飯の支度は私がするから」

と言って、電話を切った。蕗子の手も細かく震えていた。

しながら、煮物を作ったから食べて、と鉢に盛った煮しめを持って離れからやって来た。祖母には、余計な心配をかけまいと、きわめて簡単に伝えた。

「あのね、今日から英之が戸山の病院に入院したの、前から痛いって言っていた膝の検査で、今夜は帰ってこないの」

「おやまあ、そんなに大変なことだったなんて、松本先生で診てもらえばそれでお終いかと思ったのにねえ…」

と細面の顔を曇らせた。

志津代が疲れ切った様子で帰ってきたのは、夜も八時を過ぎたころだった。門が開く音で、廉太郎が真っ先に玄関に迎えに出た。志津代は、三和土から手を伸ばし、すがるように廉太郎の袖を掴んだ。それは、二人が苦悩を分け合うように、互いをいたわっている姿だった。

蕗子は十一月十六日、朝早く大学に行った。母の志津代は

「こんなときに大学に行くなんて、学生運動なんてやめなさい！」

と、珍しく語気も荒く蕗子をたしなめた。

「ごめんなさい、英之は明日一時退院してくるのよね、今日はどうしても書記局に行かなくてはならなくて、なるべく早く帰ってくるから、お願いします」

と言って、玄関を出て来た。

前日、書記局に電話を入れると、青山が、困ったような声で、明日は来てくれるよね、と念を押された。この日は「11・16佐藤訪米阻止闘争」だった。当然、誰かが書記局に残らなくてはならない。青山は、現地に行くことになっていたから、留守部隊は、蕗子が責任を持たなくてはならなかった。毎年のように訪米する佐藤首相なので、それに対して当然のように阻止闘争が組まれていた。機動隊との衝突はあっても、昨年のような幾百もの逮捕者が出るという闘いではなかった。

その日、デモから帰ってきた青山とは、型どおりの書記局の仕事を確認し、すぐにでも片付けなくてはならない用事は手分けをして終わらせた。すっかり遅くなってしまったが、青山が何かを言いたい素振りをしたので、これで帰ります、とは言えなくなってしまった。

「冬華さん、弟さんが入院して大変なことは分かるけど、仕事はやってほしいな」

「あっ、本当にすみません…事前に何も出来なくて」

「いや、謝ってほしいわけじゃないんだ、何だか、僕とは一緒にやりたくないのかって思ったから…谷寛さんとは、すごくうまく回っていただろ」

「ごめんなさい、そんなことないですから。青山さんの助けになろうって思っています。ただ、弟のことが心配で、つい、おろそかになっていました。もっと毎日顔を出していなくては、いけませんよね。本当にごめんなさい、谷川さんには書記局員としての責任と仕事を教えてもらいました。それなのに申し訳ないです」

「いや、いいんだよ、僕もついつまらないこと言った。謝る。あの溌溂とした冬華さんと、一緒に仕事をしたいだけなんだ」

「分かりました、もし、これからもこんな状態が続くようであれば、考えます」

「いや、いいんだ、この話はこれで終わりにしよう。明日は弟さんが一時退院してくるんだね。出て来られないだろうから、僕が一生懸命働くから、あなたの分まで」

「ありがとうございます…何てお礼を言ったらいいのか、必ず電話を入れますから」

　と、深く頭を下げた。

　やっと、総武線の電車に乗ったときには十時を回っていた。青山も慣れない書記局で心細さもあって、蕗子に助けてもらいたいと、強く思っていたのだ。

英之を迎えに志津代と蕗子は、家を出た。母一人では、母の背丈を超えてしまった弟を連れて帰るのは難しい。志津代が医師と確認したことは、一時退院は三日間、木曜日には戻るという決め事だった。ただし熱が出るなどのことがあれば、すぐさま病院にということだった。

志津代は支払いのため、一階の会計に出向いた。蕗子は看護婦から袋に入った痛み止めの薬を受け取った。戻ってきた志津代は周囲にお礼の挨拶をしながら、車椅子を用意した。そこに英之が座る。蕗子は車椅子を押しながら、弟の背中に声を掛けた。

「入院生活はどうだった」

「うん、まあ、検査はひどかったけど、どうってことないよ。先生が何人も診察に来るんだ、看護婦さんはとても親切だよ。それより学校の方はどうだったの」

と、母に向かって聞いた。

「一昨日の午後、電話だけではなんだから、病院の帰りに行って来たわ。担任の野口亨（のぐちとおる）先生にお会いして、しばらく入院することになったので、その間休ませてください、と許可をいただいたわよ」

「先生は、何て言っていたかな」

「それは大変ですね、気にはなっていた、っておっしゃったわ。何より近いから、クラスのみんなは見舞いに行くでしょう、って」

「そうか、よかった。でもクラスのみんなが来ることもないよね」

五階からエレベーターで降り、ホールを通り、病院玄関の車寄せでタクシーを呼んだ。病院から家までは僅かな距離だった。車を降りると、英之は門から玄関まで一人で歩いた。

たった三日間だったが、英之のいない家は、火が消えたようだった。

蕗子には、この三日間の記憶が曖昧だった。さらに、これに続く日々は、思い出すことも出来ないのだ。

喜代子とみどりまでもがやって来た。しなから聞いたのだろう。このごろ、喜代子は三日に上げずに離れのしなを訪ねて来るのだから、事態を知るのは時間の問題だった。

「お姉さん、英ちゃん、戸山の病院に入院するって聞いたわ。どうするの受験は、間に合うかしらね」

「分からないわよ、まだ病名も聞いていないのだから、これからよ、明日にはまた病院にもどるのよ」

「…心配だわね…」

喜代子は英之贔屓(びいき)なので、心底、心配していたのだろう。

再入院してから、五日ほど経った。

夕方から、医師団と廉太郎、志津代、英之の三人を前にして、告げられた病名は、骨肉腫ということだった。骨の癌だった。非常に稀な、症例の少ない難しい病気だ、と言われても俄かには想像すら出来ない。すぐにでも治療に入らなくてはならない、英之君、頑張って治療していきましょう、と言われた。治療法もいくつか挙げられたが、志津代には何も聞こえなかった。

　ここから長期にわたる入院が始まった。


　この年の暮れは、志津代にとっては正月の準備でも大掃除でもなく、ひたすら病院と家の間の往復でしかなく、しかも、余計なことは何も考えることの出来ない、日々であった。道の途中にあった鎮守の鳥居に手を合わせ、時には本殿の前まで進み、祈り願う日々であった。

　絶望的な中、蕗子は大学に通った。授業に出ることもあったが、大幅に単位は不足していたので、この先のことも考えなくてはならなかった。母の不在の日曜日に、父からそのことは言われていた。

　師走の風の吹く夜も、英之の姿は、冬華の家の中には見られなかった。笑いながら語り合うこともなく、ただ、それぞれが英之のことを思う。誰も英之のことは口にしないのだが、時に、志津代が、今日は好物の鶏肉のそぼろご飯を食べたわよ、とにこやかに語る。少しでも家庭の味の食べ物を、と作っては運ぶのだ。

　期末試験の終わった学期末にかけては、多くのクラスメートや剣道部の仲間が、見舞いに来た。中に明朗で快活な少女がいた。志津代の見たところ、英之のガールフレンドかと思われ、彼の横顔を観察した。嬉しそうに少しはにかむ様子だった。仲の良い少女が英之の傍らにいるというだけで、救われた。

　剣道部員でもありクラスメートで親友の高本幹夫（たかもとみきお）は、受験のための強化授業の学校帰りに何度も病室にやって来た。高本は、受験の話は出さずにいようと思っていたが、英之の方から話しかけてきた。

「高本は、結局、どこ受けるんだ」

「一応、第一志望は東工大だよ、早稲田の理工も受けるけどね」

「俺は、今年は、もうあきらめた…卒業出来るのかな…」

「大丈夫だよ。あきらめるなよ…」

「あら、高本君、いつもありがとう、お見舞いに来てくれて、ね、英之」

ちょうど、病室に入ってきた志津代は礼を言う。

「うん、学校のことといろいろ知らせてくれているんだ、ありがとう」

高本幹夫は、医学事典を調べては、この病気の恐ろしさを思い知らされていた。英之に何とか助かって欲しいと思う気持ちは、家族と変わらなかった。

ところで、年末に、蕗子は、大学細胞の会議に出ていた。ここ何回か、出席出来ずにいた。どうしても夜の会議になるからだ。英之の病室を訪ねていくことを、優先していた。

笹岡さん、すみませんでした。個人的な事情で会議を欠席しました、と謝罪した。いや、いいよ、そんなに謝らなくて、と笹岡はむしろ蕗子に同情的だった。ふと出席者の顔を見ると、しばしばデモや集会の場で見かけた顔があった。笹岡が、こちらは書記局の冬華さん、知ってるよね、と一方的に紹介した。はい、と頭を下げて挨拶をしたのは、二年生の石井万里子（いしいまりこ）だった。

会議が始まり、その議題が、新左翼内部の対立・抗争ばかりなので、蕗子は居心地の悪い違和感を覚えた。

「現在、Kとの関係は史上最も厳しいものになっている。地方の大学でも小競り合いが続いていて、残念なことだが当方の負傷者が増えている。相手は足の骨を狙ってくるので、足のすねを守る防具が必要な状態だ。骨折したら戦力にならない。真剣に考えてくれないか」

「全員に足の防具を配るのは、金銭的にいってどのくらいかかるのかな」

「ちょっと調べてくれないか」

と、鈴木が田代に指示を出した。こうした議題は、笹岡や田根村の提起ではなく、鈴木や太田、ときには田代だった。笹岡は年次が上がってしまってすでに会議を仕切る役割ではなく、後方から助言をするのみだった。鳩居や呉羽も鈴木に従い、会議の流れに沿って意見を出していた。

「ここで敵に隙を見せれば、どんどん大学の中にまで攻め込んで来る。どこに敵が潜んでいるか分からない。安全な場所はないと思ったほうがいい」

「先制攻撃が必要じゃないですか」

「それは、例えば、相手の拠点を一気に奇襲攻撃をするということかな」

ここまでくると、蕗子には何とも賛同のしようがなかったが、手を小さく挙げて、質問をした。

「しかし、それは、事態がエスカレートして、双方とも被害がさらに大きくなるのではないですか」

「何を生ぬるいことを言ってるんだ！だいたい君は傍観するような立場じゃないか！」

「それは言いすぎだ、ここにいる者は皆役割を持っていて、誰も傍観者などではない」

笹岡が言葉を挟んだ。すると太田は
「いや、ここで我々が負けたら、七〇年安保はどうなる。Kに我々が殲滅されたら、と考えたら危機感が足りないっていうことです。彼らは反革命の手先なのです、これは革命的な闘いです、だいたい現状が理解出来ていない」

と言い返した。

「すみません、私もこの状況を頭では理解出来ても、腑に落ちて分かっていない、甘いことを言いました」

蕗子は、太田の言葉に打ちのめされた気持ちだった。現状を理解出来ていないと、屈辱的な批判を浴びた。

「いや、冬華さんの言うことには一理ある。先制攻撃をしても、壊滅に近い状況にしなければ意味がない、果たしてそれが可能か」

と田根村が蕗子に賛同した。その場の誰も、そのようなことは出来はしないと思っていたから、単なる威勢の良い言葉上のものだと思ってはいた。暴力団の抗争のようなことをすれば、国家権力の介入を促すではないか、とも。

田代が発言した。

「よく、先頭に立って闘うぞ、というが、あれは言葉だけじゃないんだ。我々は、常に闘いの中で、第一大隊の中の第一中隊、そしてわが校は必ず第一小隊だ。文字どおりの先頭だ。拠点校は他の大学とは違うんだ。怯んではいられないんだ、一つ間違えれば死ぬかもしれない厳しい戦いの中にいる。後ろから鉄砲で撃つような奴らは許せない、反撃しなければ、ただやられるだけだ」

田代がこのような激しい言葉を投げることは珍しい。蕗子は太田の言葉には、苦い思いを飲み込み唇を噛んだが、田代の発言にも返す言葉がないと、無力感に囚われた。

長い会議が終わると、鳩居が近寄って来て、小声で言った。

「いや、ちょっと太田さんも言いすぎだよ、気にするなよ。でも、しばらく留守にすると、浦島太郎のようになるんだよ。特に最近は、何だか殺気立っているよ」

「ありがとう、鳩居君、気にするなって言われてもね、書記局の仕事は傍観者に見えているのね、きっと」

夜半になって、闇夜に溶け込むように一人ずつ部屋を出た。

かけがえのない命

英之の入院から、五週間が過ぎた一九七〇年の正月明け、家族が交代で病院に通うという習慣が出来ていた。

日中は母の志津代が身の回りの世話をすることが多く、蕗子は夕刻、英之の病室を訪れることが多かった。志津代と入れ替わりになるように配慮した。夜になって会社帰りに、父の廉太郎が訪ねることはこれまでもしばしばあった。

ベッドの脇の椅子に座ると、蕗子は小さな声で尋ねた。

「英ちゃん、年が明けたけど、入試はどうなるのかしら、ごめんね、こんなこと聞いたりして」

「いいよ、もうすっかりあきらめたよ、こんな管につながれていて、今年は無理だよ…」

「そう、来年に持ち越しね」

「姉貴は大学四年生になれるの、単位が不足してるんじゃないのかな」

「そうなの、駄目な姉だわ。考えておきなさいってお父さんに言われたわよ」

「父さんは他に何か言ったの」

「何も言わないわ、自分で考えろ、ってことでしょ」

「母さんは、何か言った」

「言わない、多分、お母さんは私のことは、後回しよ、英ちゃんのことが最優先」

「へん、いつも姉貴は同じこと言う。母さんの愛情が不足してるって」

「あら、そうかしら、でも事実よ、英ちゃんの方が大切なのは」

「それならそうでいいさ、でも、表し方が違っているだけで、きっと同じだよ、母さんの愛情の量は」

蕗子は、英之の素直さや利発さに、ふっと涙が溢れそうになった。

「英ちゃん…必ず治そうね、どんなことがあっても必ず治して、退院してもとのように…」

と、そこまで言葉にして、それ以上は言葉にならなかった。

「うん、そうだね、必ず治すよ、家にも帰りたいからね」

英之は、家の様子を懐かしそうに、思い出していた。

この先、さらに残酷な判断をしなければならないことを、今はこの二人は知らない。

まだ、正月の屠蘇気分が抜けない一月の早々に、廉太郎と志津代は医師と向き合い、やむを得ない選択だとして、聞かされた。

志津代は、はっと息をのみ
「まだ、十八です。そんな足の切断なんて…」

「母さん、落ち着きなさい。命を救うには、それよりほかに方法がないのだと、おっしゃっているのだよ」

「だって、お父さん、英之に何て言うのですか…」

志津代は、廉太郎に助けを求め懇願するように、声を落として言う。医師は
「もちろん、私どもがきちんとご説明します。ただ、お父さん、お母さんには事前にご理解いただきたくて。このまま今の治療を続けても効果がないとしたら、あとは…死を待つことになります」

「片足を失っても、命が助かるのなら、その可能性が少しでもあれば、それに賭けてみようと思うんだ、私は…」

「そうです、癌は患部の切除が有効とされます、そしてさらに抑える薬の効果で、少なくともこ

の先の生存が可能になるかと、それに義足も大変進歩しています」

長い時間が経って、この日の説明と話し合いは終わった。未成年の英之の手術には、保護者の了解がなくてはならない。医師の言葉は、患者家族にとっても絶対的であった。それでも、手術の承諾には、その場ですぐには答えられなかった。しかし、出来れば早めにお返事を、と言われ病院をあとにしたのだった。

蕗子は、両親の苦しみを和らげるすべを知らなかった。聞かされた彼女自身も、右足を膝の上から切断という治療を、なかなか受け入れることは出来なかった。しかし、当時の医療であれば、それ以外の選択肢はなく、命を救うには同意せざるをえなかった。

英之は思いのほか、逡巡せずに受け入れた。治りたい一心であった。

ただ、周囲の大人たちは、あまりの惨い運命を呪った。いったい誰が、このような稀にしか発症しない病いに、前途のある英之が罹患すると思っただろうか。しなも喜代子もすすり泣いた。みどりは、優しい兄のような従兄弟が、可哀そうだと言って泣いた。

志津代は人前では決して泣かなかった。蕗子も廉太郎も涙は見せなかった。

手術に同意した英之は、悲しむ両親や姉に対して、勇気をもってと励ますように
「大丈夫だよ、足より命の方が大事なのだから。義足で歩く訓練もあるんだよ」

と言ったが、彼らは、安易に慰める言葉を持ち合わせなかった。

「来年は、勉強して、必ず取り返すよ。受験するから、歩く訓練をするよ」

蕗子は、英之がきっと歩けるようになるだろうと、希望を持った。弟が嘆くこともないのに、

泣いてはいられない、と自分に言い聞かせた。

一月の下旬、何時間も待合室で待たされ、やがて出て来た執刀医から、手術は成功した、と伝えられた。目を閉じた蒼白な顔の英之が、集中治療室に運ばれていった姿を、家族は祈るようにして見守った。

それからいくらかの時が過ぎ、抗がん剤の治療で、苦しむ英之がいた。背中をさする志津代は、吐き苦しむ息子の姿を見るのは忍びなかった。それでも、投薬の合間の一、二週間の間には、和やかに人と会うことも可能だった。病院の窓からは、ようやく柔らかい日差しが射していた。

英之を見舞いにやって来た高本が、何ごとか言いたいという顔をしていた。英之が聞くと
「国立の二次、危ないな」

「そうか、自己採点してみたのか」

「まあね、今年は傾向が変わったのか結構難しかった。俺、浪人しようと思っているんだ。来年、おまえと一緒に受けよう」

「私立には行かないつもりなのか」

「うん…」

と答え、それ以上は言葉にしなかった。

手術後は個室に移り、周囲に遠慮のいらない病室なのだが、狭いこともあって志津代と璐子は、

二人にしてあげようと、廊下で立ち話をしていた。見舞いを終え病室から出て来た高本が、わざわざ近寄って来た。二人が聞いたのは、高本の進路の変更だった。

「お姉さん、おばさん、僕、来年また受験します、医学部を」

二人は、まあ、と言ったきり、つなぐ言葉に詰まって、何も言えずにいると
「冬華の病気を治したいんです。正確に言うと、冬華が罹ったような難しい病気ですが。医大を受験するために、もう一度勉強のやり直しです。でも彼のためだけじゃないんです。自分の行きたい道が分かったんです」

と言うと、では、と頭を下げて帰って行った。

黒い詰襟の制服を着た背中を見送りながら、二人は顔を見合わせた。良いお友だちを持った英之は幸せね、と志津代が言った。この年頃の男子の友情の篤さを、蕗子はしみじみと良いものだと思った。

彼女は、高本の勉学に対する向き合い方に、年下ながら、一つの答えを見たように思っていた。


三月のある夜のこと、地方の大学で襲撃事件が起きた。日頃から党派間で、互いに激しく非難しあっていたが、ある夜突然、同じ拠点校の自治会室が武装した集団に襲撃された。その場にいた数人の学生は激しく抵抗した。しかし、逃げ場を失い、一人が三階の窓から庇を伝い逃げようとして、足を滑らせそのままコンクリートに叩きつけられ、即死した。

無法な襲撃事件は、学問の府である大学で起きてはいけないとして報道もされた。蕗子は、その日は急いで大学に駆け付けた。図書館棟は経済学部の自治会室もあるので、ざわざわとした空気だった。書記局に着いた彼女を見て、青山は言った。

「あっ、ちょっとひどいことになった。向こうの大学の自治会室はめちゃくちゃに荒らされて、書類などは盗られたようなんだ。それよりも何よりも一人亡くなった」

「はい、ひどいことになりましたね。襲撃してきたのはどの党派なんでしょう、それにしてもひどい。で、どうしますか、すぐさまやることはありますか」

「まず大学の自治会に弔電を打っておいてください。事故なんだけれど襲撃事件の被害者なんです、惨いことだね、文面は冬華さんに任せるから、悼む文面でね。池袋の政治局から何等か指示が出るから、我々もそれを待って対策を考えるようになると思う。誰か、混乱している現場を指揮することになるかな、多分、僕は行かないと思うけれどね」

蕗子は電文をまとめた。この先、偶発的にせよ、命が失われるようなことが、起きないで欲しいと思いながら、受話器を取り郵便局のダイヤルを回した。

この春、英之は卒業証書を病室で受け取った。担任の野口教諭が、届けたのだが、高本とセーラー服の女生徒が同伴した。野口が証書に書かれた文字を読み上げる。ベッドのヘッドボードを背もたれにして半身を起こした英之が、両手で受け取った。後ろに並んだ二人が拍手をした。

「冬華、よく頑張った、立派だよ。病に負けずにこれからも存分に生きよう。この卒業証書は君が頑張った証だ」

「野口先生、ありがとうございます。高本も、美幸（みゆき）も列席してくれて、ありがとう」

「先生、本当にありがとうございます。感謝してもしきれないほどです」

志津代は涙をながし、ハンカチで目頭を押さえ、蕗子は感激で胸をあつくした。ささやかな卒業式は終わった。


蕗子は二十一歳になっていた。

「大学から通知がきたよ、単位が足りないから四年生にはなれないということだ」

「ごめんなさい、学費を出してもらっているのに…」

「で、どうするのかは考えたのかな」

「今は、結論が出なくて、未熟ですみません、もう一年通わせてください。お願いします」

蕗子は頭を下げた。

「授業には出ようと思います、留年して単位を取ります」

と父に答えたが、無言だった。

「お父さん、ごめんなさい、英之がこんな状態なのに、姉の私がひどい娘で、心配かけていること、悪いと思っています」

「本当に悪いと思っているのか」

「はい、思っています」

「何も今すぐ、大学をやめろとは言わない、せっかく入ったのだから、ちゃんと卒業しなさい」

父は穏やかな言葉で結論を言うと、廊下から庭に出た。日曜日には、好きな庭仕事をするのだ。庭の隅の小さな物置を開けて、長靴や道具類を出した。手にした枝切り鋏で、大きく育った山茶花の枝を剪定したのだった。小一時間ほど経ったころ
「午後は一緒に、英之の見舞いに行くかな。果物でも持っていってやろう」

と茶の間にいる璐子に声を掛けるのだった。はあい、行きます、と璐子も返事をした。

英之は治療も進み、このころには小康状態だった。体力が付けば、五月には退院も可能ではないか、と医師から言われていた。家族の誰もが心から願っていたことだった。


五月の初め、英之は退院した。なんと長い入院生活だったろう。廉太郎は、二階の部屋では上り下りに大変なこともあって、一階の客間にベッドを入れて、当面、英之の部屋にした。英之はしばらくの間、松葉杖を使って歩くことになった。

たとえ彼が、どのような状態であっても、さざ波のように笑みが広がり、家の中に久しぶりに光が射したようだった。

ところが、安堵のあまりか志津代が、疲労から寝込んでしまった。そのため、家事一切は璐子の肩にかかってきた。青山には、会って事情を話し、しばらくの間休暇をもらった。青山はそれ

では、ここにいる意味がないとばかりに、書記局を、人手のある池袋の事務所に移動したのだった。再結成の一九六六年から設置されていた全学連書記局は、図書館棟の一階に看板だけが残された。

この移動は、蕗子の不在と青山の独断のためばかりとはいえず、じつは、対立する他党派からの襲撃を恐れた策といえないこともない。開放的な大学よりも、警備が強固な自派の事務所の方が安全といえた。

冬華の家では、蕗子の働きで、志津代の身体も徐々に回復していった。しかし、反対に英之の食欲が落ちてきてしまった。蕗子は、英之の好みを入れて、食事のメニューを考え、作ってはテーブルに並べるのだが、一口、二口食べると、箸を置いてしまう。

そのうち志津代が台所に立って、食事を作るようになった。それでも食欲は回復しなかった。食べなければ体力はそがれ、何をするにも支障をきたした。朝、部屋から起きてくることが、出来なくなった。半月に一度の病院の検診にもタクシーを横付けし、支えられてようやく乗車した。

医師は、英之を見るなり、点滴をしなければ身体がもたない、入院しましょう、と言うのだった。家ではどうすることもできなくなって、志津代も蕗子も無力感と申し訳なさに捉われ、悔し涙を流したのだった。

英之の容態は、悪くなるばかりだった。病院には、これが最後になってしまうのでは、と、ゆかりの人々が訪ねて来た。寺谷孝二と喜代子も、見舞いにやって来た。ベッドの傍らで、身体を近付けて言うのだ。

「英ちゃん、元気になって、お願いだから…」

「そうだよ、うちの喜代子は、私が具合が悪くなったって心配なんかしないのに、英之君の具合が悪いと気もそぞろでね、我が家のためにも、良くなっておくれよ…」

どんな言葉も、虚しいのだと、孝二もさすがに隠れて涙を拭いた。その姿を見て、蕗子は唇を噛みしめ、泣くものですか、と堪えた。

人が帰ったあとは、彼女もぐったりとするからか、椅子に座り、英之のベッドの隅に打ち伏し、ゆっくりと呼吸をしては目を閉じていた。

「姉さん、ごめんね、いつも世話ばかり掛けて…」

はっとして、目を開け、英之を見る。身体を起こした。

「そんな、いいのよ、弟だもの、小さいころからそうだったじゃないの」

「でも…母さんの目がないところで、おもちゃを取り上げたり…しただろ…」

「ふっふっ、そうね、だって、いつだって私には、お姉ちゃんなんだから、弟に譲りなさい、ってそればかりよ。それで、つい、ごめんね」

「姉も、辛いんだね…」

「今頃、分かったの」

「おばあさん、優しかった…いつも、優しかったね」

「そうね、いつでもかばってくれたわね。お母さんのほうは、あれで、結構厳しかったわ、私には」

「だって、期待があるからだよ…母さんが言っていたよ、いい娘になってほしいから、ってね…長女だろ。俺なんか、そこにいればいいんだから、楽だよね…」

「そうよ、そこにいてくれればいいのよ、いつまでも弟でいてね」

「…そうだね」

　と、少し疲れたのかしずかに目を閉じた。


　高本は、しばしば病室を訪ねて来た。その高本も、すっかり痩せてしまった英之の命が同じように細くなっていくのを感じていた。その日、英之が微かな声で聞いた。

「美幸は…どうしているかな…」

「ああ、星川は、美大の建築学科に行っただろ、詳しくは聞いていないけれど、この夏休みに短期のイタリア留学をするって言っていたよ」

「日本にはいないのか…」

「会いたいのか…」

「……」

「わかった、連絡してみるよ、帰ってきていればいいな」

　高本は、会わせてやりたいと思いながら、この日は帰って行った。

ある夏の日、強い日差しの中、洒落た花柄のブラウスにタイトスカートの星川美幸が足早に、病室を訪ねて来た。挨拶をしたのち、その場にいた志津代は、英之、星川さんがお見舞いに来てくださったわよ、と声をかけ、それでは、と言って部屋を出た。

美幸は、すっかり面変わりしている英之にゆっくりと近付いた。目は閉じられたまま様々な管につながれて、微かに息をしていた。彼女は、耳朶に唇が付くほどの耳元で

「冬華君…美幸です」

と囁くほどの声で、しかし、はっきりと、言った。

「ごめんなさい、もっと早く来ればよかったのに、遅くなったわ。もう、笑ってくれないの、もう、私の話を聞いてくれないの…ね、お願い、目を開けて、ね、…」

閉じている瞼が微かに動き、涙が一筋目尻に流れた。ああ、きっと通じている、待っていてくれたの、と美幸も涙を浮かべた。彼女はさらに顔を近付け、英之の白い額に唇を寄せた。生きている証の感触だった。彼の手の甲に、彼女の手を重ねた。堪えていた涙が堰を切って流れた。

英之の流した涙の一筋を、やさしく指でぬぐい、美幸は祈るように両の手を組んだ。何も答えない彼の唇を彼女は恨み、そして彼を、遠い彼方に連れ去っていく病魔を憎んだ。

その夜十二時を回ったころ、容態が急変した、と電話が入った。至急お越しください、と看護

婦の急を告げる声に慌てて、着替えもそこそこに、車を呼んだ。

家族三人は、覚悟はあるものの、どうか、生きていて、と願いながら深夜の病室に入った。間もなく呼吸はなくなり、看護婦に呼ばれた医師は、瞳を覗き脈をとり、厳かに
「残念ながら、今、お亡くなりになりました」

と告げた。

「英之」

と静かに名前を呼び、母が息子の亡骸を覆うように胸に抱き寄せた。姉の蕗子もただ、目に涙をため足元にすがった。父の廉太郎だけが立ったまま亡骸を見据えていた。そして、深夜に留守宅を守るしなに電話を入れると、亡くなりました、と伝えた。しなは、可哀そうにあの若さで、と呟きながら涙をぬぐうのだった。

七月の末の早朝、朝日は昇っているのだが、病院の玄関に立った蕗子が眼にしたものは、周囲の色のすべてが消え、灰色に沈んだ景色だった。大切な人を亡くした喪失感に、立っていることも叶わないほど足が震えていた。抗いがたい絶望だった。


蕗子は、葬儀のことは何も覚えていなかった。ただ、一つ、覚えていることがあった。

納棺の際、父がためらいながら、棺に入れたのは、書籍のほかに小さな松葉杖だった。通夜の夜、手先の器用な廉太郎が、枝を削って細工をした杖だった。

「ご住職、小さな松葉杖を入れてもよろしいでしょうか、この子があちらの世に着いたとき、も

しや、片足で、歩けないのではと思うと、可哀そうでなりません…」

「…大丈夫ですよ、きっとあの世では五体満足な身体に戻っていることでしょう。でも、入れておきましょうか、きっと願いは通じますよ」

その場にいた誰もが、父親の息子を思う気持ちに涙を禁じえなかった。蕗子もこの間、涙を見せない父に、悲しくはないのか、とその気持ちを疑った。そうではなかった。父こそ深い悲しみの淵を見ていたのだと、思った。

父も母も、気丈に助け合っていた。親族や近所の人々、教師やクラスメート、剣道部の仲間がその若者の早い死を悼み、葬儀に参列し、道を埋めるほどの大勢で棺を見送ったのだった。

高本も美幸もいた。親友を亡くした高本は、おそらく愛する者を亡くした美幸の心を察してもいた。美幸の僅かな慰めは、彼は私を待って逝ったのだ、と思うことだった。互いに掛ける言葉はなかったが、二人は並んで英之の納まる棺を見送った。


この一九七〇年の八月三日、起きてはならない事件が起きた。

法政大学内で起きた殺人事件だった。東京教育大生が殺害され、死体が新宿区津久戸町の厚生年金病院の駐車場に遺棄された。

激しく対立していた革マル派と中核派の間で、長年続いてきた抗争の結果だった。両派は、革命的共産主義者同盟から派生しており、いわば兄弟ともいえる関係だったが、理論的、組織論的に相いれないことから分かれて独自の路線を歩んできた。

この事件は、各地で起きていた両派の小競り合いや襲撃、傷害事件が伏線になっていた。この事件が起きた前日、池袋で街宣活動をしていた中核派の学生たちが、たまたま出会った革マル派活動家の教育大生海老原君を拉致した。そこから法政大学構内に連れ込み、六角校舎地下室に監禁し、長時間自己批判を迫ってリンチし、発覚を恐れて殺害に至った。上部組織の関与しない、偶発的に起きた陰惨な事件だった。

蕗子は、英之を送ってから初七日の供養も経ておらず、まだ意識も判然としない疲労に囚われていた。母の志津代は、気丈に立ち働いていたが、それは立ち止まるとどうしても英之を思い出すからだった。明後日にある、近しい親族だけの供養の段取りに追われていた。

新聞を読み、この事件を知ったが、何かとてつもなく大きな反動が襲ってきたのだ、という予感がした。志津代も、恐ろしい事件だわね、と言いながら、今、大学に行くのはおよしなさい、と声を掛けた。声を掛けなければ、飛び出して行きかねない様子だったからだ。

母の声にふっと我に返ったようで、急いで大学に行く必要が今はないのだ、書記局は池袋に移っていた、と思い直した。おそらく池袋に行ったところで、蕗子の仕事はなくなっているだろう、と。

大衆的な学生運動にとってはまったく意味のない事件だった。しかし、何ら統制もなく指示もなく、抑制もないまま殺害にまで至るというのは、両派の関係が憎悪に満ちた最悪の状態だったとしか、思えない。

それは、キャンパス内に書記局があったとしても、結果は同じだっただろうか。コントロールされ抑制の利いたものになっていたのではないか、と思わないでもなかった。

一週間ほど経った夏のある日、蕗子は大学に足を向けた。夏休み中のキャンパスは静かだった。六角校舎の入り口には、黒と黄色の縞のロープで規制線が張られていて、立ち入り禁止の張り紙が下がっていた。では、この校舎に存在した文学部の自治会室は、どこに行ってしまったか。壁を見ると、移動した先の校舎名と部屋の番号が記された張り紙があった。

その部屋を訪ねていくと、以前よりも狭い空間にいたのは、笹岡だった。

「笹岡さん、このありさまは、一体どうしたっていうのですか」

「いや、こんなことになってしまった。六角校舎は封鎖されたんだよ、地下室で事件があったからと言ってね。我々は抗議したんですよ、事件と自治会室は関係がないって。大学側は、それは理解出来るが、事件がいかにも陰湿で、地下室はあんな事件が起きるようだ、と言ってね、建物自体を封鎖したんだ、この機会に取り壊すという話もある。我々の活動の拠点を奪って阻害するという目的もあるんだよ」

「そうだったのですか、それに、事件に関与したという逮捕者がたくさんいるようですね」

「うん、そうなんだ、まだこれからも逮捕者は出そうなんだ」

「なんで、こんなことになったの……。これからどうなっていくのでしょう。細胞はどうなるのですか」

「今は、みんな地下に潜っている、しばらく活動出来ないね、また、連絡しますよ」

と小声で言った。

「笹岡さんも、気を付けて」

「ありがとう、冬華さんも、何があるか分からない、この間も襲撃されてね、けが人が出たんだ、だから気を付けて。そうだ、青山さんから聞いたのだが、弟さんが気の毒だったね」

「ありがとうございます、両親の気持ちを思うと辛いですが…何とか支えあっています…では、必要なときはご連絡ください」

蕗子は、いつもの笹岡のさりげない気配りに感謝しつつ、狭い自治会室を出た。

しかし、大学の、この事件をすばやく捉えた動きや、これからの運動の行方に、笹岡さえ、どうなるのか分からないと嘆くのだから、蕗子にはもうどうすることも出来なかった。彼女がその事件の現場にいたとして、何か暴走を止めることが出来ただろうか。いや、おそらく出来はしなかっただろう。荒々しい暴力や血の匂いに気おされて、政治的な判断も麻痺しているその場を、去ることとしか出来なかっただろう。

状況は理解出来たが、それゆえにさらに、力なく、帰り道を辿るしかなかった。

この先の展望が、まったく見えない気がした。

憎しみと怒りと、理不尽さ、腑に落ちない疑問、吐き捨てたいほどの徒労、理解を超える出来事、それらが幾重にも押し寄せて来た。おそらくこの流れをどうしたら止めることが出来たか、誰にも答えがなかった。蕗子にはそうとしか思えなかった。

夏から秋にかけて、東京、地方を問わず、あらゆるところで襲撃事件が起きた。しかし、一方で、日常的な営みはあって、キャンパスにも自由があり、授業もある。教授も学生も何事もなかったように大学に通っている。ときおり怒号と激しい衝突が起きるのも、自由なキャンパスだからだといえた。両派のみならず、新左翼内の党派の衝突は、日常の場面の一つとなっていた。学生運動は、息も絶えようとしていた。


蕗子は、一度、青山に会って話をしたいと思った。連絡を入れると、それではこんな状況だから、池袋の前進社に来てもらいたい、ということになった。青山の都合に合わせ時間を決めて訪ねた。当時の前進社は、モルタルの古いビルの二階で、半間ほどの狭い階段を上って行った右側に入り口があった。

「やあ、しばらくぶりだね、びっくりしただろ」

と、青山は部屋の一方の丸い机に案内して、椅子をすすめ、自分も腰を下ろした。

「ええ、久しぶりに来ましたら、厳重な囲いがあって、一階の通りに二人門番がいて、誰かって尋ねられました」

「そうか、この間で、だいぶ人の入れ替わりがあったから、冬華さんを知らないやつもいるんだね」

「二時に青山さんと会う約束があります、って言ったら、あっ二時に、青山さんに面会の冬華さんですか、って聞かれたので、そうですって言ったら、どうぞって通してもらえました」

「いや、今は防御しないと。隙を突かれてここまで襲撃されたら、ちょっと大変なことになるからね、とにかく今は反革命の嵐の時だよ。委員長が不在で、僕が代行だから。表に出ていられる人間は、限られているからね」

金田全学連委員長は、教育大生殺害容疑で逮捕されていた。青山が委員長代行として表の顔になっていた。

「冬華さんも、本当は危険だから、無防備に近付かないほうがいいですよ。ただ、白昼堂々とここを襲ってくるとは思えない。危ないのは夜です。ところで、弟さんのことはご愁傷さまです。癌だったのですね」

「はい、治療のかいもなく七月三十一日に亡くなりました。書記局の仕事を休ませてもらったので、十分な看病が出来ました、ありがとうございました。…私、まったく知りませんでした、事件のことは。新聞で知りました。つい最近大学に行きましたが、六角校舎が封鎖されていて、文学部の自治会室が隅の方に追いやられていました。笹岡さんには会ったのですが、他の人には会えませんでした。かつての大学のキャンパスではありません…」

「そうだね、たしかにかつての大学ではなくなったよ…ところで、冬華さん、ここに通って常駐することは出来ないですよね、だから、替わりの人間を探しました。あそこにいるでしょ、彼女、松木聡子さんです。三年生ですが出してもらいました」

青山が言うので、見ると、一方の広い机の周囲に四人ほどの若い学生がいた。中で、大きな声で何事か語っている女子学生がいた。

「冬華さん、あなたには長い間力になってもらえて、ご苦労様でした…礼を言います」

と、青山が立ち上がって頭を下げた。蕗子も立ち上がり、いいえ、力及ばず申し訳ありません、と頭を下げるのだった。

するとそこに松木聡子が足早に寄って来た。妙に、なれなれしく青山に身体を近付け
「あっ、このひと冬華さんでしょ、代行から聞いていますよ。すごく優秀なんですってね、だから、私が損しているんです、比べられて。でも、もうお歳ですから引退ですよね。今は書記局も能力がないとやっていけないですよ、私よく言われるんです、男みたいだって」

蕗子はぐっと飲み込んで言った。

「はい、いつの間にか四年です。単位が不足していて、留年ですが。そうですね、能力はあったほうがよいですよね、でも男でなくても、女でも大丈夫ですよ。頑張ってくださいね」

青山は、松木の不躾な言葉に、顔をしかめたが、蕗子が顔色も変えずに受け答えをしてくれたので、内心ほっとしていた。

「では、これで、失礼いたします…あっ、谷川さんにも、お世話になりました、と伝えてください」

と、駅に続く道を辿り、池袋を後にした。谷川も室谷も、その日は不在だった。前進社のありようには何の感慨もなかったが、ただ、谷川との書記局の日々が、懐かしく思い出された。

後日談になるが、夏が過ぎるころ、松木聡子と谷川が結婚するという話が、蕗子の耳にも聞こえてきた。そうなのか、と彼女は思うだけだったが。ところが、笹岡によると、谷川が激高した、という。誰がそんな嘘を流したのか、と当の谷川が全面的な否定をしたというのだ。おまけに、笹岡が言うには

「俺が、どうして、松木を。ありえないだろ！冗談もいい加減にしろよ。あいつが勝手に妄想を流しているんだ、本当に困ったよ、あいつには何を言っても通じない」

とうんざりした様子で室谷に語った、と、笹岡はそれを蕗子に伝えてきた。

事実、そうしたうわさ話に辟易したのか、しばらくすると、谷川が別の女性と結婚したとの話が伝わってきた。それは、神冊祥子と同じ学芸大の四年生で、物静かで控えめだがいつでも闘いの中にいた献身的な女性だった。神冊は二つ学年が上だったが、仲の良い間柄だった。谷川らしい、と蕗子は思った。

蕗子は、心から谷川の結婚をよろこんだ。結婚によって、充実した人生になって欲しいと思ったが、一方、結婚式など挙げられる状況ではないことも分かっていた。会って祝う気持ちを伝えたいと思ったが、それもこのような状況では叶わないと思っていた。

秋になって、蕗子にとっては、とうてい耐えられないことが起きた。

ある夜、埼玉大学の拠点が襲撃された。学生活動家たちは応戦したのち逃げる相手を追いかけたが、鉄パイプで武装した多数が待ち伏せしていた。激しい暴力の応酬となった。一人が死亡した。自治会室に太田が飛び込んで来た。

「やられた！埼玉大学で、一人が死んだ！委員長の中村だ」

「狙い撃ちにされたんだろう、埼玉大はこれまでも何度か襲撃されている、何てことだ」

と、田代が言った。自治会室は沈鬱な空気に包まれた。

えっ、と言ったまま、蕗子は言葉もないのだった。集会準備のためビラの原稿を書いていたが、一報を聞くや、中村壮太の顔が浮かび、声が聞こえた。もう、二度と会えない、アジテーションも聴くことがない。蕗子はふらっと立ち上がり、そのまま倒れそうになり足を踏みしめた。人がいる手前、大声を上げることも、泣くことも出来なかった。

一度だけだったが、蕗子は中村と神楽坂で食事をともにした。闘争の前日の集会後のことだった。夜になって一人、蕗子に向かって歩いて来る者がいた。

「まだ食事が出来るところ、知っているかな」

「神楽坂なら、たくさんあります」

「埼玉から来ているので、神楽坂なんて場所は聞いても分からない、一緒に行ってくれないか。食事はもう済んだ?」

「ええ、済ませています。でも一緒に行きましょう、案内するわ」

彼は煮魚を、彼女はつまみを頼み、向き合って話を交わし、会食を済ませて大学に戻ってきたところを、田代哲也に見られた。

「冬華さん、何だ、食事か？行くなら他の大学じゃなく、うちの連中と行けよ！」

と、叱責ともひやかしとも採れる言葉を投げかけられた。

そんな二年ほど前の夜を思い出し、涙もないまま、戻ってきてほしい、と呟いた。もうこの世界にいないなんて、と心の中で。単に優秀な同志を失ったという以上の衝撃であり、胸を塞がれる喪失感だった。

なぜ、突然これほど惨い死に方をしなければならないのか。説明のつかない理不尽な死だった。この気持ちは、蕗子を捉えて離さなかった。心の底からの怒りでもある。

誰にこの怒りをぶつけていけばよいのか。誰にでもなかった。反革命革マルに向かえばよいではないか。しかし、そうはならないのだ。中村を死に追いやったのは、相手を殲滅しようとする「内ゲバ」であった。やられたらやり返す、これは無限ループで止揚（アウフヘーベン）出来ない。やり返さなければ、やられる。このやりきれない繰り返しを、誰も止めることが出来ない。蕗子は無論のこと、革命への道程だとすれば、誰も止めない。むしろ、これは反動、反革命、白色テロとの闘いである、という者たちがどれほどいるか。

夕刻に、早めに大学を出た。後ろを何度か振り向いて、跡をつける者がいないことを確かめてから駅に入る。親には言えない、と思うと得体のしれない嫌悪感が胸に湧くのだ。

自然に足が遠のいた。自治会室への出入りは危険を伴っていた。もう、誰もいない。鳩居も呉羽も、いない。蕗子もいない。

そして京都大学で、二人が死んだ。夜の襲撃だった。死んだのは、橋本津由己と山口純治だった。蕗子は顔を覆って、どうして、なぜ、死んでしまったの！と声を上げて、悔し涙を拭いた。激しい攻防の中で、乱闘は学外にまで広がった。学生たちは校内を出たところで、凶器ともいえる鉄パイプやバールで武装した集団に囲まれた。二人は互いを守ろうとしたのか、多くの負傷者の中で、この二人が死に至った。蕗子は正直に言えば、どちらか一人でも助かって欲しかった。指導的立場の二人を失って、京大の組織は崩壊してしまうのではないかと危ぶまれた。それほどの喪失を伴って、得たものは何なのか。誰も応えてはくれなかった。

細胞会議の中で彼女は言った。

「もうこれ以上、誰一人も、生死を分けるようにしてともに闘ってきた同志を失いたくない。そうではないのですか？これ以上殺し合いをしても意味はないのじゃありませんか。大きな損失だと、政治局には言っていただけないのですか」

「それは、敗北主義の最たるものだ。それは許されない、今苦しくとも、この戦いを止めるわけにはいかない、君はこんな簡単な理論も分からないのか」

「分からないわけではないです。ただ、こうした殺し合いのような闘いが、この先、展望を持って闘えるのですか。大衆や労働者の支持を獲得出来るのですか、ビラ一つ配布出来ません、大衆的なデモなんてもう、出来ません」

「だから、今は巨大な反動が起きているのだ。白色テロや反革命との戦いの時なのだ、運動がおろそかになっても、我々の組織が潰されたら、それで終わりなんだ。闘う以外にない」

「停戦協議をしようということはないのですか、誰か協議を仲介する新左翼の大物はいないのですか」

「そんなものはいない、いたとしても、今ではない」

「敗北主義者、日和見主義者は、この場を去るべきだ、同志ではない！」

と、激しく太田が言った。

「待て！それを言うことはやめてくれないか、彼女は同志だ、そういうことは私が許さない」

笹岡がたまらず口を挟んだ。

「何を言っているのですか、明らかに反革命との戦いを否定しているんです。組織としてこんな甘いこと、言っているものを同志と言えますか」と太田は反論した。そして
「だいたい君はプチブル的だ！」

と吐き捨てるように言った。


「…分かりました。あなたが、革命的で命を懸けても反革命と闘うというのならば、それは認めます。絶対に殺されることのないように祈ります。しかし、前線も後方もない闘いで、出口のない真っ暗な長いトンネルを行くような闘いに、進んで参加出来るほど私は思想的に強固だとは言えません…あなたの言う通り、プチブル的です」蕗子は唇をかんだ。

「まあ、あなたも自分をそんなふうには言うな。誰もが、自分の内心に自問していいのだから。

この社会に疑問を持ち、変革を求めて入党してきた仲間なんだから、尊重しなくては。白か黒かと問い詰めるようなことは、この組織自体が自分の首をしめることだ。もっとそれぞれが出来ることを考えるんだ。戦略も含めて。今、私を含めてすべての同志が一人残らず死の危険と直面していて、実際死んでしまったら、それこそ組織は壊滅だ、相手の望むことだ」

と、笹岡は静かに語った。

「困難を掻いくぐって生き延びることも大切だ…そうなんだ、この結果がどうなるのか、今は何も見えないがやがて歴史の審判が下される。この戦略が正しかったか」

田根村が、そう呟くように言って会議は終了する。

蕗子はすべてが終わったと、感じた。敗北感が色濃く一身に満ちていた。太田が近付き、ひどいことを言ったことは謝る、ただ、半端な気持ちでいたら、おまえの命が危ないぞ、奴らは血で手を汚すことを恐れないんだ、と忠告した。

蕗子は、分かりました、批判は身に沁みます、ありがとうございました、と太田の善意に頭を下げて別れた。皆、生きていて欲しい、と思いながら、もうこの会議には出ることがないのだ、と。苦い思いが胃の奥から込み上げてきた。

この「内ゲバ」という恐ろしい闘いの中で、死んでいった者は百名を超す。その魂は何処にか漂う。おそらくこの時代を生きた彼らの心に、澱となって今も。

笹岡も田根村も鳩居も生きていた。田代哲也と三木葉子は夫婦となった。笹岡は新しく入党した二年生の石井万里子とやがて結婚した。

晩秋のある夜、大学をやめたい、中退するつもりだ、と蕗子は廉太郎に打ち明けた。その言葉を聞いた父が、そうか、それならば少し話をしよう、と玄関横の応接間で向き合った。志津代は、少し寒くないかしら、とガスストーブを点けてから黙って下がった。

「いつか、蕗子が自分で行く道を探し、選択するまで待とうと思ったのだよ」

「はい、黙って見守っていてくれたと思っています。今は学生運動が変質してしまって、もう、これ以上運動を続けられないと、思いました。何人も何人も人が死にました。やるか、やられるかというひどい話です。私は耐えられない…」

「私も、蕗子に無謀なことも、非道なこともしてほしくないな、若者が死んでいくのは見たくないね…」

「ごめんなさい、お父さんやお母さんに心配をかけて…」

「ただ、思想信条を捨てるというのは、苦しいことだ。私にも…その経験があるのでね、一度は、敗戦で、軍人として生きてきたそれまでの信条を捨てざるを得なかった。そして、新しい世の中になって、労働運動の中で、仲間と、まあ、理想の社会を夢に見たんだな。労働評議会が出来れば、そこで生産を計画管理して製品を供給して、人々が欲しいものを手にする。搾取はなくなると思ったんだがね。それもゼネストが失敗に終わって、私も、生きていくために思想信条を捨てたんだね…」

「…私、お父さんの書棚から『資本論研究』という本を見つけた…手にして、きっと読んでいたんだと思った…」

「ほかにもあったかな、だいぶ捨てたんだがね、あれはたしか…」

「お母さんが…お父さんの誕生日のプレゼントに贈ったものです」

「そうだったかな」

「お父さん…思想を捨てるのは、そう、苦しいです。何よりも自分への裏切りに思えて、苦しい。ある人に、罵倒されました。私、最低の人間です。でも内ゲバで死ぬのは嫌だというのが正直な気持ちです。学生運動から遠ざかりたい、というのが偽らざる心境です。仲間にも、親しい人にも、今の苦しい戦線から脱落するのは申し訳ないと思います。強くなれない自分が恥ずかしくて、言い訳が出来ません。だから、もう大学のキャンパスに戻ることが出来ない…気持ちの上でとても出来ないと思うの…」

「そういうことなら、中退することを認めよう、お父さんもお母さんも、本当のことを言えば、蕗子を失いたくないのだよ。もし、万が一のことがあったら、もうこれ以上悲しいことは私も嫌だね、勉強したいときにはまた出来ると思うからね」

「本当にごめんなさい、心配ばかり掛けて、ここまで学費を出してもらっているのに、卒業もせずにやめたいなんて…」

「たしかに心配はしたがね、お金のことは謝らなくていいんだ。蕗子が運動を止めないということのほうが、困っただろうよ。父さんは、蕗子が卒業をするときは運動からも離れる時だと思って待っていようと思っていたんだ。社会に出てからも信念をもって生きることは出来るからね、ただ、こんな状況になってしまっては、もういけないね」

廉太郎の心情のほうが複雑だった。英之を病いで失い、わが娘蕗子の身の上を思うのだから。しかし、彼女があっさりと信条を曲げてしまったことは、転向を迫られた苦しさを記憶の底から引きずり出し思い至れば、いささか拍子抜けした。娘の方が現実的だと、思わないでもなかった。

終戦直後には闇の部分が見え隠れする。特高警察はなくなったものの、不審な事件や死もあった。国家権力に加え、占領軍の圧力もあった。パージの嵐が吹き荒れたそうした時代にあって、変わらず思想を堅持した名もなき者は、尊い。戦争もなく、誰もが幸福に暮らせる社会を目指すことは、とてつもなく困難だが、捨て去るにはあまりに理想は嵩（かさ）があると、廉太郎は思うのだった。

晩秋の夜は冷えてきた。温かいお茶でも飲もうか、と父は娘に言った。

第Ⅱ部

新しい年明け

新しい年を迎えた。喪中のため、年賀状は事情を知らない人たちから届いた僅かなものだけだった。静かな年明けだった。

前年の暮れからそれぞれが身の回りの整理を始めて、英之が僅か一か月使用したベッドは、客間に置かれたままになっていたが、分解し二階の蕗子の部屋に移動していった。

口にはしないのだが、家族の誰もが亡くなった英之を思わない日はなかった。彼の部屋は、そのままになっていた。綺麗に整理整頓がされているのは、検査入院から一時退院した際に、彼自身が片付けていったからだ。

志津代は、あたかも英之がそこにいるかのように、窓の桟の埃には叩(はた)きをかけ掃除をし、机は拭き清めるのだった。夕方には彼が帰宅するのを待つかのように。誰も、志津代の行為を当たり前のこととして、止めることはなかった。しかしその折、ふっと思い出がよぎり、彼女が涙ぐむのはやむを得ないのだった。

茶の間の東端にある仏壇には、欣吾と英之の位牌が並んでいた。朝に夕に仏飯が据えられていた。英之は、小さな額縁の中で微笑んでいる。

今は志津代が、仏壇と神棚を守っていた。廉太郎が手入れをし折々に咲く庭の花は、蕗子が切り花にして花瓶に挿し入れた。

離れのしなのもとには、毎日のように近所の者や、背負い籠に野菜を詰めて近県の農家の妻女がやって来る。しなは買い求めた野菜を母屋に届ける際に、仏壇に手を合わせるのだった。家族の誰もがそこにいない誰かを、思っていた。

蕗子は、毎朝、新聞の求人広告に目を通し、履歴書を書いて、いつでも就職をするつもりでいた。その「つもり」のうちの一つに、新宿にある通信教育会社があった。募集内容は、商品の企画制作の仕事だった。

いつまでも仕事に就かず、家にいることに甘んじているわけではなかった。ただ、あまりにも多くのことが、ここ一年のうちに蕗子の身に降りかかってきた。身体のみならず心の容量を超えて、処理に困るかのように。どこかに後ろめたい気持ちがあって、ひっそりと身を潜めていたいのだ。

ああ、いっそ旅にでも出たいと、思わないでもなかったが、費用のことや、京都や広島、九州は思い出すことがあって、避けたいという気持ちもあった。結局、一刻も早く仕事に就いてしまうのが一番だと決めた。

面接はあっけないほどに早く終わって、採用する側は、明日からでも来て欲しい、という性急さであった。蕗子は履歴にある「大学中退」という文字を咎められたら、どう答えようかと身構えていたが、聞かれることもなかった。大企業ならいざ知らず、人手不足の中小ならではの事情だったようだ。

さすがに、明日からでも、という要求は断り、あと一週間もすれば翌月がくるので、二月の初めからの入社にしてもらった。

まだ出社には間があるが、蕗子にとってはこれが社会に出ていく最初の一歩であるのだから、十分準備をしておこうと考えた。

英之が亡くなって半年が経っていた。月命日に合わせて、弟の眠る墓に報告に行こうとも思っていた。

立春前の寒の内だが、母と、出来れば祖母も誘って、いくらか温かい陽春の日差しを求め、椎名町の菩提寺まで行ければと願った。一区切りになってほしいと、寺の境内の鬱蒼とした樹々の高さを思っていた。

入社の年

その会社は、新宿と新大久保の中間にあった。無理をすれば自宅から歩いていけない距離ではなかった。蕗子は新調してもらったグレーのツイードのスーツに紺のオーバーコートをはおり、手には買ったばかりのバッグを持ち家を出た。母が門まではと、見送りに出てくれた。

高田馬場駅の戸山口から山手線に乗り、新宿で下車した。早めに出たのは無論だった。面接ですでに会社の場所は分かっていたので、指定された時間よりもだいぶ早く着いた。三階建ての横長のビルの屋上には、「日本通信教育協会」と大きな看板が載っていた。道路から続くアプローチの両側には細長い花壇があって丈の低い植栽があった。

　重たいガラス扉を押して、玄関に入りコートを脱ぐと、総務部長の田中陽介（たなかようすけ）が迎えに出て来た。まず、社長に挨拶をと言われ、後についてエレベーターで三階の社長室に向かう。

　田中がドアを開けて入ると、十五、六㎡のこぢんまりとした部屋にいたのは、三十代の初めだろうか、すっきりとした背広姿の若い社長だった。革張りの椅子の背もたれに、身体を預けて座っていた。

「社長、今度入社した社員です、ご挨拶に参りました。さっ、挨拶をして」

「はい、冬華蕗子と申します。よろしくお願いいたします」

　と、型どおりに頭を下げ、挨拶をした。

「とうがさん、珍しい名前ですね、でもすぐに覚えてもらえるので、よいですよ。私は渋谷という名前ですが、時に間違って品川さんとか、田町さんとか言われるんですよ、人の記憶は曖昧なんですね」

　と、社長は机の上の履歴書を見ながら、微笑みかけるのだった。蕗子も思わず、吹き出しそうになって、こらえた。

「じゃ、配属先は、企画制作部ですね。期待してますよ。あっ、住所は近くですね、大丈夫ですよ、ちゃんと交通費は出しますからね、じゃ、今日からよろしく」

蕗子は、渋谷の天性ともいえそうなユーモアの精神に、いくらか打ち解けたのだった。初めての就職先にふっと安堵した。

しかし、社員五十名ほどの中小企業の常で、労働組合はなかった。従業員代表者会という代わりの組織があるだけで、もちろん争議権などはなかった。


三階から降りて、二階にエレベーターが止まり、そこに企画制作部はあった。

扉が開きホールを右手に出ると、広い空間に出た。

「ここが、企画制作部のフロアです。明日から直接このフロアに出社してください。これから、配属先の社員を紹介しますね」

と、田中は窓側中央に向かって先に歩いて、四、五歩もすると立ち止まった。

「富永部長、今日から一緒に働いてくれる冬華さん、紹介します。あっ、みんなちょっと注目して」

と、部長の富永琢磨（とみながたくま）を蕗子に引き合わせた。

「冬華と申します。よろしくお願いいたします」

「あ、はい、富永です。よろしくお願いします。今日からですね、待ってましたよ」

富永を中心にして左右の両側に、それぞれの課の机の島がある。窓に向かって右側が、蕗子の配属になる「継続教育課」で、課長は四十代に入ったばかりの永田市子（ながたいちこ）だった。

「永田さん、冬華さんです、今日からみっちり仕事を教えてください」

「いやね、田中さん、やさしく、でしょ。ねえ、冬華さん、よろしくね」

「はい、よろしくお願いします」

「じゃ、こちらは一緒に仕事する岡野素美さん」

「はい、よろしくお願いします」と双方がお辞儀をする。

「こっちは、企画開発課です、佐々木規久男課長です」

と、田中がついでにといった様子で紹介する。

よろしくお願いします、と頭を下げ合う。机を離れて新聞を広げていた課員が飛んできた。

「私、成田継男といいます、冬華さんですね、お隣同士ですから、よろしくね」

と挨拶をした。

分かったことは、企画制作部といっても部員は蕗子を入れて、六名だということだった。大きな部署ではなかった。通信教育の企画開発なので、人手はいらないのだろう。実際のテキストの制作などは、いくつかの小さな編集プロダクションが担っていた。


その日は、昼が来て何をしたでもないのだが永田市子とともに近くのレストランで食事をした。

その際に、渋谷佳保社長が創業者の二代目だということが分かった。

課の仕事の内容は、通信教育で学び、修了した者に提供する継続的なプログラムやテキストの企画制作がメインだった。ほかに、修了者をプールするための会員組織の運営もあった。

この会社の創業期の主な通信教育は何かといえば、創作人形のコースだった。日本人形や木目込み人形、洋風の人形などの作り方を教えるとともに、その材料を一式提供するというものだった。修了者の中には人形作家となって、世に出ていった者もいる。自称作家であっても、会員に登録していれば長年にわたって創作の材料を提供してもらえた。

この会員組織は人形作家協会という名称だが、その協会および事務局の運営も重要な仕事である。課長の永田は、よく気の利いたお世話役で、会員から絶大な信頼を得ていた。近年、会員数が増えて、永田一人ではうまく回っていかない。人手が欲しいと、常々人事部には申し入れをしていた。

書道の通信教育も同様で、修了者の会員組織があった。こちらは墨や硯、紙に限らず、年に二回の書道展の開催、運営があった。

会員組織は会費も徴収するので、会員向けのサービスも必要だった。要するに、人手不足で新人には明日からでも出社してほしいというのが、永田をはじめとする現場の声だったのだ。

「じゃ、今日の午後は、倉庫を案内するわ。人形の材料やテキストを、申し込み者に一式封入して送る現場だわね、あれこれ教えても覚えきれないから、おいおい仕事をしながら教えるわね」

「はい、分かりました」

出社一日目は、瞬く間に過ぎて、退社時刻を迎えた。書記局の仕事をしていた経験が、役に立った。目の回るような忙しさの経験もあったから、何とかなるだろうと思いながら、蕗子は会社をあとにした。

蕗子は、一週間もすると仕事を飲み込んで、あらかた一人でこなせるようになった。ことに永田が舌を巻いたのは、会員への対応であった。時に苦情、時に懇願、会員から寄せられる要求は果てしないのだが、それのすべてに的確に答えるので、電話の応対も任せられたからだ。

蕗子は、単に謙虚に誠実に対応しているだけだった。また、疑問に思うことは、そのつど永田に確認をした。メモをとり、責任の所在をはっきりさせておいたので、判断を間違ってもたちまちにして解決につなげた。蕗子はまず、永田の信頼を獲得した。

二週間を過ぎた頃、蕗子が一人でいるところに成田が寄って来てこう言った。

「女性の場合、優秀な人は、小さい会社にもいるんですよ。女性への差別があるからですよ。大企業が男性ばかりを採ろうとするからね。優秀な女性があぶれちゃうんだね」

成田は時々、蕗子に話しかけるのだが、回りくどい意味の取れない話し方をする変わった人物だった。これまで彼女の周囲にいた男性は、皆、まっすぐな語り口の男性ばかりだったので、こういう話にどう相槌を打っていいのか。

「そうですね、永田課長は優秀な方ですね」

「…うん、まあ、そうです」

と言って、そそくさと退散していった。

三週間と少しが過ぎ、蕗子は二十五日に初めて給料を手にした。半月分だったが、給料袋に入った現金を支給された。さして働いたともいえないのだが、社会人として一歩を踏み出したと思えた。これまで、母にはずいぶんと勝手なことをしてきたのだから、母に何か買って帰ろうと思っていた。

高田馬場駅早稲田口のロータリーの角に、「ボストン」という洋菓子屋があった。冬華の家の洋菓子はすべてこの店のものだった。蕗子は、会社を出たときから、この店を目指していた。洒落た扉を押して中に入ると、硝子ケースを覗き、サバランを三つ、アップルパイを二つ買い求めたのだった。サバラン一つは仏壇に、そして、今夜は、しなにも声を掛けて、夕食後に紅茶を淹れケーキを楽しもう、と。

この月の二十二日、新聞紙上にある報道が載った。

三里塚で第一次行政代執行があった。行政代執行とは、土地収用法に基づき、政府の土地買い取りに応じない地権者から強制的に土地を収用するというものである。当然のように、土地を取られまいと、激しく抵抗する反対同盟と機動隊の双方に多くの負傷者が出た。

このころ、政府は土地の買取価格を高く設定して、代替地も用意し、家屋の建て替えにも補助金を出すといった農民の分断を図るような好条件を提示していた。少なくない農民がそれに応じて土地を徐々に手放していった。

第二次行政代執行も秋には予定されていた。三里塚の現状をニュースで知るだけの蕗子には、自分とはもうすでに遠い出来事のようにも思えたのだが、どのような条件にも応じない不屈の農民の魂にはただ圧倒された。夜のニュースを家族で見るようなときには、三里塚の農民に、父も母も心を寄せていた。土地を取られるなんて気の毒なこと、と志津代が呟くのだった。

三月にもなると、会社内の様子に理解が及んできた。同じ課の岡野素美は、蕗子より四歳上で二十六歳になる歌舞伎好きの女性だった。日本人形には歌舞伎の演目や日本舞踊に由来するものが多い。「鷺娘」や「汐汲み」「連獅子」といったところだ。おそらく入社してから勉強を兼ねて趣味にしたのではないだろうか。ただ、彼女の担当は書道協会で、今は、五月の展覧会の準備に追われていた。

人形作家協会は会員組織だといったが、材料を繰り返し求める通信販売の固定客だともいえた。指定の申込用紙に購入品を記入して書留で現金とともに送って来る。それを通信販売課の窓口で受け付け、用紙だけが蕗子のもとに五、六枚まとめて回ってくる。伝票を起こして宛先をつけて、材料を送る倉庫の係に回していく。会員のカードにも処理した日付と金額を書き込んで管理しておく。現金の過不足というような場合に備えるのだ。ルーチンのような仕事ともいえるが、多いときには日に十枚以上の処理になる。

ところで、蕗子はそろばんを習ったことがないのだが、小学校の授業で僅かに学んだ。そのときのことを思い出して、必死でそろばんを身につけた。三月になるころにはほとんど不自由なく使えるようになっていた。掛け算や割り算もこなせるようにはなった。

初めは、母の志津代に指使いなど分からないことは聞いた。その折は、父に、ほう、蕗子がそろばんを使うのか、と感心されてしまった。父にとって、そろばんは傍らになくてはならない仕事の道具なのだと思われて、そんなときは、どこか、頭でっかちでいた自分を少々恥じる心地だった。

そうした仕事のほかに、春・秋の会員サービスの企画も任された。一番手っ取り早い企画は、キャリアの長い人形作家を講師に招き、新作人形を一から作り学ぶ講習会なのだが、そればかりでは工夫がないともいえた。

「永田課長、会員サービスの件ですが、娯楽色が強いものでもいいでしょうか、それともあくまで技量を積む研修のようなものにすべきでしょうか」

と、尋ねてみた。

「そうね、どんな娯楽かな」

「例えば、歌舞伎座見物のような、もしくは能です」

岡野が、あっ、それいいわね、と声を上げた。そうなのだ、岡野が、しきりと今月の歌舞伎座は、菊之助が弁天小僧よ、などと昼休みに話しかけてくるからだった。

「ふうん、面白そうだわね、型や衣裳などは大いに参考になるわね…」

「ちょっと企画書にしてみましょうか」

「うん、そうしてみてよ、渋谷社長に決裁してもらおうか、ね」

「歌舞伎座見物にかかる費用は、実費を会員負担で、歌舞伎座との交渉は、はとバスに依頼します？」

「うん、まあ、いろいろなケースを考えてみたら」

「分かりました、調べて来週末までにまとめます」

隣の課の成田や佐々木が、耳だけを継続教育課に向けて、女性同士の話し合いに興味を寄せていた。

この春の会員サービスは、すでに永田が企画済みで四月に実施される。会員登録されている者は千人に僅か満たない。毎回そのうちの一割弱が、参加してくる。次回も新作人形の講習会で、会の終わりに懇親会が予定されていた。本社三階の広い会議室が使われることもあるが、記念の回の際は近くのホテルが使用されることが多い。

労を惜しまない蕗子の仕事ぶりに対する、社内の評価は良いものだった。それは、スタンドプレーではないから、誰からも好意的に見られていた。評価を不当だと、悪意をもって接する者がいないことが幸いした。何事もなく日々が過ぎていった。

三月の彼岸も過ぎた下旬に、冬華の家を高本幹夫が訪ねて来た。土曜の午後だったこともあって、蕗子も出迎えた。

お線香をあげさせてください、と言うので、どうぞ、どうぞお上がりください、と志津代が案内する。本来は客間に置かれることの多い仏壇が、家族の茶の間の端に置かれていた。

「ごめんなさい、狭くて。茶の間に置くことにしたの、寂しくないでしょ」

と、言い訳をしながら座布団をすすめた。

「そうですね、いつもここにいるのですね」

「私たちも、亡くなったことが何だか今も信じられないので、ね」

高本は英之の写真を見つめ線香を上げると、何か報告するように、長い間、目を伏せていた。

それから向き直ると膝を揃えて、口を開き、彼女たちにも報告をした。

「僕、今年、何とか医科歯科大に受かりました」

「まあ、何て良かったこと、私も本当に嬉しいです…」

「おめでとう、本当に良かったですね、英之もきっと喜んでいると思う」

「はい、今、彼に報告したら…喜んでくれました」

「そうね、そうだわね、英ちゃん、良かったわね」

と、志津代が写真に声を掛けた。

茶の間で、志津代が淹れた煎茶を飲みながら三人で思い出を語る。辛く苦しかった病院での日々が、浮かぶのだが、それが静かに洗い流されていくようだった。

帰り際に、高本は門の手前で立ち止まると、志津代に尋ねた。

「あの、お墓はどこにあるのですか、たしか椎名町だったと記憶しているのですが」

「そうなんですよ、西武池袋線の椎名町の駅のそばです。駅を降りてすぐ目の前の坤剛院（こんごういん）です。ただ、冬華というお墓はいくつもあって、うちは金堂の裏手の小高い山の裾にあります。何でしたら、お寺さんで聞いてくださいな…」

「はい、分かりました。では、お邪魔しました。お母さんも、お姉さんもお元気で」

と言い残し、会釈をすると帰って行った。

蕗子と志津代は、四つ角を折れて高本の姿が見えなくなるまで、見送った。

この年の英之の一周忌に墓参りをした際、すでに花が手向けられていた。蕗子は、おそらく高本が訪ねて来たのだろうと思ったのだった。実際は星川美幸が訪れていたのだが。

夏になり、桐の花の得も言われぬ甘い香りで目が覚めた。二階の北側の窓を開けたまま眠りに就いたからだ。女児の蕗子の誕生を祝って、庭の西側に植えられた桐が丈高く生長し、長く伸びた枝の先には薄紫色の釣り鐘状の花がたくさん付いた。馥郁とした香りは、奥ゆかしくも美しい桐壺の更衣を思わせて、夏の朝の秘かな愉しみであった。

大学時代は毎夜自室のベッドの上で眠りに就くことがなかった蕗子にとって、何と久しい桐の花の香りであったか。香りによって覚醒される贅沢な朝に、彼女は生きていることの奇跡を思わざるをえなかった。だが、つぎの瞬間には亡くなった者が脳裏に立ち上ってきた。

何より、英之を思っていたが、そこに現れたのは中村壮太の姿であった。ふっと、橋本や山口の顔も浮かんだ。死者に呼ばれ引きずられるように奈落の底にいる蕗子だった。

捨ててもなお、生きることを選択したのだから、生きることを浅ましいと負い目を持ってはいけない。そう思い直して、ベッドから起き上がった。

そうだよ、姉さん、と声がしたようだった。

歯を磨き顔を洗い、着替えて階下に降りていくと、いつものように、ガス炊飯器で米が炊きあがる良い匂いがした。仏壇に供える仏飯は炊き立てのものでなくてはいけない。母は味噌汁を作っていた。茶の間では、支度を済ませ朝食の前に、新聞を読む父がいた。

おはようございます、と二人に声を掛けた。おはよう、と返ってくる。

ふと、台所の調理台を見ると、ぬか漬けの茄子と胡瓜が刻まれて鉢に並んでいた。

「わぁ、美味しそう」

と、一切れ摘まんで口に入れた。

「これっ、お行儀が悪い！」

と、母がたしなめる。夏の日の一日が動き出した。


例の会員サービスの件は、企画が通り、社長の決裁も下りて十月下旬開催予定で、精力的に準備を進めていた。歌舞伎座見学会で、はとバスのツアーなのだが、作家協会の企画らしく、特注にして依頼した。何度もはとバス側とは打ち合わせがあり、課長の永田と蕗子が対応していた。

このころには、蕗子も無事正社員として採用されていたので、総務部から名刺を渡されていた。無論、無役の部署名と名前だけのものだが、持つことも使うことも初めてだったから、ようやく社会人になったような気がして、少し誇らしかった。電話での打ち合わせや交渉も、年上の男性を意識しながら丁寧語や敬語を使い、うまく進めていた。永田などは、成田に、少し彼女を見習ったらどう、などと気に障ることを言っていた。

ところで、この七一年に起きた二つのショックがある。一つは七月に、のちの世界秩序を変えるニクソン訪中を予告する発表だった。もう一つは、一か月後に発表されたドル紙幣と金との兌換を一時停止するという突然の宣言だった。どちらも、アメリカによる世界秩序の転換であった。戦後世界の基軸通貨であったドルの価値（金一オンス＝三五ドル）を維持出来なくなったアメリカが、金との交換を一時停止し、ドルの切り下げを容認し新たな固定相場で交換比率を提示したが、結局、ドルへの信認は戻らず一年三か月後に、世界は変動相場制に移行した。

九月十六日、三里塚で空港反対同盟への第二次行政代執行が行われた。

農民の必死の抵抗は、激烈で悲劇的な結末に終わった。双方が最も激しく衝突した三里塚東峰十字路で、近隣の警察署から応援に来ていた三名の警官が殉職した。死因は重い火傷によるものだった。負傷者も多数に上った。

東峰十字路には、多数の反対同盟青年行動隊や全学連、それに呼応する戦闘的な労働者が集結しており、逮捕者も負傷者も多かった。青年行動隊は反対同盟農家の青年たちで組織されていた。老人から子供まで、一家を挙げて空港建設反対の運動に参加していたのだ。

この日逮捕され、起訴された農家の青年たちは五十五名に上った。死者が三名の警察官ということも衝撃的だった。

この日から、しばらく経った十月一日、さらなる衝撃が反対同盟を襲うのだった。

青年行動隊の中心的なメンバーであった若者が自殺し、残された遺書には、「空港をこの地にもってきたものを憎む」「私はもうこれ以上闘っていく気力を失いました」とあったからだ。

なんとやるせない死だったか。この地に生きる者たちにとっては逃げることも出来ず、一切を背負って死を選んだのだろう。三里塚は平和で実り豊かな土地だったはずだが。これといった特異な生き方も訓練もなく、放り込まれるようにして闘争の渦中にあった人間には、背負いきれない「十字路」だったのではないか。


十月のある夜だった。突然、七時過ぎに蕗子を訪ねて来た者がいた。志津代が玄関に立ったのだが、小ざっぱりとした服装の、見かけない男性だった。不審に思ったが、玄関に待たせて
「蕗ちゃん、玉田さんという人、知ってるかしら?」

「えっ、玉田さん、知ってるわよ、玄関にいるの?」

慌てて、玄関に向かうと、そこにいたのは、紛れもなく玉田憲治だった。

「冬華さん、すみません、突然に訪ねたりして、なぜだか足が向かってしまって…」

「いいえ、いいんですよ、どうぞ、お上がりください」

と、促し応接間に通した。ちょっとお待ちくださいね、と断って茶の間に戻ると、

「お母さん、大学の先輩、法学部の玉田憲治さんだから、心配しないで。お茶出してくれるかし

ら」

「分かったわ、最中もあったから、出そうね」

と、さっと、茶箪笥から煎茶の道具を出した。

蕗子は、玉田と向かい合って座った。何から話してよいのか、分からなかった。玉田とはこれまでじっくり話す機会もなかったが、初めてのデモで蕗子が隊列に潰されそうになった際、声を掛けて助けてもらったことを思い出すのだった。

「ずいぶん前になるのだけれど、私が一年生の頃、玉田さんに助けてもらったことがありましたよね」

「そうでしたか?」

「デモの隊列から、危ないから離れろ、って。どうしていいのか分からなかったから、助かりました。本当に苦しかったの、息が出来ないくらい」

「ああ、6・15のデモです。国会前の交差点で、機動隊とぶつかって、あのときですね」

と、二人とも共有する懐かしい光景を思い出した。

そこへ、志津代が煎茶の急須と茶碗、最中がのった菓子鉢を運んできた。茶碗に茶を注ぎ茶托にのせ、テーブルに置くと、どうぞ、ごゆっくり、と言いおいて部屋を出ていった。

「どうぞ。母はこんな夜に最中なんか出して。果物があればよかったけれど、お好みかしら?よければ召し上がってください」

「ありがとう、最中好きですよ、頂きます」

と、玉田は甘いものを口にしてから、ゆっくり煎茶を飲むのだった。

「ところで、今日はどのようなことで？」

「いや、あなたが会議で、太田や田代と激しくやりあって、そのあと、もう召還するんだな、と思ったんです。僕もあれぐらい言えればいいんですが、何も言えずにいました。だけど、僕は卑怯だから、何も言わずに逃げました」

「逃げたって、組織からですか？」

「…いや、前線から…です」

「…前線って、あの三里塚、ですか？」

「そうです、東峰十字路にいました。火炎瓶を投げて、辺りが火の海のようになりました。警官が炎に包まれて倒れて、恐ろしくなりました。全員逮捕、の声に反射的に逃げました。ヘルメットも角材も捨てて、気が付いたら電車に乗っていました」

「……私もそうしたかもしれない。もう、自分が革命的だとか、そんな幻想的なこと言っていられない状況だって思いましたから。小さな、小さな人間で、恐いことは恐いでしょ。だって、火の海のようになって怖気づかないほうが、きっと少数派でしょう」

「冬華さんは、慰めてくれているのですね。僕は、あの場に留まるべきだって、今でも思っているんです。重い責任があれば歯を食いしばって残ったかもしれないし、いや、連隊指揮だったとしても逃げたかもしれない。とにかく、自己が剥き出しになったんです。残ろうという自分と、逃げようという自分と、どっちが本当なのか。でも、事実は一つで、逃げたんです。警官三人の殺人という容疑と罪から咄嗟に逃げたのだと思います。国家権力は、司法をも牛耳っているんですから…」

「もう、戻らないのですか。私は、何のアドバイスも出来ませんし、するつもりもありませんが、何を貫くかを決めるのは、その人だけですから」

「戻れないと思います…自分で自分が分かってしまったのだから、繕おうと思っても出来ないと思います。それに、今の闘いは本当に死んでもいいって思うぐらいじゃないと出来ませんよ、この間、青年行動隊の若者が自ら命を絶ってしまった、死と隣り合わせです」

「…涙が出ます、残された遺書のあまりの苛酷さに…」

蕗子は指の背で涙をぬぐった。

一言では語れない三里塚への空港建設決定までの二転三転した政治の事実と、その背後の複雑さに改めてこの世の闇の深さを知ることになった。

「そういえば、玉田さんは、私の住所はご存じだったのですか？笹岡さんから聞いたのですか」

「いや、笹岡さんは、そんないい加減な人じゃないです。聞いても、秘密は絶対に教えないですよ、もし公安に踏み込まれたら、名簿を食べて秘密を守るでしょうね」

「じゃ、学生課ですか」

「学生課なら、教えたかもしれないですね」

「では、誰から…」

「畑中君です、彼は一年休学して復学していたので、今年の春先に、偶然キャンパスで会ったんです。で、僕は君たちのこと、知っていたから、率直に聞いたんです。冬華さんの住所知っていたら教えてほしいって。畑中君も僕も同じような心境だったから、分かってくれたんだと思う。住所も電話番号も捨てようと思ったけれど、まだ持ってたって」

「…何てこと言ってるのかしら、畑中さんって…」

「君たち、もう一度会ってみたら」

「いいえ、もう終わりました。私も彼も、もう元には戻らないって思っています、きっと」

二人とも闘いに敗れ召還したのだから、傷も、立場も同じだというような、センチメンタルな心情とは相容れない、むしろ会えないと、蕗子は思っていた。

八時半を過ぎた頃、父の廉太郎が帰ってきた。それを潮に、玉田は
「すっかりお邪魔してしまった、話を聞いてくれて、今夜はありがとう。お母さんにも最中のお礼を。美味しかったと伝えてください」

と、言って帰って行った。

玉田は別れ際に、高田馬場駅は早稲田が近いから、少し危ないですよね、と本気とも冗談とも付かないような口ぶりで尋ねたのだった。大通りに出て、タクシーで新宿に出たらどうですか、と蕗子も応えた。

玉田憲治はこのあと、蕗子に会いに来ることはなかった。後に、兵庫の実家に帰って、家業の旅館を継いだのだった。

秋の歌舞伎座見物は、渋谷社長も参加することになり、バス三台を連ねての結構なイベントになった。

新宿から、はとバスに乗り出発すると、皇居を通り、銀座を目指す。歌舞伎座では二部と三部の演目を鑑賞した後、夕方から近くのホテルで会食を済ませ、東京駅を経由して新宿に戻ってくる。地方から東京へ出て来た会員で、帰路に列車を使う者は東京駅で降りてもらうようにコースをとった。

肝心の演目は、十月歌舞伎の出し物だから、こちらが望むようにはならない。しかし、二部は、「仮名手本忠臣蔵十段目」、三部は、美しい遊女夕霧の恋物語である「夕霧伊左衛門廓の文章吉田屋」で、会員たちには大いに好評だった。幕の合間に、歌舞伎座ロビーで集合写真を撮った。これは、はとバス側が提供するサービスだった。

何しろ、四十代、五十代の女性たちが、固まって移動するのであるから、にぎやかで華やかなことだった。蕗子は、事務局員として、間違いがあってはならないから、はとバスのガイドとは別に緊張して団体に付いて歩いた。

九月の給料で奮発して、伊勢丹で柔らかい色味のブルーのスーツを買った。イヤリングもネックレスも着けたが、会員よりは派手にならないよう気を配った。永田も同様だった。控えめだが、良い印象を与えなくてはならない。会員の女性は、スーツも多かったが、着物姿も四割ほどいた。

年二回の、楽しみであるから、会員同士も仲の良いものが固まって、おしゃべりにも余念がない。

何事もなく、歌舞伎座やホテルで買い求めた手土産を下げ、機嫌良く新宿に戻ってきた。中には、この機会に東京で用事を済まそうと、新宿の京王プラザホテルへ投宿する者もいた。その手配も蕗子の役割であった。見れば、華やかな年配女性の姿だが、志津代とほぼ同世代の者たちだった。

ああ、お母さんにも、こんな機会があれば、良いのだろうが縁のない生活をしていること、と蕗子は親不孝をしているかのように胸が痛んだ。英之が今も生きていれば、きっと彼が親孝行をしただろう。母のためにも無念でならなかった。

長い一日が終わって、社員も解散となった。渋谷社長が

「永田課長、冬華さん、ご苦労様でした。よくやりましたね、後日食事でもしましょう」

と言ってねぎらったのだった。

渋谷佳保は、二代目によくある坊ちゃんのタイプとは違っていた。慶応の経済学部を出て、商社に三年ほど在籍し他人の飯を食べてから、創業者の跡を継ぐため入社した。先代が病気になったことで、早めに社長に就いた。

社員の適性を見ながら、適所に配属し、やる気を伸ばそうとした。頭から決めつけることはせず、意見を聞くように努めていた。アイデアマンということもあったが、独善に陥ることは避けようと、勉強もしていた。人柄が幸いして、社内のみならず外にも支援者がおり、何よりも、人々の所得が倍増していく高度経済成長の波にうまく乗った。

蕗子も、渋谷の人柄を信頼するようになった。今回の企画も、社長の支持があったからスムーズにいったともいえる。しかも、「普通の男」なら、年配の女性ばかりの見学会に男性たった一人で参加はしない。だが、会社にとっての固定客の性格や嗜好を知りたい、ということで参加をしたのだろう。腰の低さもあって、たった一人の男性で若い社長は非常な好意を持って迎えられたことはいうまでもない。

結果として、この後、同じビジネスモデルで、手芸の講座を開発し、同じく修了生をプールする会員組織、手芸センターを創った。

十二月になった。

蕗子は初めての賞与を手にした。月給が手取りにして三万五千円ほどだった。入社して一年に満たないこともあって、一か月分の賞与だったが、十分満足だった。

父も母も、月給は蕗子のもので家に入れる必要はない、と言って、彼女には預金を勧めた。それでも賞与で、何か出来ることはないかと、志津代に相談をした。

「お父さんには、ネクタイでもどうかしら」

「そうね、でもお母さんは、何か欲しいものはないの」

「私はないわよ、蕗ちゃんの気持ちだけでいいから。おばあさんに、何かプレゼントしたらどう」

「そうだったわね、でも何がいいのかしら」

「そうね、帯締めとか、半襟かしらね」

「ふうん、分かったわ。お母さん、今度の日曜日は、一緒に買い物に行きましょうよ、帰りに中村屋でカレーでも食べようよ。私がご馳走します」

「あらっ、それなら五階のレストランで、美味しいものにしようかしら」

「えぇっ、うん、それでもいいわよ」

「ふ、ふ、嘘よ、カレーでいいわよ」

母と娘の他愛のない会話だった。蕗子は母と、わだかまりなく打ち解けて話が出来る関係になっていた。ともに、愛する英之を失うという過酷な経験が、母と娘を一層近付けた。

驚愕の年

一九七二年、この年に起きた事件は、おそらく何人にとっても驚き恐れる事柄として記憶されている。たとえ、この年を忘れても、事件は忘れさられることはない。

二月十九日、あさま山荘事件が報じられたが、それは始まりに過ぎなかった。

当初人々は、銃撃戦という、センセーショナルな報道に対して、連合赤軍が何と過激な事件を起こしたのか、と驚愕した。ところが、さらに事件収束の後、連合赤軍の山岳ベース内で凄惨な殺人事件が起きており、十二人もの同志を殺害していたことが発覚したのだった。

蕗子にとって、驚愕するだけでは済まない。連合赤軍という最も過激で先鋭的な集団の行き着いたこの結末は、一九六七年以降の全学連の実力闘争の行き着くだろう一つの流れだったともいえる。いったいどこに、この必然に辿りつく岐路があったのだろうか。

新左翼内で、各派とも七〇年を前に行った現状分析では、「革命」は、前夜とはいえない状況だった。しかし、「革命」は銃口から生まれるという妄執が一部にはあった。国家の暴力装置を打ち破り、それに勝る暴力は銃口であるという理論だった。

銃の強奪を企て、銀行を襲い資金を手に入れ、しかし、ひたすら逃走する集団に、何が起きたのか。

多くの仲間を殺害し、その贖罪に追い詰められるようにしてあさま山荘に辿りつき、留守で一人山荘にいた女性を人質に取りながら、逮捕に向かう警察機動隊と銃撃戦を行った。警察官二名と民間人の一人合わせて三名が死亡した。

蕗子は、十日間にわたるテレビの実況を含むニュースは、ただただ正視に堪えず、まったく見ることはなかった。


二月二十一日、テレビの前の人々はさらに驚愕した。

ニクソン訪中である。アメリカ合衆国大統領リチャード・ニクソンが、朝鮮戦争以来「敵国」としていた中華人民共和国を訪問し、毛沢東、周恩来と握手をしたのだ。

世界が米中の接近を知らされたのは、前年七月十五日で、しかも日本への通知は、発表の三分前という同盟国をも出し抜くアメリカの方針転換であった。ニクソンショックといわれる出来事だ。

この背景にあったのは、ベトナム戦争の泥沼化である。民主党のジョンソン大統領が国民の信を失い、共和党のニクソンが大統領となったのであるが、彼の公約は「アメリカ軍の名誉ある撤退」であった。

名誉ある撤退を実現するとは、戦後築き上げてきた自由主義世界の盟主としての地位を失うことなく、ベトナム戦後の国際秩序を再構築する役割を果たすことである。そのために必要かつ重要なパートナーとして、中国を考えていた。前年からキッシンジャー大統領補佐官を極秘に訪中させ、関係改善を積み上げてきたその結果の訪中である。

一九七一年六月には、世に「ペンタゴン・ペーパーズ暴露事件」といわれる出来事があり、ニクソン大統領の威信に傷がついた。そして、七月にはキッシンジャーの極秘訪中である。八月には、レアード国防長官がアメリカ地上軍の南ベトナムでの任務終了を発表する。十月には、中国が国連に復帰している。

そしてこの七二年二月のニクソン訪中だった。日本は、中華民国（台湾）との関係が深く、かつ優先していたため、中華人民共和国の承認をしていなかった。

しかも、当時は日米が貿易問題で繊維交渉を行っていたため、アメリカとの関係が緊密であるとはいえなかった。繊維交渉での佐藤首相の対応の鈍さにニクソン大統領が不快感を持っていたことも影響して、ある日突然の頭越しの米中接近であった。二重の意味で、ニクソンショックといえた。

結局、中国への対応は遅れ、佐藤政権は日中打開に動けなかった。田中角栄が首相の後継となって、ニクソン訪中から七か月後の一九七二年九月に北京を訪問し、日中国交正常化をはたした。

蕗子は耳を疑った。あるニュースを聞いたときのことだ。心臓の音が高まり、早鐘のように鳴った。

「連合赤軍山岳アジトで殺害された十二人のうち、女性の一人は遠山貴美子さん…」

何かの間違いではないのか、彼女が群馬県の山中、雪深い凍土の中から発見されるなどとは、思いもよらないことだった。まさか、あのとき、遠山さんこそローザだわ、と言ったから？そうなの？蕗子は自らに激しく尋ねた。

一九一九年ドイツのベルリン一月蜂起は、帝国軍や反革命義勇軍などとの激しい攻防の末、ドイツ共産党創設者カール・リープクネヒトとローザ・ルクセンブルグが逮捕され、その後の殺害によって終焉を迎えた。多くの逮捕された同志や盟友カールとともに無惨に撲殺されたローザは、冷たい川の水の中に投げ込まれた。

蕗子は、思わず自責の念に駆られた。駆られる必要もないのだ。蕗子の何気ない一言が貴美子を連合赤軍へと動かしたとは、いえないのだから。彼女は赤軍派の男性と結婚していた。

後に、貴美子は主犯格の女性リーダーから、日ごろの「プチブル的態度」を批判された、との報道もあった。イヤリングを付けていたことや、会議の際に髪の毛を梳かしていたといった理由だった。それが、人間を殺害する理由とは到底思えないのだが、蕗子は、もし、それが遠山貴美子の最後の姿なら、と逆に思い直した。赤軍派に身を投じていながら、かつて蕗子に微笑みかけたその佇まいは変わってはいなかったのだと。

革命や武装蜂起を熱望する者たちの閉鎖空間で何があったのか。人間的な未熟さや幼さを批判するのは容易いのだろうが、それはおそらく答えではないだろう。

人々はより根源的な答えを知っているのだが、人間の持っている暴力性を正視し認めることが出来るのか。幼いからではない。未熟さからでもない。むしろ成熟した人間の中に破壊や暴力を肯定する性向がありはしないか。ただ沈黙するだけであった。

貴美子の屈託のない声で、冬華、と呼びかけてきた光景が、昨日のことのように蘇ってきた。

三月には、南ベトナム民族解放戦線による大攻勢があり、ベトナム駐留米軍は大打撃をこうむり撤退への動きを早めることになった。その後は、アメリカ軍による全港湾への機雷封鎖があり、北爆を激化させたが、秋口になっても、米軍撤退の流れを変えることにはならなかった。

この年は、戦後長く、施政権がアメリカにあった沖縄の返還が実現した年でもあった。五月十五日、日本本土への返還は実現したものの、今でもなお、米軍基地の約七〇%が沖縄県に集中している。日米地位協定によって、米兵が引き起こす犯罪への捜査権などもない。本土並みとはいえない状況が今もそのままである。

五月には日本赤軍が、イスラエルのロッド空港で、銃を乱射し多数の人々を無差別に殺傷する事件が起きた。日本赤軍の三人のうち二人は死亡するが、一人は逮捕された。イスラエルで刑に服し釈放されたのちレバノンに亡命するが、日本からは国際手配されて今もかの地に存命しているとされる。

ベトナム戦争終結

長い戦争が終わった。

蕗子の青年期に、終始、影を落とし続けたベトナム戦争が終結した。

蕗子が激しく戦争を憎むようになったのは、アメリカが北ベトナムを爆撃するようになった一九六五年以降の戦争が、格段に多くの罪なき人々を殺傷することになったからだ。

一九五四年、インドシナ戦争停戦のためのジュネーブ協定で、ベトナムが北と南に分断された。統一を目指す北ベトナムのホー・チ・ミン大統領は、統一を拒否する南の政府に抗して闘う反政府運動を支援した。

この反政府運動は、一九六〇年十二月結成の南ベトナム解放民族戦線となり、さらに南ベトナム人民革命党につながっていく。このベトナムでの民族解放の動きに、アメリカ第三十五代ケネディ大統領が下した決定は、南のベトナム共和国へのアメリカ正規軍の派遣であった。「南ベトナムにおける共産主義の浸透を止めるため」という名目だが、正規軍人からなる軍事顧問団三千人が派遣された。のちに一万六千人へとさらに増員されていった。問題は、この時期からベトナム戦争において使われた、空中から広範囲に撒布する枯葉剤だった。

森林や村に潜む解放戦線側のゲリラを掃討するためだが、これによって森林の枯死ばかりでなく、先天性欠損を抱える子供が多く生まれるなど、人々への深刻な健康被害も報告された。しかしサイゴン周辺や人々の広範に住む地域への撒布も、十年以上にわたって続いた。

人道的に許せないという感情が、長く蕗子を支配していた。その根源はアジアの人々の上に、霧のように降る枯葉剤をはじめとした有毒な化学物質、砲弾、弾薬の雨、火炎の嵐だ。

だがやがて、アメリカ大統領はこの戦争の敗北を認め、反戦の声の高揚に押され、アメリカ軍の全面撤退を人々に公約せざるを得ないまでに追い込まれた。

一九七三年一月、ニクソン大統領は、北ベトナムへの全ての敵対的行為の中止を言明し、ベトナム和平協定を本調印し、同協定の国際保障会議が開催されたのち、同年一月二十九日、戦争終結宣言を出した。


蕗子を突き動かしてきた反戦の思いは、終結したのだろうか。蕗子は二十四歳になっていた。


前年の十月だったが、廉太郎が経理部長に昇進した。二十年間勤め、定年まであと二年となった五十三歳での部長昇進だった。途中一時期、総務部に異動になったが、古巣の経理部次長に戻ってきたのちのことだった。

廉太郎は、出世とは縁がないと、思ってはいた。中途入社で誇れる学歴もなく、上司の受けが良いとも思えなかったからだ。いや、それどころか、上司の評価は芳しくはなかった。と、いうのも、現場で働く者への配慮が過ぎるという評価だったからだ。

廉太郎は、常々、バス事業現場の運転手や車掌に、時間外労働手当の請求をするように、と言い続けていたからだ。一時間を超えたら必ず残業代の請求を、と。それがひいては、現場のモラルや安全環境を整えることになる。サービス残業をなくさねば、と信念をもって会議でも述べていた。

現業を支える労働者の生活を安定的なものにし、離職を減らし、安全を徹底することが会社の利益になると、主張していた。そうした言動が上司には面白くなかったのだろう。だが、廉太郎の主張や態度が、やがて安全対策の主流になっていった。過酷な労働環境が、重大な事故につながる事例があった。こうした事故は会社の評判を落として、利益を逸失させたものだ。

ただ、五十五歳の定年が間近になって、最後の二年間だけ部長というのは、取締役会の配慮のようにも思えた。廉太郎は、褒美か、と思いながら辞令を受けた。

昇進が決まって、最も喜んだのは志津代だった。

その夜は、精一杯のご馳走がテーブルの上に並んだ。家族の一人を失ったあとだけに、しなと四人のテーブルが淋しくはあったが、志津代と廉太郎にとっては、長い夫婦の道のりの一つの里程標に思われて感慨があった。

家族の皆が、乾杯をして祝った。

蕗子に、少女のころの記憶が蘇ってきた。

父廉太郎は、会社の宴会などで、同僚や部下と酒を飲むと、なぜか一人、二人部下を伴って帰ってくることがあった。廉太郎自身は酒が強い方だとも思われなかったが、面倒見が良いのか、泥酔した者を連れ帰るのだ。母の志津代は嫌な顔をすることもなく、空いている客間に布団を敷き、まだ飲み足りないという者には、少々の酒を用意して、簡単なつまみも出しては、にこやかに相手をしていた。

「いやあ、奥さん、美人だなあ」

「あいすみません、何も出なくて」

などといった会話が聞こえてくることもあった。

実際には、深夜に来訪者があるのは、妻にとっては大変な負担である。

翌朝、来訪者が小さくなって、謝罪とも感謝ともとれる挨拶を残して、廉太郎とともに出社していく様子を玄関で見送るまでは、志津代の顔もにこやかであった。が、出ていった後は、疲れ切った様子で
「もおっ、お父さんは誰にでもいい顔をして…」

と不服めいた言葉を残した。

部下には慕われていた廉太郎だった。部長昇進を祝う会合がその後、いくつかあった。蕗子は、そんな父が好ましかった。

会社勤めも四年を過ぎ、責任のある仕事を任されながら、家と会社を往復する毎日を過ごす蕗子だった。

永田市子は、蕗子を、どこか秘密めいた陰のある部下だとは思っていた。それが何かは分からないのだが、年頃だというのに禁欲的で、男性社員の誘いには乗る様子がなかった。社長の渋谷の受けは良いのに必要以上になれなれしく振舞うこともなかった。不思議だとは思うのだが、仕事は完璧にこなしているので、何も文句の付けようがなかった。

会社の規模も拡大する中で、蕗子にはもっと責任のある仕事や、開発に関わる仕事を与えたほうが良いだろうとも、思っていた。来年には勤続が五年になるから、そのときは異動もあるのではと、社長の考え方も探っておこうと思っていた。手放すのは惜しいのだが。

世の中を騒がせたのは、何も過激派だけではない。一九七四年には消費者物価指数が前年比で二三％も上がる世にいう狂乱物価が起きた。前年十月に起きた第四次中東戦争による第一次オイルショックが直接の原因だった。

品薄になるという噂からトイレットペーパーが突然店頭から姿を消し、価格が高騰した。通信教育協会でも社内のトイレットペーパーが不足するという事態が起きた。しかし、渋谷がいち早く手を打ち、品薄になる中で、大量の紙類を確保していた。

しばらくするとこの騒ぎも収まり、狂乱物価による生活苦を解消しようとする社会の動きの中で、勤労者の賃上げも進んだのだった。蕗子の給料も大幅に上がった。

戦後の一九五五年から始まった日本の高度経済成長は、年に一〇％以上の経済成長を記録し続け日本を世界第二の経済大国に押し上げたが、七三年に終わりを告げた。

狂乱物価後の賃上げは、最後のあだ花であったか。

大きな喪失

蕗子が二十六歳になった三月のことだった。

その日は、突然にやって来た。

昼のニュースだった。

「革共同全国委員会書記長の本多延嘉氏が三月十四日未明、川口市のアパート内で革マル派の襲撃を受け殺害されました……」

そのニュースを聞いた日の午後は、あまりの衝撃で仕事が手に付かず、蕗子は早退した。課長の永田には、体調が悪いので、と断り有給休暇を取った。成田には、お昼に食べた食事があたったようだ、と仮病を使った。おそらく成田が、そのことを拡散してくれるだろうとの読みもあってだが。

青白い顔で、早めに帰宅した蕗子の様子がおかしいので、志津代は声を掛けた。

「蕗ちゃんどうしたの、具合が悪いの、会社は早退したの」

その声掛けに思わず
「…お母さん、本多さんが死んでしまった…何をどう考えてよいのか分からなくなったわ…」

と、蕗子はぼんやりと虚空を見るように答えた。志津代は当惑した。

「死んだって…ほんださんって、誰だったかしらね…」

「そうね、知らなかったわよね…ごめんなさい、これ以上話せないわ…」

と言い、重い足取りで二階に上がる蕗子だった。

部屋の戸を閉めたときだった。どっと胸に溢れるものがあって、嗚咽になった。人の目のある会社内では、泣くことが出来なかったのだ。両手で顔を覆った。堪えていたものが両目に溢れ出た。

彼だけは、死なないだろうと、なぜだかそう思っていたが、政治局の誰よりも早く死んでしまった。四十一歳だった。

何もかも終わりを告げた。蕗子にとっては、すべてであった。彼の存在だけが、過去の記憶を引きつないでいて、そのか細い糸が切れたようだった。

大学一年の夏、マル研の夏合宿を思い出した。松崎の海岸で砂浜に腰を下ろしながら、本多と語り合ったことが思い出されたのだ。彼は、学生運動よりも労働運動にこそ愛情を傾けていた、と思われた。

夕飯になっても喉のどこを通ったのか、食事はそこそこに切り上げた。ただ、父の廉太郎には

「お父さん、ちょっと話があるの」

と言って、応接間に誘った。

向き合って座ると、蕗子から
「ニュースを見ました？」

と、尋ねた。

「例の、川口の凄惨な事件だね、どうしてこのようなことを繰り返すのかね…」

「分かりません、お互いに拭いがたい不信感があって、止められないのでしょうか」

「何とも悲しいことだ、もし、社会に出ていくことがあればみんな有能な者たちだろうに、無駄な死だね」

「私…彼は無念だったろうに、とは言えないんです。無念とは気持ちが残るということですよね」

「それはどうして、そう思うのかな」

「彼は、自分の存在の大きさを知っていたからです。誰もが彼を慕っていたからです。彼自身はごく普通の感覚を持った人でした。でも彼の周りの何千という人が彼の存在に己を重ねて、彼に依存して生きています。彼の言葉や、笑顔や眼差しが誠実で、一度でも会った者は、信頼を寄せてしまいます。本多さんは天性の指導者でした。やりつくしたとは言わないまでも、いつのときも淡々と生きて、死ぬとは最後まで思わなかったのではないでしょうか」

「しかし、そんな人物を失ったら、組織はどうなるのかね」

「残された者たちの凄まじい復讐が、始まるのではないかしら…」

「…困ったことだね、いつまで続くのだろうね」

「お父さん、私、もう、未練はなくなりました。はっきりそう思えました」

「それは、それで聞き捨てならないことだがね。彼のいる組織への未練ということかな？しかしだがね、組織とか人の塊というのは、理屈でもなく何だか理由のはっきりしないものでつながっていると思うことはあるね。自分の意志を持たずに寄り掛かることがあるからね」

「人間の社会が、そもそも合理的ではないのでしょう。だって、合理的に考えたら、こんなに組織的な殺し合いがあるはずがないでしょう、あっ、戦争を除いてだわ、戦争なのかしら、これは。私は意味もなく納得も出来ないのに兵士にはならない、と思う…けれど」

太平洋戦争の実戦の経験のある廉太郎は、「はたしてそうかな」と疑義を挟むように答え、二人の話は終わった。


それからやや時が流れ、四月三十日、新宿のビルの電光掲示板に、点をつなげて描く文字が長く流れた。

「サイゴンが陥落し、これによって南北ベトナムは統一され、ベトナム社会主義共和国が誕生した」

遠くの画面の文字に、蕗子の双眸は吸い寄せられたが、不思議なことに何の感慨も生まれなかった。ただ、そうか、米軍が撤退しサイゴンが軍事的に空白になれば陥落し、北ベトナムが勝利するのだ、と思えただけだった。北の勝利を喜ぶという感慨は、蕗子にはなかった。

彼女にはむしろ、「社会主義」という言葉に光のような眩惑はなく、ただ、人々がひどく不幸に泣くことがなければそれで、戦争終結の意味はあると思うだけだった。

私はもう、人混みに流されてゆく者、流れに逆らうこともない。ただ、ここに至るまでにあまりに多くの人を失った、と思うのだった。

夏が過ぎ、十月のある日、土曜日だった。父と母は午後に百貨店に出掛けており、蕗子は一人で留守を守っていた。

裏の離れの木戸から、人が入って来た。丈の高い欅の木の蔭から現れたのは、背広姿の三十代半ばの男性だったが、母屋台所の戸口の近くまで歩いて来た。茶の間にいた蕗子は、台所の戸を叩く、コン、コンという音に、一体誰が台所に訪ねて来るのだろう、御用聞きかしら、と雑誌を閉じて椅子から立ち上がった。

台所の戸を開ける際に、どちら様?と声を掛けた。それには返事がなく、冬華さんのお宅ですか、と聞かれた。

戸を開けると、蕗子の立つ土間から一メートルほど離れて立っていたのは、見知らぬ男だった。もう一度、同じ問いかけをした。

「どちら様ですか」

「こういう者です」

と、蕗子に見せたものは、警察手帳であった。黒地に警視庁と金文字が入っていた。

緊張しつつ土間から一歩踏み出し戸を後ろ手で閉めると、男と向き合い蕗子も冷静に応じた。

「どのようなご用件でしょうか」

「失礼ですが、あなたが冬華蕗子さんですか」

「はい、私が冬華蕗子です」

するると、刑事は感に堪えないという上気した様子で言った。

「あぁ、そうですよね、そうですよね。全学連の書記局にいた女子大生のかた、ということですね。正直に言いますと、確認のためです」

「失礼ですが、公安の方でしょうか。逃げも隠れもしておりません、何をご確認されたのか分かりませんが、ここは私の家です。監視されるのであればしてくださって結構ですが、私どもにも生活がありますので、最小限にしていただければ」

と、蕗子は毅然として問うた。

「もちろん、はい、分かりました。いえ、今のお話もよく分かりました。これが、冬華さんの今のお姿ですね。いえ、お会いして、もう私の役目は終わりました。もう、これ以上、ありません、もう、訪ねて来ることもありませんから、今日が最後です」

そう一方的に言い終わると、その公安の刑事は、不釣り合いのにこやかな会釈をして、蕗子の前から姿を消した。

蕗子を長い間、折に触れ人知れず監視していた公安課が、もう、この女性は組織を離れて久しいと結論付け、若い刑事を差し向け、確認だ、と言い置いて帰っていった、ということだろう。

蕗子の容姿には、闘士でも革命家でもないただの若い女性としか見えない雰囲気がまとわりついていた、ということだ。

目立たない白のブラウスに紺のカーディガンをはおりグレーのスカートという容姿の女性が、土曜の午後に茶の間で雑誌を読んでいた。そこを訪ねた刑事は、幸いなことに様子の良い男性であった。公安畑の刑事には見えない柔らかな物腰で、知り合いの女性に声を掛けるようにして、用件を済ませて帰って行った。

しながら、離れの茶の間から廊下のガラス戸を引いて、顔を出した。

「蕗子、どうしたのかい、何か話し声が聞こえたから外を見たら、知らない人だったね」

「大丈夫よ、道に迷って、入って来たらしいわ。ちゃんと道を教えたからもうだいじょうぶでしょ」

と、祖母には心配させまいと、小さな嘘をついた。

「それならいいけど、こっちから入って来たなんて物騒だね。気をお付けよ、裏は人の目がないからね」

「そうね、ありがとう。そうだ、おばあさん、そっち行っていいかしら、たまにはお話しましょうよ」

「どうぞお上がんなさいな。お茶菓子はきんつばだよ、食べるかい」

「うん、食べる」

と、蕗子は廊下から上がっていった。公安の刑事が、たとえ、もう監視は必要ないと伝えたとしても、僅かに皮膚にざらっとした不快な感触が残ったから、このまま一人になるのがためらわれたのだ。

しなは相手が若い男だったこともあって、少々不穏な様子を感じ取るや、こう言った。

「面倒なことは、丁寧に、丁寧にやるんだよ、面倒だからって乱暴に片付けるってのは、よくないよ」

「はい、分かりました、おばあさん。そうします」

しなの心配に、つとめて快活にこたえた蕗子だった。

初めての異動

蕗子が二十七歳になった年の四月、勤続満五年で、企画制作部の継続教育課から異動になった。異動先は目と鼻の先の企画開発課で、主任に昇格してのことだった。

永田課長は、人事部から社長の意向だとして、異動の件を聞かされていた。手放すのは惜しいが、仕方ないでしょう、と答えて承諾をした。

富永は配送センターのセンター長に、代わって佐々木が部長に、成田は課長にそれぞれ昇進した。成田は妙な理屈は捏ねるものの、開発に必要なアイデアや馬力に欠けていたから永田から見るところ、蕗子一人に荷重が掛かりはしまいかと、それは心配だった。

しかし、蕗子のチャレンジングなところは、企画開発には向いている。

成田は、蕗子の才能をかっていたので、仕事の邪魔だけはしまいと、心得ていたようだ。課の業績が上がればおのずと自身の評価も上がるからだ。永田には、こう言った。

「心配しないでいいですよ、僕は冬華さんのファンだからね、彼女の味方ですよ」

「そうだね、味方になって彼女の企画を通してあげなさいよ」

「企画の仕事は初めてなのかな」

「大丈夫でしょ、こっちでも会員サービスの企画をやっていたのだから。まあ、成田課長のお手並み拝見しましょ」

「へんなプレッシャーをかけないでくださいよ、とにかく冬華とはうまくやりますから。第一、彼女はちょっとやそっとのことで潰れたりしないですから」

「そうだわね、潰れないわ、確かに」

そんなことを言われているとは露知らず、蕗子は企画開発課に移っていった。ほんの数メートルの距離だったが。

社長からは、将来的には国家資格試験対応の通信教育の開発をと、言われていた。そのための助走だと思いながら、当面は収益の柱になる通信教育の開発に力を注ぐことになる。

伝統的な商品である手芸の講座を開発することになった。手始めには、西洋刺繍を選んだ。それは、彼女のちょっとしたノスタルジーだ。廉太郎は手先が器用で、庭仕事の道具などの手入れや修理は自ら行っていた。剪定なども器用にこなす。母の志津代は戦中派の女性だから廉太郎以上で、何でも自分で作る。蕗子の幼いころには浴衣や洋服は母の手製だった。もっとも裁縫は女学校の必修科目だったから、真面目に身に付けたのだろう。

廊下でカタカタとミシンを踏む姿は、蕗子にとって最も好ましい母の姿であり、出来上がる愛らしい服にはポケットやアップリケが付いていた。何より嬉しかったのは、何気ないブラウスの丸襟に、細かいピンクのバラの花が可憐に咲いていたことだ。母の手刺繍こそは、蕗子を有頂天にさせた。

小学校の遠足の写真に、数人の級友と並んで微笑んでいる蕗子が、何に笑みを浮かべていたのか、それはおそらく、他の誰にもないボレロから覗いた襟のバラの刺繍だったのだ。

今でも、思い出せば誇らしい母の刺繍なのだ。それだけに美しい刺繍の写真が並んだ講座のテキストは、自ら手掛けて作成したいと思った。

志津代の手刺繍は、裁縫と違い授業や教室で学んだのではなく、戦後の婦人雑誌の特集だったのではないか。ものがない時代に、雑誌の記事や特集で掲載されていた作り方を独学で学んだのだろう。その意味では、通う教室の少なかった西洋刺繍は、通信教育に親和性があるといえた。


刺繍とは、図案を糸で描き出すものだ。愛らしい図案に色とりどりの刺繍糸で絵の具のように色彩を付けていく。如何ようにも描き出せる糸の魔法ともいえた。

いくつもの刺繍の写真集をあたって、図案と色のセンスの良い刺繍作家を選び、作家の自宅や事務所を訪ね、テキスト作成を引き受けてもらった。

会社が契約をしているカメラマンには、とにかく綺麗に撮って、と依頼をした。出来上がった刺繍の写真を選んでいるときは、仕事だとも思えないほど楽しかった。出来ればすべてカラー写真で作成したかったが、予算の制約が邪魔をした。

テキストは、基本のラインステッチの刺し方から始まって、複雑で表現力のあるステッチに移っていく三部構成だ。ストレートステッチ、サテンステッチ、チェーンステッチ、クロスステッチと、そのたびに重層的で美しい刺繍が完成していく。バラやマーガレットといった花や小鳥、小動物、幾何学模様もあって夢のある図柄ばかりだった。

この「西洋刺繍講座・基本編」の売れ行きは爆発的とはいえなかったが、まずまずの成功を収めた。しかし、物品の販売は糸や布であって単価が低いため、売り上げに大いに寄与したとはいえなかった。

それでも、テキストは美的なセンスが感じられる、と社長の渋谷には好評だった。

刺繍講座の上級編ともいえるものは、その後、カルトナージュという、厚紙で組み立てた箱に綺麗な刺繍を施した布を貼り合わせて作る、フランス伝統の手芸の講座として作成した。

蕗子が最初に手掛けた新規講座は、ようやく豊かさを享受出来る時代に、多少の金額を投資しても身の回りを美しく飾りたいという要求にこたえる企画だった。

新規講座の開発に没頭する蕗子だったが、夏には英之の七回忌が巡ってきた。欣吾の七回忌は前年の寒中であった。翌年にやって来る回忌なので忘れようがない。

冬華の家と寺谷の家族が集まって、夏のある日、坤剛院で法事が営まれた。この日の前日、土曜日の午後ということもあって、蕗子は机の中を整理していた。

便箋や封筒、はがきの束の間から、一枚の写真が出て来た。玄関の前で、二人が並んでいた。大きめの中学の制服を着た英之に、肩を寄せ頭を傾けて並ぶ、やや背の高い蕗子の写真だった。高校の制服を着ていたので、同時に進学した頃の姉弟の姿であった。

三回忌のときは、まだ涙も涸れずにいたから、アルバムを見ることも出来ず、もし、このような写真を手にしたら、涙ぐんだに違いない。ただ、このときは、ふっと懐かしさに襲われ、英ちゃん、私よりも背が低いわ、と呟いた。二人ともどこか幼さを残して、姉はにこやかに笑っているが、弟は真っすぐに立って、生真面目に父が向けるカメラのレンズを見ている。

弟は俄かに背が伸びて、瞬く間に姉の身長を超えていった。その子がもういない。淋しいのだが、良い思い出しか残っていない。今こうして、机の中から写真が出て来たのは、法事に合わせて弟が帰ってきたかのような気がした。

その写真を、右手の一番上の引き出しに、大切に仕舞った。今度の給料で写真立てを買おうと思ったのだ。亡くなった際の英之とは少し面差しが違っていたから、また別の弟が戻ってきたかと、慰められたからだ。


法事に集まってきたのは喪服の寺谷孝二と喜代子夫婦、それにこの四月に薬科大学に入った娘のみどりだった。一足先に菩提寺に着いていた冬華家の四人に挨拶をしながら、待合の座敷に入って来た。接待のお茶が用意されていたので、蕗子は大きな急須に茶葉を入れ、湯を差し茶椀に注ぎ、それぞれに差し出した。

喜代子は一口飲んでから、あら、蕗ちゃん夏の喪服なの、涼し気でいいわね、と相変わらず周りの装いには目ざとかった。

そしてこう言ったのだ。

「ところでね、この間、医科歯科大の病院に行ったのよ。ロビーでお会計の順番を待っていたら、そこに誰が来たと思う?」

「誰かしら?」

と、志津代が問いかけた。

「誰かと思って、私も知らない顔だったから、どちら様でしょう?って聞いたのよ、そしたら英ちゃんのお友だち、ほら、何て言うんだっけ…」

「あっ、高本君かしら」

「そう、そう、高本って言ってたわ」

「そうなのよ、彼はあそこのお医者様になったのよ」

志津代は何という偶然かしら、と感に堪えないようだった。

「だって、私は高本君という人を知らないのよ、ところが高本先生は私のことを、英之君の叔母さんですよね、って言うじゃないの。びっくりしたわ、お医者様になるような人は頭が良いのね、記憶力の良いこと。お葬式で私を見掛けたって言うんですものね」

「そうね、ちょっと会っただけでも覚えていて、声を掛けたのね」

「そうなのよ、インターンだけど立派な若い先生だったわ」

と、喜代子も亡くなった英之に導かれたような不思議な心地がしていた。

喜代子は目鼻立ちがくっきりとした顔立ちで、しかも、通夜の席での立ち居振る舞いも目立ったから、人の記憶には残りやすいのだろうと、蕗子は思っていた。


紫の袈裟を纏った住職が座敷に顔を出し、お時間になりました、準備が出来ましたからお出ましください、と声を掛け、一足先に金堂へ続く階段を上って行った。皆、あとに続くように階段を上って行く。蕗子は、祖母の腰に手を回し、最後にゆっくりと上った。

金堂は建て替えたばかりで、ひんやりとしたコンクリートの床に椅子が並び、天井は高く両側から風が入るように戸は開け放たれていた。

住職のあげる御経が流れ、お香の立ち上る中、英之が去っていってしまってからの七回のときを偲び、思い出に浸り小一時間ばかりを過ごすのだった。

法話を聞き終えて、仏前に置かれていた位牌が志津代の手に戻され、袱紗に大切に仕舞われた。

お卒塔婆は僕が持ちましょ、と言い孝二が肩に担いだ。

志津代は、寺男が包んでくれた供物の花の束を、柄杓の入った桶に差し、こういうときは必ず彼女が声を掛け、さっ、行きましょう、と玄関に向かいそれぞれ靴を履くと、廉太郎を先頭に一列に並ぶようにして裏山の墓に参った。

冬華家累代の墓の前で、蕗子はしゃがむと花入れに花を挿し、それぞれが線香を焚き順番に頭を垂れた。志津代が長い間手を合わせ何事か祈り続けた。

木立の間から蝉の声が聞こえる。そろそろ夕刻も近いが、日が長いせいか明るい。

皆で山門を後にすると、途端にアスファルトの熱気が伝わり、それぞれがハンカチや扇子を出す。汗を拭きながら、すぐ目の前の駅の改札を抜け、黒服の一団は各駅停車の電車を待った。喜代子は、見るからに高価な洒落た黒革の中ヒールを履いていた。


池袋での法事の席は、駅に隣接する百貨店の中の料亭に用意されてあった。遠くまで歩くのが大変なので、つい駅の中の専門店で済まそうということになる。

孝二は廉太郎のコップに、運ばれてきたビールをついだ。廉太郎も同じように孝二につぐ。お疲れ様でした、では献杯、と皆で杯を上げた。

「ところでお義兄さん、関連会社に移って、どうですか」

と、一口飲んだところで孝二が聞いた。廉太郎は、前年定年を迎え、会社が用意した子会社に籍が移っていたが、そこにいるのはほんの数年のことだ。

「いや、もうそろそろ、完全に引退しようと思っているんだよ」

「それもいいですよね、だけど年金までにはちょっとあるでしょ、どうするんですか」

「植木職人でもしようか、ってね」

「まっ、そんなこと言って、本当ですか？」

と、喜代子が口を挟む。

「本当にそう思っているみたいよ」

と、志津代が答える。

「出入りの野間さんとこに弟子入りするの？」

冬華の家の庭の木を長年見てくれている植木屋に頼むのか、と喜代子が聞いてきた。

「いやぁ、野間さんだって困るよ、この歳で急に弟子入りだなんてね」

と、長い定年後の生活の糧の話になった。

しなと、薬科大の学生になってめっきり大人びたみどりが並んで末席に座る。蕗子がしなの前に座ると、右隣は喜代子だ。料理を口に運びながら
「蕗ちゃん、結婚はしないの、いい人がいたら早く結婚しなさいよ。お見合いでもしてみる？」

と、必ず、蕗子に結婚を勧めるのが喜代子の常だった。

「はい、叔母様、そうですね」

と、蕗子も応えた。

懐かしい人々

蕗子は一つ歳を取り、一般的な適齢期といわれる年齢をやり過ごした。だが、志津代にも、誰かいい人はいないの？と尋ねられ、いないわ、と答えるのにも居心地の悪さを感じるようになった。

なぜかは、分かっていた。このまま結婚をしないでいることは、父や母の願いには応えられない、ということだからだ。家のために結婚することは、戦後のこの時代にも十分ありえた。廉太郎は決して口には出さないが、冬華の家を絶やすようなことはできないとさえ思っていただろう。重荷は背負わせたくはない、と思いながらも。娘が結婚するなら、両者が望んで幸福な家庭を築きさえすればよいのだと、理屈ではそう思いながら。

この年も、仕事に明け暮れて過ぎていくと思われた。

十月のある日、蕗子はまったくの偶然に、懐かしい女性と会った。

打ち合わせも兼ねて、新大久保にある編集プロダクションに選定した写真を届けに行った。プロダクションのドアを叩こうとしたときだった。中からも外に出て来る人物がいた。ドアが蕗子の額に当たりそうになって

「あっ、失礼しました。ごめんなさい、当たりませんでしたか」

「いえ、大丈夫です、こちらこそ失礼…」

「…まあ!こんなところで、まぁ、冬華さんじゃないの」

「なんという偶然なの!こんな偶然って…まあ、うれしい、神冊さんでしょ」

谷川、室谷と一緒に結婚式で挨拶をしたあの日から、八年の歳月が流れていた。祥子は自ずと活動の前線から退き、本多との家庭を支える働き手になっていた。速記を学び、速記者として地道に仕事をしていた。この日は、テープに録った座談会の会話を原稿に起こしたものを届けに来

た、とのことだった。

僅かな立ち話だった。蕗子も急ぎの仕事で、互いの時間がなかったから、その場で名刺を交換し
「あの、今夜にでも、お電話していいかしら」

と尋ねた。

「でも、今はどちらにお住まいなの」

「昔、電話をしてくれた番号で…実家にいるのよ」

と、祥子は少し恥じ入るかのように言った。

その一言に胸をつかれる蕗子だった。慌ただしく別れの挨拶を交わして、祥子を見送ってから改めてドアを開けてプロダクションの事務所に入っていった。


夜、八時を回って、蕗子は玄関の脇にある電話台の前に立ち、深呼吸をしてから祥子の実家に電話を架けた。

懐かしい思いが込み上げてきた。一九六八年後半の、あの頃のことが一瞬蘇った。

互いの家族がいることもあって、短い電話になった。積もる話は電話では語れないから、一度会いましょう、と決めた。蕗子が世田谷の神冊家を訪ねることになり、最寄りの駅で落ち合うことにした。今度の日曜日の午後ではいかが、と提案した。

蕗子は、ある日突然、理不尽に未亡人となった祥子の今を思わざるをえない。慰めの言葉など

ありはしない。ただ、今の祥子に会って話がしたかった。

幸い天気に恵まれた暖かな日曜日だった。

世田谷の私鉄の駅に降り立った蕗子は、駅の改札の向こうに、祥子の姿を見つけた。最近著しく開発が進み、大きな郊外型百貨店が開業してから一層賑わいを見せている。百貨店の一階角にある喫茶店に入った。

「初めて来たわ、想像していたよりもにぎやかなところね、高級なお店が多いわ」

「ちょっとお高いわね、でもうちの近くはわりと庶民的なお店もあって、暮らしやすいところだわね」

「私は、未だ高田馬場の実家にいるの、独り身で肩身が狭いわ。新宿の通信教育会社の企画制作で仕事中心の生活です。この間のプロダクションは、うちがよくお願いする編プロなんです、本当にびっくりしたわ、まさかあなたに会えるなんて、偶然に感謝するわ」

「私もよ、驚いたわ。でも会えて本当に嬉しい、誰かに会いたいと思うときってあるじゃない、ちょうどそのときだったわ」

「ね、神冊さん、昔とまったく変わっていないわ、昔のままね」

「そう、変わらない私でいたいから、そう言ってくれると嬉しいわ」

お茶を飲みながら思った。彼女の今の何を聞きたいのか、蕗子には分からなかった。今の暮らしが祥子にとって、昔と変わらないのなら、それでよいのだろう。彼女の口から苦しい話は出なかった。涙もなく、明るく素直で、正直な祥子がそこにいた。

速記の仕事や事務所の話に終始した。事務所は、文京区にあって速記者の仲間数人で作った小さな事務所ということだった。

「冬華さんも、テープ起こしや速記の仕事があったら、どうぞ、うちを使ってください。お安くしておくわよ」

そして、テーブルに空になったカップを置くと、やや、間を置いてから、こう言った。

「ねえ、冬華さん、これから私のうちに来ない？見てほしいことがあるの」

「あら、いいわよ、この近くでしょ、歩いて行けるのかしら」

「そう、歩いて十分ぐらいよ…行きましょうか」

と、伝票を掴むと、さっと立ち上がり、レジに向かっていった。来てくれたお礼、と言ってどうしても支払わせてくれなかった。蕗子は、ごちそうさま、と礼を言った。

十分ほど歩き商店街を抜けると、住宅街だった。遠方に目をやると緑の小高い丘になっていた。ここに来るまでのところどころに、農地が残っている。静かな午後だった。角を曲がってしばらく行くと、立派な門構えの家の前に着いた。表札には神冊茂太郎（かんざくしげたろう）とあった。門を入ると芝生が広がっていて、玄関の脇にガーデン用の鉄のテーブルと椅子が置いてあった。

ここでもよいかしら、と言う。もちろんよ、と蕗子は一方の椅子にさっと腰を下ろした。家の中に、人の気配はするが、いらっしゃい、の声もなく、どことなく来客を拒む空気があった。

義理の息子が無惨な死に方をしたというだけで世間を憚る、年老いた親の心情がおのずと伝わってきた。胸を締め付けられる思いだった。

二人並んで座ると、まさにそのとき、玄関のドアが開いて、セーターに半ズボンの男の子が飛び出してきた。蕗子には、一瞬で理解が及んだ。

「お母さん、お帰りなさい。僕、ちゃんと待ってたよ」

と、跳ねるように祥子の周りを飛んで歩く。お母さん、お母さん、と何度も呼びかける可愛らしい男の子で、思わず
「いくつかな?」

と聞くと
「六つ、六歳、小学一年生だよ」

はっきりと父の面影があった。色白のふっくらとした顔立ちで、体つきも似ていた。親譲りの優しい愛らしい目だった。

「なんて、可愛らしいんでしょ、いい子だわね」

と彼の眼を見て言った。

祥子は、微笑みながら
「お母さんのお友だちよ、ご挨拶は」

と促す。

「こんにちは」

「はい、こんにちは。一年生なのね、学校は楽しい?」

「うん、楽しいよ、けんちゃんもいるし、みちかず君もいるから」

「そうなの、お友だちはいいわね。僕のお名前はなんていうのかしら」と聞いてしまってから、断りもなく聞いてよかったか、と祥子の顔を見た。彼女は屈託のない笑顔でいた。

「僕の名前は、かんざくよしかず、です」

「まあ、いいお名前、よしちゃんね」

「うん、そうだよ、でも、ちょっと字がむずかしい」

「だいじょうぶよ、すぐにすらすら書けるようになるわよ」

「うん、すらすら、書けるよね」

祥子は、よかったわ、会ってもらって、と呟くように言った。

蕗子も、私も、よしちゃんに会えてよかったわ、と答えた。

よしちゃんはじっと出来ずに、また駆け出してテーブルの周りを回っている。

「この子がいるから、とにかく育てなくてはと、余計なことを考えずに済んだわ。お父さんはお空の星になったのよ、と言って…」

「そうね…そうだわね、とにかく育てていかなくてはね。いい子だわ、本当にいい子だわ」

八年前、祝福され幸せに頬を上気させていた祥子が、恐ろしいまでの喪失に耐えてきた。何一つ泣き言を言わずに運命を受け入れ、微笑んでいた。そう、昔から、あなたに泣き言は似合わない、と思うのだ。

しかし、蕗子の無邪気な思いは、彼女の悲しみの半分も理解はしていない。祥子は夫の死に目には会っていなかった。顔の形をとどめないほどのあまりの惨劇に、周囲の誰もが彼女を本多には会わせなかった。遺体を確認したのは本多の実弟だった。

この優しい柔らかな女性に潜む限りない強さを、誰もが讃えたいと思うだろう。

蕗子は、この先の母と子に、光の射す世界があることを、ただひたすらに願った。

手を振る親子に後ろ髪をひかれるようにして別れ、一人駅に向かう道で、蕗子は思わず、うっと込み上げぼろぼろと落涙した。それは彼女自身の悔恨であり、一九六〇年代後半から七〇年代初頭のあの時代への惜別と、血が滲むほどに噛みしめる敗北の涙だった。

文字どおりの首領を失うことで、組織は漂流しかねないのだと、その切迫した状況もまた蘇った。この同じ空のもと、どこかに生きて存在するであろう同志たちの顔が微かによぎった。谷川や室谷の顔だった。

翌年の、ようやく桜も咲こうかという春まだ浅いころだったたか。

昼の新宿の雑踏で、懐かしい人物にあった。

中村屋の横の道を紀伊國屋に向かって、正面から歩いて来る男は、ほんの数メートル先のところで止まり、蕗子に気付いて、あっ、と声を出した。

「冬華じゃないか…」

「鳩居君？じゃないの…」

ふっと、上から下まで彼の風体を見た。髪の毛は伸びて長髪になっていて、なぜだか、お洒落だった彼にはそぐわない身なりに見えた。髭こそきれいに剃っていたが、少しやつれて見えた。

それでも、彼を見忘れるということは決してない。では、私は、彼にどう見えているの？と、自分を振り返る。トレンチコートをはおり大きめのバッグを腕に、片手に書籍を持ち、足元はハイヒールだった。

「どうしてるの？」

「見ての通りよ、今は会社員、仕事中です」

もっと、優しく答えたいにもかかわらず、つい昔の口調で、突き放すような言い方をしてしまって、僅かに己の狭量さを恥じた。

「ふうん、それはよかったね」

「鳩居さんは、何をしているの？」

「今は、いろいろとね。そうだ、そのうち七澤路句介（ななさわろくすけ）の『下剋上』って本が出るよ、僕がゴーストライターなんだよ」

七澤とは、若者に、絶大な人気のロックシンガーだった。

「それで、食べられているの？」

「まあ、何とか、それだけじゃないから…ところでさ、みんなどうしてるか、知ってる？」

「いえ、知らないわ…」

蕗子は、知らなくともいいと、言いかけて言葉を飲み込んだ。

「鳩居さんは、才能があるからきっと大丈夫よ。あっ、次の約束があって、行かなくてはならないの、元気でいてね」

「あぁ、冬華もな、元気でいろよ」

と、別れてから、そうだ、呉羽さんはどうしたのだろう、彼が知っていたかもしれないわ、と思いもう少し長く話せばよかったか、と後悔した。

その後まもなく、鳩居は一気に時代の寵児に駆け上っていった。メインキャスターや作詞家として、テレビに彼の顔が映らない日はないというほどの売れっ子になった。彼の底知れない才能が花開いた。


桜が咲きほこり、花吹雪となって散っていった。

鳩居とばったり偶然に出会ったが、名刺も交換していないので、おそらくこのまま鳩居とは会うこともないだろうと、蕗子は思った。数週間前のことだった。

新入社員は、桜とともに四月初めに入社してきた。数人だったが、企画制作には一人も配属されない。

「成田さん、うちには一人も配属されないのでしょうか」

「いや、人事部長に聞いたら、一人入ると言っていましたよ」

「でも、いないですよね。手が足りないから、お願いしますって、ことあるごとに言っているのにね…」

「もしかしたら、まったくの新人ではなくて、即戦力の転職組かもしれない。だから四月いっぴじゃないのか？」

「何だ、君たち、一人入るよ、安心しろ」

と、部長が二人の話を聞きつけて、正確な情報を提供した。

確かにやって来た。総務部長の田中がその新人を連れて、四月十五日、企画制作部のフロアに入って来た。

前日、明日入社する新人がいますので、よろしくお願いします、と部長の佐々木に電話で連絡があったので、部員はみな迎える準備は出来ていた。

蕗子は、この朝、薄く化粧をした。淡い色味の口紅だけは必ず付けてはいるが、ほとんど目立たない。顔を洗ってから、化粧水と保湿の乳液を付けたあとに収斂化粧水をパシャパシャと叩いて終わり、というときもあった。

ただ、年齢が上がっていくとそうも言ってはいられない。いつのころからか薄く化粧をする習慣になっていた。眉も整え、瞼に微かにシャドウを差した。口紅は、塗ってから朝ごはんを食べるとほとんど落ちてしまう。

「蕗ちゃん、口紅は後から塗ったらどう？」

と、志津代には言われる。

「そうね」

と答えるが、階下に降りてくるときには着替えも化粧もすべて終えてから、という決まりを蕗子自身が守っているから、毎日、出掛ける前に塗り直さなくてはいけない。

「それは、一回分の口紅を食べているのと同じでしょ。食べてから塗りなさい」

と母も譲らない。分かりました、明日から、そうします、と蕗子も根負けして応える。


総務部長のあとについてフロアに入り、歩み寄って来た新入社員の姿を目にした。蕗子はすっと視線を這わせ顔を見て、思わず唇が薄く開いたが声にはならない。懐かしい顔だったたからだ。畑中隆夫に、よく似た男性だった。黒縁の眼鏡も同じだった。

総務部長は
「皆さん、今日から一緒に仕事をする水田紘一さんです。どうぞよろしく。あっ、挨拶します?」

と水田を見て、促した。

「今日からお世話になります。水田です。よろしくお願いします」

と、深々と頭を下げ、挨拶を終えた。

じゃ、佐々木部長あとはまかせます、と言って総務部長はフロアを後にした。

「じゃ、水田君、君の机はここです。荷物やコートはロッカーに仕舞ってもいいよ、君のロッカーは、ええっと、冬華さんあとで教えてあげて。あと、こちらは継続教育課の永田課長、岡野主任。こっちが成田課長に、冬華主任です」

狭い部署なので、紘一はくるっと見回し、それぞれに、頭を下げて挨拶をした。

「冬華さんにはこれからいろいろ聞いてね、机も正面だしね。頼りになる先輩だよ。じゃ、冬華さん、これからお願いするよ、そうそう、大学は早稲田だから僕の後輩になるんだ、じゃ」

と、佐々木は蕗子に、あとの面倒を見てといわんばかりに投げてきた。

彼女は、顔を見た瞬間は驚いたのだが、無論、同一人物ではないのだからと自分に言い聞かせた。


歳を尋ねたら二十六歳だった。蕗子より三歳若い。

佐々木に言われたように壁に沿って並んでいるロッカーの一つを、ここが水田さん、と教え、コートはここにどうぞ、と促した。ついでに廊下の先にあるトイレの場所も教えた。

「一度にすべては理解出来ないから、仕事のことは何でもその時々に聞いてくださいね。まず今日のところは、机に座ってわが社のテキストなど読んで、お昼になったら一緒にご飯食べに行く？」と言い、おそらく緊張しているだろう彼に、微笑んでみせた。

「はい、一緒に行きます」

と、紘一もにっこりとした。

昼になって、ランチのために会社を出ると、途端にリラックスしたのか、紘一の口も滑らかになった。

「中途入社になるんですね、僕は新卒ではありませんから」

「前職は何かしら、三年ぐらいは前の会社にいたのでしょ」

「証券会社です。まあ、就職説明会で騙されたんですね」

「人聞きが悪いじゃないの、騙されたなんて」

「確かに給料はいいんですが、何しろ朝の七時から猛烈に働かないと、ノルマが果たせないんです」

「疲れてしまった、ということ。それで何だか楽そうな業界にやって来たということかしら」

「ええ、まあ、疲れました。ノルマがあるのは…あっ、この業界が楽そうだなんて思いませんよ」

と、慌てて打ち消すのが可笑しくて、蕗子はふ、ふと笑った。

彼女が、ここにしましょうか、とランチに洋食を選んだのは、ふっと隆夫と食べた私学会館のハンバーグを思い出したのだろうか、無意識のうちの行動だった。

テーブルについて、コップの水を口にしてから話したことは、会社の方向性だった。

企画開発課は、社長の肝いりだ。創業期からこれまでは、趣味や女性向けの講座が主流だった。しかし、それだけでは頭打ちになる。

講座の人口を増やすには、男性の受講者を増やすことだ。そのため、講座のラインナップを公的な資格や国家資格取得に役立つ通信教育へと大きく舵を切っているところで、そのための商品開発を進めている。成田課長が、今手掛けている簿記の講座が、その第一号だ。

したがって企画開発課のマンパワーをこれからも高めていくし、業務も増えていくと思われる、と。

紘一も興味を示し
「面接のときに、社長から国家資格のことを聞かれました。僕は、証券営業の外務員資格しかもっていないけれど、就職に有利だったり高収入が期待されたりします、と答えました」

「それが、採用の決め手、なの？」

分かりやすいわね、と笑い合う。

蕗子はオムライスを、紘一はハンバーグライスを食べ、コーヒーを飲んで店を出た。午後からは、商品の発送を手掛ける部署と、注文を集約して受け付ける部を見学に行こうか、と声を掛けながら、並んで歩いて帰った。背の高さは、紘一の方が隆夫よりも高いか、と思う。

社に戻ると、永田が二人に声を掛けてきた。

「水田君、冬華さんに何でも聞きなさい、頼りになるよ」

「はい、そう思います」

「あら、この短い時間でそう思ったの？」

「えっ、ああ、そうです」

と、答えたのでそこにいた者は、そうか、そうか、と言い合い
「それでいいんだよ、先輩を見習って、頑張って仕事してください」

と、成田が声を掛けたから、場が急に和やかになり笑い合った。

蕗子は、永田にすれ違いざま

「ありがとうございます、私が永田課長にしてもらったことを、そっくりなぞってやっています」
と、小さな声で礼を言った。永田も、うん、うん、と片目をつぶって返してきた。

一週間後に、新人の歓迎会があった。まるで冗談のようだといわれそうだが、三日目に歓迎会を行ったら四日目に辞めてしまった、ということが過去にあったとか、なかったとか。中小企業の悲哀とでもいうものか、人手の確保は難しいものがある。

もっともこのときは、酒の席で飲めない者に、飲め、飲めと無理強いをしたのではないか、と詮索されたそうだ。

紘一は、一週間ほぼ同じ時間に、毎朝出社してきた。佐々木も成田もこれなら大丈夫かと、安堵する。歓迎会は会社近くの居酒屋で、部員すべてが参加して行われ、紘一は二次会にも付いてきた。酒は強そうだと思われた。趣味はジャズで、自らもアルトサックスを吹くということが分かった。

蕗子は、酒が強いとはいえないが、酒席が嫌いということはなかった。誘われれば、二次会にも参加する。飲むというよりは、成田や永田と話をする時間が多かった。岡野は酔うと、饒舌になってひたすら贔屓の歌舞伎役者の話をする。

蕗子は歌舞伎が嫌いではなかったし、母も祖母も歌舞伎が好きで、このころは劇場中継というテレビ番組があり、よく観ていた。岡野の受売り話を、家に帰って志津代に語って聞かせたりもした。母の志津代は、四世中村時蔵のファンだったが、早逝してしまったから、残念だとそればかりを言う。蕗子も、少女の頃の記憶で、時蔵は世にも美しい女形だったと思うのだ。

佐々木は大酒のみで、日本酒ならば何でも飲んだ。この日も酔って三次会まで行こうと紘一を誘うのだが、永田と蕗子で、それを阻止する。

やれやれ、お開き、お開き、と永田が大声を出して、この日の宴会は終わった。

新宿から、紘一と一緒に山手線に乗った。同じ方向です、というので目白か池袋だと思っていたら、高田馬場で降りた。

あら、ご一緒、早稲田口かしら、と聞くと
「いえ、戸山口です」

「あら、私もそうよ」

「じゃ、近くですか？」

戸山口から改札を出て、しばらく歩き、右手の最初の坂を上がる。

「同じ方向ね」

「そうですね」

不思議な感覚に捉われるが、二人同じ細い道を歩いて行くと、しばらくしてモルタル造り二階建ての古風なアパートが現れた。

「ここです、このアパートです。学生の頃から住んでます」

「あらっ、ここだったの、毎日この道を通って駅まで行くわ。私はこの先、あと五分ぐらい歩いた先の四つ角を右に入ったところよ」

畑中隆夫が近くに移り住んで来たかの錯覚を覚えて、俄かにそれを打ち消した。

「じゃ、また、明日、おやすみなさい」

と、紘一はにこやかに頭を下げ、アパートの門扉を開け暗闇の中に消えていった。

蕗子は、少し暗い道を急ぎ足で歩きながら、胸の動悸がどうにも止まなかった。

深まりゆくもの

新年度に蕗子は、社会保険労務士の資格試験対応の通信講座を、水田紘一と組んで制作することになった。新人教育の一環でもあり、一刻も早く独り立ちして戦力になってほしいからだ。

社労士は、一九六八年に制定された社会保険労務士法に基づく比較的新しい国家資格だった。戦後から高度経済成長期に厚生年金や健康保険、労災保険などの保険料が急増し、制度も複雑化したことで、行政機関へ提出する書類や申請書が同じく急増した。このことは、ことに中小企業が対応に苦慮することとなって、社会保険の専門家を必要とすることになった。

当初、この業務は行政書士が担っていたが、企業の成長とともに人事や労務に関する分野も専門知識が必要となってきた。人材不足のため行政書士が、特別に無試験で資格を与えられていた。要するに、社労士への企業の需要が飛躍的に伸びてきたのだ。

蕗子は、七か月間の通信教育という佐々木から命じられた枠組みから、七分冊のテキストの構成を考えた。社労士の試験内容や参考書から、章立ておよび節、項目を考え企画案を作成した。

それをもとに、社労士や行政書士に当たり、適切な書き手を探して歩く。

もちろん、闇雲ではなく佐々木や成田のつてや助言を頼りながら、最適な人物に到達しなくてはならない。紘一には、初めに企画案作りから教え、考えさせ、いつでも連れて歩いて、仕事の段取りや交渉を、実践的に身に付けさせていくことにした。

いざとなると、なかなか、書き手にふさわしい人物には巡り合えない。まず断られるからだ。それが多忙が理由なのか、能力不足なのか、見極めも難しい。

あるとき行政書士の事務所で、自分は引き受けられないが、書ける理論家がいるよ、と言われ、是非ご紹介ください、とその場で次の訪問のアポイントが取れた。

後日、茅場町の事務所を二人で訪問した。出て来た中年の行政書士は蕗子の説明や依頼に、うん、うん、と頷き、ややあって思い切り踏み出すように、

「書きましょう、私も今、勉強中でね、教えるというところまで行くかな。それにしても、企画書を見ると大変だなって思うが、しかし自分にとって飛躍になると思うから、引き受けましょう。ただ、一人では難しいので、友人の若い社労士と一緒でどうか」

と、言ってもらえた。

その日は、粘りを見せた蕗子も、後日に契約に伺うと話をまとめ退出した。やれやれとほっとした彼女は、紘一と祝杯を挙げたい心地になったが、とにかく一刻も早く企画を進めようと、二人して東西線に飛び乗った。

執筆者の確保が出来れば、見通しがたつ。あとは原稿の出来次第なのだが、初学者にも分かりやすくかつ、試験に合格出来るテキストとなると、この先こそが正念場で、完成までに一年は掛かるものだ。

夕刻に社に戻り、成田に執筆者確保の報告をした。

すると、よく探したね、と慰労され

「よし、飲みに行こうか」

「そうしましょう、今日は遠出で疲れたね、水田君も」

「はい、飲みたいっていうか、祝杯ですよね」

と、明るい顔で紘一も応じた。

五月の風は夜になってもほのかに温かい。風に吹かれて辿りついた行きつけの飲み屋は、成田が贔屓にしている故郷の店で、島根県の美味しい肴が出て来た。

飲むうちに、水田のことも分かってきた。

高校一年の夏に、父親が交通事故で亡くなった。その後は、遺族の年金と母が生命保険の外交員として働き、姉の助けもあって大学まで行くことが出来た、という。

「苦労したんだ、大変だったね」

と成田が言うが、当の紘一は

「苦労というか、父親がいないということが社会的にハンディだとは思いました。僕自身は、ずいぶんアルバイトなんかしましたが、ひどい貧乏だという感覚がないままで育ててもらったんで、それは母や姉に感謝してます」

蕗子の脳裏に、紘一の母の姿が浮かんだ。会ったこともないのだが、暗いところが感じられない紘一からは、おそらく前向きで、泣き言を言わない母のイメージが浮かんだのだ。

この夜は、明日は、会議もあるからと遅くならないうちに、焼き握りを食べて散会になった。

電車を降りて戸山口を出ると、並んで歩きながら、ふっと
「水田君、あのね、あなた、私の初恋の人に似ているのよ、初めて見たときはドキッとしたわ…」

と、明かしてしまった。おそらく少し酔っていて、自制心が欠けていたのだ。

「……そうですか」

少し沈黙があり、考えた末の相づちだった。

「あら、私、今何て言ったかしら?」

「駄目ですよ、もう言ってしまった言葉だから胡麻化しても。複雑な気持ちになるな…」

「そうね、そのとおりよ、言ってしまったわ、こういうことは黙っていなくてはいけないのに」

しばらく歩くと、紘一のアパートに着いたので、じゃ、お休み、明日もちゃんと出社よ、と声を掛けて別れた。

蕗子は、紘一の私生活や育った環境を、あらためて知ったことから、考えることも増えたような気がした。夜道を歩きながら、思うともなく思った。

「母と姉と弟の三人家族、しかも長男だなんて…私の入る余地はあるのかしら…」

と、僅かばかり悩ましいのだ。

遅くなっても、母の志津代が起きていて声を掛けてきた。

「ご飯は食べたのね、お風呂入るのなら追い焚きをしなさいよ」

「食べたわ。お風呂には入るわ、遅いからお母さんはもう寝てください。娘はなんでも一人で出来ますから」

と、いくらか母の干渉をからかうように言うと、風呂場に入り、追い焚きのスイッチを押した。

はい、はい、と茶の間から母の声がした。


多忙を極める夏がやって来た。

手書きの原稿を読み進めるが、もう少し書き込んでほしいと思うところもある。紘一にも同じように原稿を読んで、誤字や脱字、表現の的確さなど考え赤字を入れて、と指示を出した。ちゃんと岩波の国語辞典を横に置いてね、と付け加えておく。

内容に関しては、労働保険・社会保険諸法令、社会保険労務士法や労働三法が基本だから書かれていることがそうした法令に沿って整理されているか、見極めなくてはいけない。すべてを知る者でも立場でもないが、一般的な常識から考えて、書かれていることに疑問があれば、執筆者に確認をする必要があった。

朝から晩まで原稿と格闘しなくてはならない。

疲れたときやリフレッシュしたいときには、少し豪華な昼食をとるため、気分転換も兼ねて京王プラザホテルまで出向いたりもする。紘一に声を掛けて一緒に行くことにしていた。

原稿の整理が終われば、編集プロダクションと印刷所に依頼し、ゲラにしてもらう。

校正のための初校ゲラが出てくるには、相当な日数が必要だった。何しろ手書き原稿に、活版印刷だったから活字を拾い組版にして印刷しなくてはならない。活字を拾う職工は、熟練の職人だからとてつもなく速いのだが、それでも何日も掛かった。章ごとにまとめて入稿し出校するのを待った。

当然、夕方にゲラが出れば残業も増えて、夜遅くまで社内にいることもあった。

校正が完璧ということはなかなか難しい。編集プロダクションの方で初校は済んでいても、ゲラは見れば必ず赤字が入る。綺麗なゲラになると、反対に決定的なミスや考え違いが露わになる。

こういう地道な仕事は、慣れない者には辛いから、紘一が音を上げないかと蕗子は心配になった。

ところが、彼は、法律の条文が一行抜けていることに気付いてお手柄を上げたりもしていた。存外、地道な作業が苦にならない性格なのか、とも思った。

作業が長く続くと息抜きに、フロアの隅にある給湯室に行く。

自分のカップと、たしか彼のカップはこれだわ、とインスタントコーヒーを淹れ、両の手に持ち席に戻ると、紘一に、はい、コーヒー、と差し出した。

「あっ、ありがとうございます」

と、顔を上げて、傍らに立っている蕗子に礼を言う。

「一休みしたらいかが、疲れない？」

「はい、少し疲れました」

「あなたは法学部だから、こういう仕事は苦にならないのかな？」

「いやぁ、慣れているっていうだけで、興味のない法律には気が向かないってことありますよ」

と、立ち上がって背筋をのばし、カップのコーヒーを口に運ぶ。

「そうよね。私は文学部の落ちこぼれだから、法律は本当に苦手だわ」

「英文科？」

「いいえ、日本文学科」

「そうですか、日本の作家では誰が好きです？」

いつの間にか、窓の枠に腰を乗せかけて、二人は少し離れた距離でカップ片手に、並んで窓に寄り掛かる。

「若いときは、大江健三郎だったわね、よく読んだわ。独特の文体が読みにくくて、それが妙に引っかかるのだけれど、そこに魅かれるのね」

「僕は、安井章太郎とか、吉行淳之介は読みますが、大江はあまり。難しくないですか？何が書いてあるかよく分からない」

「ふっ、そうね…初期の大江の作品が好きだわ」

コーヒーを飲み終わると、また、席に戻り、あと少しやって帰りましょうか、と提案した。白い蛍光灯の光が降り空調の音がするだけの静かなフロアに、時折紙をめくる音が響く。他のフロアの部署からも人の気配がなくなって、壁の時計の針は十時を回った。

ふっと、蕗子は腕の時計を見て言った。

もう、今日は遅いからここまでにしましょう、帰りましょうか、と。

途中までは一緒に帰るのだから、と蕗子は思っていた。

考えたら、このところ四六時中ともいえるほど、一緒にいるのだ。外は暑いし、疲れて夜食も食べたくはない、というのでそのまま電車に乗り、高田馬場まで来る。

話すことも左程なく、黙々と坂を上り歩いた。黙っていても、不自然な緊張はなくなっていた。姉弟のような間柄にも思える。もう少しで、紘一のアパートだというところで、ふと、紘一の足が止まった。

「どうしたの…」

「いえ、ただ、言っておこうかなと思う」

「何かしら?」

「昔の恋人に似てるっていうこと、いつか、僕は言わせない…」

「……」

「…知らない誰かが二人の間にいるのは…いやだな」

「そうね、ごめんなさい、私が不用意に言ったことが悪いわ」

紘一の異議申し立てだった。精一杯の申し立てだ。フィルター越しに見ないでほしい、とそう言っていた。

そう言うと、じゃあ、また明日、おやすみなさい、と足早にアパートの中に消えていった。

蕗子は、悪かったと思うが、紘一の言った言葉には深い意味と軽い嫉妬があって、いつか、あなたが僕を見つめるようにしたい、と言ったのだと思っていた。

私も、いつかあなただけを見つめたい、そんな日が来るのか、と蕗子は小さなため息を吐いた。

互いの淡い恋心の一瞬の発露ではなかったか。

暑い夏の夜だった。


何事もなかったように新しい一週間が、また始まった。ただ、多忙さは変わらなかった。

八月の下旬には校了し、ようやく第一分冊納本の目途が立った。あとは刷了して製本所に送られ、製本され倉庫に納まるだけとなった。九月から順次、毎月一分冊ずつ三月までに七分冊が納まることになるだろう。四月からの次年度には新規講座が開講され、販売を待つだけとなるのだ。

永田と成田が第一分冊を手にして、しきりと感嘆して褒める。

「いやあ、すごいね。さすがだね、冬華さん、第一分冊納本になったね」

「いえ、納本になってからが心配です。間違いが出て来るのが」

「まあ、それはつきものだからね、訂正表を入れればいいから」

「ほんとに、恥ずかしい。訂正表は誰の目にも見落としが分かる…」

「いや、納期を守るほうが先だよ。販売計画が立たないからね」

「これからが、大変です。第二分冊以降、とにかく納期を守ります」

成田が、ところでと言い、紘一に向かって
「いやいや、水田君、君もよくやったね、凄い戦力だよ。ね、冬華さん」

「本当です、即戦力です。彼の頑張りや法律の知識があったから、間に合ったんです」

と、蕗子が感謝する。永田も同じように
「すごい新人だね、感心、感心。今日は成田課長のおごりで京王プラザで美味しいもの食べさせてもらいなさいよ！ね、課長」

岡野もやって来て、どれどれ、あっ、すごい、新規講座の第一分冊ですね、と感嘆の声を上げる。

「ありがとうございます、岡野さんの歌舞伎の話がとてもリラックス効果があって、仕事がはかどったんですよ」

「う、うっ、そう言ってくれるのは冬華さんだけ！」

と岡野が泣きまねをする。

「何言ってるのよ、岡野さん、歌舞伎はいいから早くまとめて。書道協会の十一月展覧会の件！社長に報告しないと」

と、永田が半ばからかうように言うのは、永田、岡野のコンビが長いせいもある。しかし、蕗子が抜けてさすがに手が足りないので、この下半期に新人を採用するということになっていた。

部長の佐々木が社長室に呼ばれて、帰ってきた。

「いやあ、褒められたよ、よかった、よかった。期待の新規講座だからね。まずは納期を守ってくれてよかった。あっ、岡野さん、三時のおやつにケーキ買ってきて」

とポケットマネーを出して、振舞うのだった。

蕗子と紘一は、まずはほっとして、次の分冊に向かうのだった。

この七八年の十月は、イランの政変によって原油生産と輸出が大幅に減少した。第二次オイルショックだ。

シーア派のホメイニ師を指導者に仰いで民衆が蜂起するや、パフラヴィー王朝を倒してイスラム共和国が樹立された。こうした政変は翌七九年まで続き、石油価格は二・七倍にまで高騰した。石油製品の値上がりからインフレは加速し、消費者物価指数が高騰した。

日銀はいち早く金融引き締めに政策を転換し、インフレを抑えた。労使も協調路線をとり賃金の上昇を抑えることで、経済不況から比較的早く立ち直った。

十二月が足早にやって来た。仕事に明け暮れた蕗子だったが、残り三分冊になってようやく一息吐けるようになった。

実際は、各分冊に添削課題が付くことから、その制作もあった。六回分の添削課題と、最終回の一回は試験の予想問題を付けることにした。問題作成はなかなか大変で、誤った問題や回答は、信用にかかわるので細部まで気が抜けない。

試験の予想問題は実際に試験を経験している若い社労士が作成するということだった。

このころになると、紘一は淡々と仕事をこなし、この分なら、やがて一人で新規の講座も開発出来るだろうと、上層部には期待された。

蕗子の賞与は過分なものだった。紘一にも規程どおり支給された。

ところで、廉太郎だが、七六年には会社勤めを辞めていた。

中国旅行に参加したと思ったら、若いころに身に付けた弓道を、再び始めた。戸山が原の区民センター内にある弓道場に通う生活を一年ほど続けていた。ある日、彼方の扇の真ん中をびゅうと見事に射貫いたあと、廉太郎は急に再就職することを思い立った。

七七年十月から、新宿御苑管理事務所の中の植生班に勤めだした。弓道場通いは休日だけとなった。

念願の植木職人になったの？と蕗子は尋ねたのだが、父はにこやかに

「いや、職人ではないよ、スタッフだ。植木職人さんの手足だね、しかし、楽しいものだよ。何とも美しい花が咲いているんだ。今度、蕗子も訪ねて来なさい、案内をするよ。今月は温室の中の植生の手入れだがね」

「楽しそうね、でも、高い木に登ったりするのかしら」

「それは、あるんだよ。注意して命綱をしっかり付けて登るんだ」

志津代が二人の話に割って入って
「もう年金をもらう歳になるっていうのに、わざわざ危険な職業に就くこともないのにね」

「大丈夫だよ、高い樹木に登るのは、若い職人さんだからね。私は落とした枝を拾い集める係だ」

「でも、枝が上から落ちてきて頭に当たったりしないかしら」

と志津代が疑念をもって言うので、父と娘は顔を見合わせて笑った。


クリスマスが近付くと、他部署の女性たちも落ち着かなくなる。誰と食事に行くか、誰にプレゼントをするのか、といった話題で持ちきりになる。

岡野は、クリスマスなどには興味を示さない。歌舞伎座や、国立劇場の年末の出し物は何か、で頭が一杯になっていた。

では、蕗子はどうか、というとやはり仕事のことで一杯になっていた。未だ完成していない講座であったから、毎日といっていいほど何かしら問題が起きる。

最後の分冊の原稿が締め切りに遅れていた。執筆者も多忙を極めているから、多少の遅れは大目に見るつもりだが、早く入稿したいという思いは強い。最悪の場合は年明けになってしまう恐れがあった。

焦っても相手のあることなので、どうしようもなかった。紘一は

「仕方ないですよ、焦っても年末までに入稿出来ないときは、新年早々からやりましょう。頑張るから大丈夫ですよ」

「でも、あんな大変な作業は、もうこりごりって思わないの」

「いや、過ぎてしまうと、大変だったことは忘れて、楽しかったことだけ残っています」

「何ということ、そんな人だったの、あなたは」

「そう、だから安心して、僕に寄り掛かってみたらどうです」

「ふっ、そうしようかな」

と微笑んだ。


赤坂のホテルのバイキングに行ってみようか、ご馳走するわ、と、ある日紘一に提案した。なぜ、赤坂でバイキングなのかと聞かれたが、大した理由はなくて、あれこれ多様な料理を少しづつ食べて、しかもお腹がいっぱいになるんじゃない、と答えた。

新宿や渋谷と異なり、赤坂は大人の街で、たまには行ってみましょうよ、と紘一を誘った。

予約しておいた夜に、二人で地下鉄に乗って出掛けた。珍しく早めに会社を出たつもりだが、それでも六時半を回っていた。

二人とも今夜はきちんとしたスーツ姿で、ことに蕗子はアクセサリーを着けて少し改まった服装だった。成田は、おや、二人とも似たような雰囲気でどこかにいくのだろうか、と詮索をした。

クリスマスソングが流れ、華やいだ空気が存分にあって、女性たちが綺麗に着飾り、赤坂は独特な雰囲気があった。三本の小路が平行に並んで、小道の間から人々の嬌声やざわめきといった様々な種類の声が溢れていた。

一か所、ホテルより先に行く店があった。「しろたえ」という菓子店だ。帰りに寄るのでは遅すぎて閉店してしまう。チーズケーキを、母と祖母への土産にという算段だった。小さな店は人で一杯になっていた。並んで買うのは少しためらわれる。時間もないことなので、またの機会に譲ろうと、蕗子は思った。

「混んでいるから、今日はいいわ」

「どうして並んで買わないんですか」

「並ぶという行為が、恥ずかしくて…」

「へえ、そうですか、何とも思わないですよ」

「凄く食いしん坊のように見えない?あるいは欲望が旺盛とか…それは、どうしても必要なものであればよいのよ、人のためでもいいわ、並ぶのは」

「冬華さん、シャイなんですか」

「ふっ、そんな洒落たものではないわ、それをいうなら、東京っ子の見栄とかやせ我慢じゃないかな」

ホテルは、駅から大通りを挟んですぐ目の前だったから、そちらに向かって歩きながらそんな話をした。

「僕は、千葉です。少しはありますよね、見栄っ張りなところは」

「千葉はいいところね、海も山もあって気候も良くて」

ホテルのレストランで名前を告げると、テーブルに案内された。華やかな飾りつけや豪華な生花が目を引く。

クリスマスのバイキングなどというと、客のほとんどが恋人同士か家族連れであった。

食べることも楽しんだが、紘一と二人で日常とは違う世界に行くという感覚の方が楽しかった。仕事のことはきれいに忘れて、英気を養うという言い訳をしていたが、これはデート以外の何ものでもない。

「アルトサックスを吹くなんて趣味はどこで覚えたの」

「高校でブラスバンドに入っていたんです、で、早稲田なら、当然、ハイソサエティか、モダンジャズ研になるんです。モダンジャズの方はプロっぽくて、何だか大変だなって思って、ハイソサエティ・オーケストラに入ったんです。あっ、ハイソって略すんですが、そこで三年ぐらいまでは、やってました。四年になったら就職活動があったんで足が遠のいたんです」

「本格的ね、聞かせてくれたら嬉しいわね、いつか」

「そうですね、いつか、でもちゃんと吹いていないとだめになります」

「東京の街中で、練習は出来ないわね、スタジオでもない限り」

「プロになる人間は一握りで、あとは、まあ趣味になってしまうのは仕方ないですね」

「私には趣味と呼べるようなものがないわ…」

「大学では、何かサークルに入っていなかったんですか？」

「そう、まったくないの、こういう人も珍しいでしょ」

と、敢えて快活に話すが、蕗子にとって大学時代の話題は、ほとんど人に聞かせる話がないのだ。

「永田課長が、冬華さんは、ちょっとミステリアスだって言ってました。何が、とは言えないそうですが。そう言われても、僕にはまったくノーマルな女性です」

「そうね、永田課長はよく人を見ていて、その人の本質を突いてくるわ。私がミステリアスって、確かにそういう一面もあるのでしょうね。私自身はとてもお世話になって、仕事も教えてもらって、感謝しています。それに、生き方も素敵ですよね、公平で公正。同じ女性として尊敬出来る先輩です」

「そうですね、部の皆さんは、とてもいい方ばかりで、僕は自然でいられます」

「それならよかったわ、長くいてもらいたいのよ、あなたに。皆さんそう思って大切に扱っている、というところかな」

「それはありがたいです。社会に出て分かったことは、大学とは各段に違う厳しさがあるということですが、それになじめない人もいるだろうなって思います」

「そうね、理不尽なことや合理的でないことも山ほどあります、先輩には逆らえないしね、あっ、私が合理的でないことを言ったらちゃんと指摘してね」

と、念を押しておく。一番分からないのは自分自身だ、と。

「もっと食べましょうか、デザートとか果物など、どう？」

はい、もっと食べようかな、と紘一は言うと、中央のテーブルに向かって行った。

蕗子も、ケーキと紅茶をと、席を立った。


同じ町に住んでいる、と思えるのは帰り道がまったく同じだからだ。あたかも一緒に住んでいるような心地がする。

この夜も、いつもの坂道を上り、ほの暗い細い道を歩く。片側は木立が鬱蒼と茂っている。塀のあるもう片側は大きな屋敷だ。陽が落ちれば、駅に向かう人とは、すれ違わなくなる。

少し酔っているのだろうか、二人ともごく自然に肩が触れ合う。コートの裾が翻りコツコツとヒールの音が響くが、それが心地良い。

紘一のアパートの少し手前まで来た。生垣のほぼ中央にある門扉はいつも少し開いたままになっていた。玄関までの敷石がいくつか連なっている。

すっと、歩みが止まって、彼がいつものように、じゃあ、と声を掛けて行くものだと思っていた。

無言のまま、蕗子の右腕がつかまれ紘一の身体に引き寄せられた。彼の胸によろけながら見上げると、紘一の顔が子供のような真剣さで、ぎこちない。どうしたの、と声を掛けそうになった。

腕に力が込められて、抱き寄せられると、紘一の顔が近付いてきた。蕗子も黙って、顔を近付け目を閉じた。唇が重なってしばしの間、互いの身体を抱き寄せていた。

少し身体を離して、紘一が言った。

「…突然でごめんなさい、でも、あなたのことが、ずっと好きだった…」

「私も…好きよ…」

と蕗子も応えた。再び、紘一に強く抱き寄せられると、そのまま長い時間が過ぎていったような錯覚があった。ほんの僅かな時間だったのだが。

思い悩むことなど

この時代の正月休みは、三が日までというところが多かった。一九七九年も一月四日が初出になる。

その日、多くの女子社員は晴れ着を着て出社する。蕗子も母に古典柄の袋帯を締めてもらい、薄桃色の色無地の、背中と両袖の背に紋が入った三つ紋の晴れ着を着て出社した。首筋が寒いので、道行コートの上に白い薄いショールを肩に掛けていた。

初出の日は、電車内も着物姿の女性が多く見られた。

紘一は、薄桃色の色無地の着物姿を見て
「いつもの冬華さんと、違う人のように見えます、とても綺麗です…」

と声を掛けてきた。

彼も新調した紺地に細かいストライプのスーツ姿で、臙脂色の縞のネクタイをしていた。

「ありがとう、水田さんも、スーツがお似合いで素敵です」

と返した。

岡野も訪問着の晴れ着姿だった。永田は格式のある新調のスーツ姿だった。十月に新しく入った新人の宇津木直子(うつぎなおこ)は若いせいか、着物には無頓着で普段の洋装よりは少し改まっている程度だった。

社長の渋谷が、各フロアを回って新年の挨拶をした。企画開発部にやって来るなり
「今年も、どんどん企画を出して開発していきましょう。期待してます」

と、部長の佐々木をはじめとする部員にはっぱを掛けた。社長が去ったあとは、成田はやれやれ、といった面もちで、仕方ない、今年もやりましょう、と声を出す永田に、部員は、はい、と唱和する。

着物姿では大した仕事も出来ないので、この初出の日は新年の顔合わせだけで、午前中で業務は終わりになる。あとは、部内でちょっとした酒が出て、他の部署に挨拶に回り、退社となっていた。佐々木や成田は他の部署の者と早速新年の宴会になった。永田も、年長の仲の良い人形作家協会の顧問と連れ立ってフロアを出て行った。

明治神宮に初詣に行きましょうか、それとも食事にします？と、蕗子は紘一に声を掛けた。彼は、蕗子の足元を見て、

「慣れない草履で足が痛くならないですか、食事でもしましょうか」

と、気を遣った。

中村屋の五階のレストランで食事をした。つな八のてんぷらでもいいわね、と悩みながら結局、ゆっくりと食事が出来る店を選んだ。

「お正月は、千葉の実家に帰ったのかしら」

「うん、帰った。久しぶりに母や姉にあったよ、姉のところは二人目の子供が出来るって言ってた」

「それは、おめでたいわね、お姉様とはいくつ離れているの」

「四つ、もう、三十一歳かな、五年前に結婚して、母のいる実家の近くに住んでいる」

「それなら、心強いわね、お子さんを産んでも」

「そうなんだ、姉は看護婦をしていて、結婚しても仕事は続けているんだ。義理の兄は市役所に勤めている公務員、生活はまあ安定してるよ」

「そう、良いご家族ね、お母様はお元気にしていらっしゃるの」

「うん、だいぶ歳はとったように思うけれど、今五十八歳だから、元気にしている。それにまだ保険の外交員の仕事はしてるんだ。姉は、もうそろそろやめて孫の面倒を見てもらいたいみたいだけどね」

「私の母のほうが年下だわ、五十二歳だから。夏が来て三ね」

家族の話題になったのは、蕗子の潜在的な意識ゆえだろう。もし、紘一と結婚したら、どのような家族になるのか、と。

「冬華さんの家族のことは、聞いたことがなかったね」

「そうね、父と母と祖母、それに私の四人ね…弟が一人いたのよ、でも病気で十八で亡くなったの、今から八年前よ」

「…そう、それは気の毒だったね…」

「そう、それは悲しかったわね、母や父は、きっと今でも悲しいのよ。私もね」

「いくつ違うの、あなたと」

「三歳下の弟、あらっ、あなたと同じね」

「そうだね、生きていたら今年二十七歳だよね」

二十七と聞いて、改めて悲しみが滲むようだった。胸の骨の間から。

蕗子は海老やホタテ貝などの入ったグラタンを大きめのスプーンでゆっくりと食べながら、紘一はビフテキをもりもりと食べながら、その後も語り合った。

そしていつものように、坂道を上りアパートの前で、別れ際に互いの顔を寄せ、素早く軽いキッスをした。冬の陽は釣瓶を落とすように短く、瞬く間に辺りは暗くなるが、この日はまだ明るく、人に見られたらと思ったのだ。

「今度、もっとゆっくり、会いたいね」

「…そうね、仕事が一段落したら、ゆっくり会いましょう。今日は、もう、お腹もいっぱいで、早く帰ってこの着物を脱がないと苦しいわ」

と言って、璐子が微笑んだ。紘一も微笑み、そうだね、と呟いた。

遅れていた原稿が届いたのは、それから一週間ほど後のことだった。

二人は手分けをして、急いで整理を始め、何とかその週の半ば過ぎにプロダクションに手渡すことが出来た。これで、最後の七分冊目の入稿になった。あとは試験の予想問題の原稿が入れば、すべて入稿出来る。

「何とか間に合ったわ」

「はい、よかったですよ、大幅な遅れにならなくて。著者の先生の校正にも多めに時間を割いてあげられるし、三月納本も間に合うかな」

「そうね、納本を守れても、大きなミスを出したら、後始末が大変だから。最後は少し余裕をもってやりたいわね…」

「そうですね。でも、ほっとしたな、ここまで来れたのは、冬華さんの力ですね」

「そんなことないわ、水田さんが頑張ってくれたからよ。一通りやってみてどうでしたか、次は一人でやるのよ」

「はい、何とか手順や必要なことは覚えました。でも、やっぱり、近くにいてください、何かあったら、すぐ相談出来るように…」

「ええ、分かりました」

「…今日は軽く飲んで、食事して帰りますか？」

「あっ、今日は早く帰らなくてはいけないの、母が出掛けていて、父の夕食を頼まれているの。そうね、…今度の土曜日にしましょう、どうかな？」

「あっ、そうですね、土曜日にね、いいですよ…」

当時、土曜日は午前中のみの勤務だった。

紘一に言ったように、蕗子は五時を少し回った時間に、お先に失礼します、と軽く頭を下げ席を立って、フロアを後にしていた。

言葉にしたのは蕗子の方だった。

寒中の土曜日の昼、退社したのち二人で食事をとった。さて、この後どうしたものかと、どこか落ち着かない紘一だったが

「紘一さんのアパートのお部屋、見てみたいわ」

と、素直に蕗子に言われ、紘一も考えてはいたものの、

「えっ、うん、いいよ、狭い部屋だけどいいかな」

と返し、あっけなくことは決まってしまった。紘一は、緊張が解けほっとしたのと同時に腹が据わったようだった。

玄関を入ったホールの階段を上がって、五部屋が並ぶ二つ目の部屋だった。北側に廊下があり、窓が並んでいた。一階と二階はほぼ同じ作りだったが、一階の角は、管理人の年配の女性が一人で住んでいる。一階には炊事場と狭い風呂場があった。もっとも、近くには大きな銭湯があった

ので、住人の多くは外の銭湯を使っていた。

紘一が鍵を開けドアを開き、蕗子を中に招き入れた。目を這わせると、確かに六畳ほどの狭い部屋だった。

部屋には、狭い流しがあるだけで、そこは洗面所として使っているようだ。トイレは一階と二階にそれぞれあって、管理人が清潔に保っていたが共用だった。

各部屋は南に面して、生垣のある狭い庭に向かって一間の窓になっている。窓には二重にカーテンが掛かっていた。

紘一が厚手の方のカーテンを開くと、冬の柔らかい日差しが、さあっと部屋に差し込んだ。レースのカーテン越しに明るい光が届き、互いの顔がくっきりと見えた。ふと見ると部屋の隅に、アルトサックスの黒いケースが置かれていた。ガスストーブを点けるといくらか暖かい。

コートを脱ぐと、紘一の差し出したハンガーに掛け、紘一のコートと一緒に入り口近くの桟の金具に掛けた。土曜日だったから、身軽な空色のアンサンブルのセーターに紺色のタイトスカートだった。

振り向くと、蕗子は黙って近付き、背の高い紘一の顎の下あたりに顔を埋めた。両の腕は自然に、彼の身体に巻き付いていた。紘一が改めてきつく彼女を抱いた。

彼は窓に寄ると厚手のカーテンを引いた。ふたりは薄暗がりの部屋で互いに一言も言葉を発せずに服を脱ぐと、狭いベッドに身体を潜り込ませた。紘一は小さな声で訊いた。

「寒くないかな」

「少し、寒いわ、でも、あなた温かい…」

その低く甘い声に弾かれたように、紘一が彼女の身体を覆い、唇を重ねた。蕗子の身体を愛おしむように指が這い、互いの呼吸もほんの僅かな喘ぎも調和していく。やがて、ゆっくりと彼のものが身体を割って入り一つになると、深い吐息が重なった。激しい波が幾度も押し寄せるようにみちびかれていったふたりだった。

静かな冬の午後だ。遠くに鳥の鳴き声が聞こえた。

蕗子は深く満たされる思いに身体を沈め、目を閉じたままでいた。喉の渇きを微かに覚え、紘一に尋ねた。

「水はあるかしら、喉が少し渇いたわ」

「うん、あるよ」

と応えると、ベッドの傍らの眼鏡やコップを置く小さな机に手を伸ばす。コップに魔法瓶から水を注いだ。何を思ったのか、紘一がその水を口に含むと、顔を近付け口移しで飲ませた。驚いた蕗子だったが、飲み込むと喉を通っていくその水の甘さに、酔う心地がした。

「僕は、今、分かったんだ…人を好きになることが、どんなことなのか…人を思うときの気持ちが分かったんだ」

と、紘一が言った。

蕗子は泣き出したいほどの切ない思いで、それを聞いた。

結局、この日は離れがたく、外で夕ご飯をともに食べても、さらに部屋に戻り一緒に過ごしたのだ。夜の八時になって、ようやく別れて、蕗子は家路に就いた。

玄関を開け、三和土の踏み石から上がり框(がまち)に足を掛けるや、母に聞こえるように言った。

「ただいま、夕ご飯食べてきたから、夕食はいらないわ、電話しないでごめんなさい」

「はあい、結構よ、お父さんととっくに食べたわよ。あっ、お風呂入るなら先に入りなさい」

と、志津代は声を掛けた。

「はい、そうします」

と、蕗子は茶の間には入らず、そのまま二階の自室に上がってしまった。さすがに母の顔を、今は正視出来ない。身体を洗い流した入浴後、この晩、初めて母と父を見た蕗子だった。

夜も更けて、自室の鏡の前で化粧水を使いながら、紘一を思った。パジャマ姿の両の手で乳房を抱えその重みや柔らかさを確かめた。

もし、二人が結婚しようとしたとして、障害になることがあるだろうか。大いにあるのではないか。蕗子は冬華の家の長女で、弟の亡き後は、家を継ぐ身ではないのか。しかも、紘一も水田の家の長男ではないか。

困ったことになりはしないのではないか、と思わないでもなかった。戦前、戦中ならいざ知らず、この戦後の民主主義の世の中で、家の跡を誰が継ぐのかといった問題が、障害になるだろうか。俄かに心のどこかに黒いしみが湧き上がるようで、このことは考えたくはないと、とりあえず封印しておく。

いつか、紘一にはすべてを打ち明け、この僅かな気掛りも話をしなくては、と思うのだった。父と母には何から話せばよいのか、こちらの方が難題のような気がした。

母の志津代には、曰く言い難い「威厳」のようなものがあった。廉太郎を立て、自らは一歩引いて、夫には表向き逆らわず、しかし、法事の席では何かと志津代が差配する形になった。蕗子の眼には、欣吾が志津代の後ろに立っているようで女当主に見えなくもなかった。

廉太郎は、そんなことは百も承知で、むしろ、婿養子になるということは、その家に一生を捧げ、家の繁栄に寄与することこそが使命であると、理解している節があった。

蕗子は、そのような封建的な制度が、いやでも感じられて思春期にはこの家を出たいと思うことがあったのだ。

そんな蕗子だったが、今、こうして父と母の姿を見ていると、この家の跡を継がねばならないのだろうか、と思案してしまう自分がやや信じがたかった。学生の頃にはまったく視界になかったことだから。それは、弟の存在があったからかもしれない。

蕗子は、法事の都度、墓に彫られている江戸の頃からの物故の元号を見ては、この墓の行方に思いを致していた。

寺谷の叔父がひょいと訪ねて来た折、蕗子は、無言の重圧を口にした。

すると、叔父の孝二は、何を「新しい女」が旧弊に囚われているのか、と言った。

「蕗ちゃん、確かに墓には白い骨があっただろうが、幾世代も経てば、皆土に還って、魂は天上にあるだろうよ。やがて、墓守をする者が誰も居なくなって、無縁仏になったとしても、そのことを責めるものがいるだろうか。永遠に変わらないなんてことはないんだね。無縁仏の墓の佇まいはなかなかいいものだよ、無常観だね」

「でも、叔母さまはきっと怒るでしょうね」

「いや、怒っても無駄だよ、喜代子は寺谷の墓の中さ。第一、大和や飛鳥の頃からの名家なら話は別さ、途絶えてはいけない天皇家のようにね。我らは庶民の家なんだから、なくなっても誰が責めるんだい」


季節は移りゆくもの、春が過ぎ、夏が到来した。庭の丈高い桐の花は毎年変わりなく、かぐわしい。

社労士国家試験対応の通信教育講座の完成を見て、新年度には蕗子が行政書士資格講座を、紘一は司法書士講座をと、新しい講座の開発を任された。コンビは解消されたが、目の前の席には、蕗子がいて、そして紘一がいた。何も変わらない二人だった。周囲の手前、少し注意深く他人行儀に話はしていたが。

蕗子は、この夏にでも、両親に紘一を引き合わせようと思っていた。そして、紘一の母と姉にも会いに行かねばならない、と思っていた。

そのことは、紘一に話をしていた。

「両親に会ってくれないかしら、何で見合い話にも乗らずにいるのかって、思っているわ」

「うん、分かった、僕も会わなくてはいけないなって思ってはいたんだ」

「ありがとう、七月のお盆の前にでも会うことにしましょうか、そしてね、夏の休みにはあなたのお母さまに会いにいきましょうよ」

「そうだね…ありがとう、そうしようか」

互いへの敬意

七月のある日曜日のことだ。

紘一のアパートと蕗子の家は、僅か五分ほどの距離である。歩いて約束の十一時までに訪ねて行けば良いのだ。それでも、落ち着かないのは紘一であり、迎える側の廉太郎である。

「まだかな、そろそろだろう」

「ウロウロしていないで、茶の間にいてください。玄関に迎えに出るのは私ですから、応接間にお通しして、お父さんを呼びます」

と、志津代にややきつく言われて、引き下がるのだった。

「今日は、ただの顔合わせよ、細かい話はないのだから。結婚を前提に、ってお互いに確認するだけよ」

と、さらに蕗子にも言われると、廉太郎はまったく自信を失くしてしまう。

そうこうするうちに、門が開く音がして、ややあって、玄関のチャイムが鳴った。志津代が明るい声で、はあぃ、と迎えに出て行った。

夏のスーツ姿の紘一は、応接間の奥のソファに浅く腰を下ろす。すぐさま立ち上がれるように、という配慮だ。ドアが開いて、ワイシャツにジャケットを着た廉太郎と花柄のワンピース姿の蕗子が入ってきた。さっと、立ち上がり、頭を下げ
「初めまして、今日はお招きありがとうございます。水田紘一といいます。以後、よろしくお願い申し上げます」

「はい、初めまして、私はこの蕗子の父の冬華廉太郎といいます。こちらこそよろしくお願いしますよ、さっ、どうぞお掛けください」

と、すすめる。

蕗子は、気が気でないのだが、黙って、紘一が座るソファの隣に腰を下ろした。

ほんの僅か気まずい沈黙があったのち、おいくつですか、と廉太郎が尋ねた。

「はい、二十七歳です」

「ほう、蕗子の方が年上ですか」

そうよ、お父さん、私の方が三歳上です、と彼女はわざわざ聞くこともないのに、と思いながら言った。

「いや、この娘の下に、弟がいたんですが、亡くなりまして、三歳下でした」

「ごめんなさい、お話しした弟のことです。今でも何かあると思い出すんです」

「はい、蕗子さんから聞いています、同じ歳だなって思いました」

そこへ、志津代がお盆に煎茶と菓子鉢を載せて顔を出した。志津代の後ろには、やや改まった単衣の着物姿のしなが隠れていた。

「あっ、祖母です、水田さんが来られるのをとても喜んでくれて、今日はご挨拶したいって、ね」

「蕗子の祖母です、どうか、どうか蕗子をよろしくお願いします」

「あ、いえ、こちらこそよろしくお願いします。僕の方こそ、蕗子さんには本当にお世話になっているんで…」

と頭を下げる紘一だった。では、私はこれで失礼して、と満足したしなは下がっていった。

四人が腰を下ろし向かい合うと、志津代がもっぱら謙遜して、何の準備もなくて、すみません、今日は堅苦しいお話ではなくて、ね、お顔を見て私たちも本当に安心しました、蕗子をよろしく頼みますね、と、その場の空気を和らげる。

見合いではないので、互いに交わす釣り書きのような身上書もなく、話の中で互いに人となりや経歴を確認する。ひとしきり話も尽きると、志津代は
「お中食にお寿司を取りましたの、一緒に食べていってくださいな、さっ、ここでは食べにくいから客間の方へどうぞ」

と促した。大切な客には、表通りの寿司屋から特上の出前を取るのが習わしだった。

食事の後、蕗子は、門まで紘一を送り、見えないところで手を握ってこう言った。

「今日は、お疲れ様でした、本当にありがとう。でも、これで電話も出来るし訪ねて来ることも出来るわ、これからは隠すこともないのだから良かったわ」

「あぁ、疲れた、でもほっとした、いいご家族だね、僕も安心したよ、じゃ、今日はこれで」

と、軽く手を振ると帰って行った。


蕗子は、ある晩、紘一に切り出した。

「結婚によって、どちらかの姓を名乗らなくてはいけないでしょ、あの日、父も母も、口に出して言わなかったのだけれど、結婚しても冬華の姓は残してほしいと思っているの」

「うん、そうだろうね、そうなると僕が冬華の姓になるのかな…」

「婿養子とは違って、単に妻側の姓を名乗るということでいいのだけれど」

「会社の中では、通称を使うという形で、水田のままでもいいのかな」

「千葉のお母さまにそんな不躾なこと、いきなり言うわけにもいかないわ」

「どうだろう、母はそんな苗字に拘りがあるようにも思えないけれど」

結局、あれこれと考えたところで、一足飛びに妙案が出るわけでもなかった。

とにかく、結婚するには避けて通れない問題ではあった。簡単に、蕗子が水田の姓を選べば済んだ話だったが、父はこう言った。

「出来れば、冬華の姓は残してほしい、水田君はいい青年で、私も彼との結婚に反対する理由など一つもないが、彼が冬華の姓を名乗ってくれたら、それこそ心から礼を言いたいし、婿養子にはならないでもいいのだから、どうだろう。二人で考えてくれないか」

廉太郎は、これまでの己の人生を顧みるにつけ、世間が思うほど婿養子という立場に負い目を持っているわけでもなかった。しかし、何かにつけ養父欣吾に屈してまでこの家の名を守ってきたという自負がある。今では、この冬華という姓を蕗子には引き継いで欲しいと願う気持ちの方が強かった。志津代には語ったこともない思いだった。

蕗子は、いやでも向き合わざるを得なかった。

今日まで選択的夫婦別姓が認められていない日本の状況がある。女性への差別の禁止や撤廃には、遠い現状がある。

「僕は、君と結婚することが重要で、望むことなんだから、君の姓を名乗っても構わないよ、水田にも愛着はあるけれどね。だけど、君のお父さんやお母さんが悲しむのだったら、構わないよ。妻側の姓を選ぶことは別に男の沽券にかかわるでも、屈辱でもなんでもないんだから」

「…あなたは、そう思ってくれるのね、とても嬉しいわ…でもお母さまに、きちんとお話をしてからにしましょう、結論を出すのは」

「うん、いいよ。とにかく母に会ってからにしようか。でも、考えたら女性は当然のように男性側の苗字を選んでいるんだね…」

蕗子は、結婚後の姓を選択するという重大な問題について、紘一が譲る態度を示してくれたことに、改めて敬意を払った。紘一が、狭量な男性優位の思考を持った男ではなく、妻側の事情に配慮してくれたことには、心からありがたく思った。と同時に、もし、紘一の母が反対したら、この結婚はどうなるのだろうか、と心細い思いもした。

夏季休業中のある日、紘一と蕗子は、千葉県の海岸沿いの街にいた。

紘一の母は、高年の女性にしては、背の高いすらりとした姿勢の良い女性だった。笑顔も爽やかで、気持ちの良い印象だった。夫の亡き後、長い間働いて、紘一と姉の真由美を育てた女性だった。名前は秋子(あきこ)といった。

客間はあるけど、こっちのほうがいいわね、と言って、ダイニングに通された。だって、長い間、座布団で正座は辛いでしょ、と言う。蕗子も、はい、こちらの方がお話が弾みます、と微笑んだ。

事前に紘一が、どうしても結婚したい女性を連れて行く、と言っていたせいか、難しい話にはならずに、済んだようだ。

「あなたたち二人が、それでいいって言うのならそれでいいわよ。私も死んだ主人も、農家の三男、私は四女ですよ。家がどうのっていうことは、ないですから。どちらかの姓を名乗るんだったら、冬華さんの苗字でも良いですよ。私の息子に変わりはないのですから。離れて暮らしていても、この息子は昔から母親のことを気にかけていてくれます。毎年誕生日には必ずプレゼントが届きますよ」

「お母さま、本当にありがとうございます。このお礼の気持ちは言葉で言い表せないほどです。私の父と母が、出来れば冬華の姓を残してほしいなんて、勝手なことを言うものですから、紘一さんにも、心苦しい思いでした。今、お母さまに、冬華でもいいですよ、って言っていただけて心から安堵しました。結婚を反対されたら本当にどうしようって、悩みました。ありがとうございます」

蕗子は深く頭を下げた。

紘一の母秋子は、話の後は手料理を出して酒を振舞い、近くに住む姉の佐藤真由美（さとうまゆみ）は、ふっくらと張り出したお腹を抱え、遅れて訪ねて来た。久しぶりの団らんに、近い将来の家族も加わった。この場の三人はともに働く女性の間柄だったので、真由美とも秋子とも互いに通じ合うものがある。

「看護婦のお仕事は夜勤がおありですから、大変ではないですか」

「まあ、夜勤はつきものですからね。夫がその分子育てにも協力的で、助かってます」

「それは、すごい、ちゃんと分担してらっしゃるんですね」

「蕗子さん、紘一を甘やかしてはだめよ、最初が肝心ですからね」

「お姉様は、来月ご出産ですか」

「今九か月ですから来月です。二人目だから様子が分かっているので、あまり心配はしていませんけれど、夫には大変だって言ってあります」

と、にこやかに笑った。

紘一はただただ微笑んで、ビールのコップを手に母の手料理を摘みながら話を聞いているのだ。

蕗子も、この家族のつながりの深さを感じていた。


この夜、紘一とともに客間の布団で、遥かな潮騒を枕に、安堵の眠りに就いた蕗子だった。


秋になるころ、高い空の青さが染み入るような日曜日の午後、一人の女性が蕗子を訪ねて来た。

玄関を入ってきた女性の顔に微かに見覚えがあった。記憶の底を探るようにして、あっと引っかかるものがあった。そうだわ、確か石井万里子ではなかったか。

「石井さん、ですか？」

「…はい、石井ですが今は笹岡です。紀彦は夫です…」

「笹岡さんの奥様……」

と言ってから言葉が出ないのは、何か良くない知らせだという確信があったからだ。

「どうぞ、お上がりください、玄関で話すようなことではありませんね」

「…はい、ありがとうございます、では、失礼します…」

と、笹岡の妻は後ろ向きになって靴を脱いで揃えた。蕗子は足元にスリッパを添えてから、応接間のドアを開けた。どうぞ、奥へお掛けください、と言いおくと、ちょっとお待ちくださ い、と台所にいた母に、お茶をお願いします、私のお客さま、と頼んだ。

戻ると、笹岡の妻は、下を向きハンカチで鼻を押さえていた。

「よくいらっしゃいました、ここはすぐに分かりましたか」

「…はい、池袋の谷川さんから伺いました」

「あぁ、谷川さんなら知っているわね…ところで、今日は、何かお話しになることでも」

「…はい、じつは…夫の紀彦が亡くなりました」

やはり、と蕗子は思った。

「ご病気だったのですか、それとも…」

「あの、病気でした。胃癌です。気付いたときには手遅れで、手術も出来ませんでした。ずっと顔色も悪くて、いつも胃の辺りを押さえていました、三十八歳でした」

「…そんな悪くなるまで、医者には掛からなかったのですか」

志津代が茶を運んできた。テーブルに置くと、すぐさま無言で下がった。

「はい、医者に掛かれるような状況ではありませんでした」

そう聞けば、蕗子の眼には涙が溢れた。過酷な状況だったのだろうと、推し測られた。あの我慢強い笹岡が、最後は苦しんだのだろうか。

「夫が最後の病室で、いつも、冬華さんや鳩居さんのことを言っていました。あの三人がと、懐かしそうに。ことに、冬華さんには、いつも感心させられた、って、真面目で強くて、きっと良い指導者になると思っていたって」

「…待ってください、涙が止まらない、悲しくて…」

と言うと、蕗子は顔を覆って泣いた。

「泣いてくださるんですね、夫も泣いていると思います、残念で。最後もあんな別れ方をして、後悔してましたが、でもこうして冬華さんは無事に生きておられるので、それもよかったかと…本多さんを亡くしましたし、もう、ひどい状態でした。誰もどうやってあの時代を生き抜いたのか、分かりません。夫は殺されずに病死しました。どちらも残酷です」

「奥様、訪ねて来てくださって、ありがとうございます…最期を知らせていただけて。笹岡さんのことはいつまでも心に残っていました、今日が最後のお別れになりました…ご冥福をお祈りします」

と涙を拭きながら礼を述べた。

「いいえ、私の方こそ、笹岡が最後まで気に掛けていたのはきっと冬華さんだったのだろうと、思いましたから、お休みの日に押しかけて来てすみませんでした」

と、深く頭を下げた。

蕗子は、慌てて思い立つと、お待ちください、と茶の間に走り、志津代に言った。

「すみません、お母さん、五千円貸して、お花代って書いて包んでくれる」

「あらっ、そうなの、はい、五千円ね、待って、細いマジックで書かなくちゃ」

と、言うが早いか、さらさら備え置きの袋にペンを走らせて、香典の形にしてくれた母だった。

応接間に戻ると、その袋を捧げるようにして笹岡の妻に差し出した。もちろん、固辞されるのだが、蕗子も負けずに、どうか、どうか、お納めください、私からの気持ちです、僅かなお花代ですから、笹岡さんのご霊前にお花を、どうぞ納めて、と手に押し当てた。根負けした妻は、では、ありがたく、と言って、受け取った。

志津代が替わりの煎茶を出して、笹岡の妻はその一杯を飲み干した。ややあって彼女は深々と礼をして玄関を出て行った。蕗子も志津代も見送った。頭を上げてから向き直ると、お母さん、ありがとう、助かったわ、五千円、今二階から持って来るわ、と階段を上がっていった。

一人になって思う。そういえば毎年、この季節の青い空を見るたび微かな痛みとともに思うことは、死んでいった同志山崎博昭のこと、そして十月八日の夕刻の階段教室、鎮魂の祈りと静謐であった、と。

その日、紘一を夕飯に呼んだ。蕗子は走って迎えに行き、二人歩いて冬華の家に戻る。日曜日の夕飯はこのところ、呼びに行くことが何度かあった。

そこへ、ちょうど父が弓道場から、弓を担ぎ矢の入った矢立てを下げて戻ってきた。揃って和気藹々と食卓を囲むことになった。焼き鮭に豆腐とわかめの味噌汁、筑前煮に漬物という献立だった。

食べ終わり食器を洗い片付けると、ちょっと話すことがあるの、と紘一を応接間に誘った。

「今まで、言わないできたことがあるの、学生の頃の話」

「何かな、あなたの学生時代って、すごく学生運動があったころのことでしょ」

「そうね、激しい運動だったわ」

「あなたは、きっと正義感が強いから、ベトナム反戦運動などには参加するよね」

「ご推察のとおりよ、三派全学連の書記局員をしていました」

「…ふうん、全学連か…永田課長があなたをどこかミステリアスっていうのは、そのことを隠していたから…か」

「そうかもしれない、隠さざるを得ないじゃない、色眼鏡で見られて、知られて得することはないわ。でも、夫になるあなたに、ずっと隠しておくのもへんだわ、って思うから、話します、驚いたかしら」

「いや、何だかそんなことじゃないかなって思っていたんだ、あなたの芯の強そうなところは。だから意外な感じはしないな、あの時代の学生だったらみんなそうだったからね」

「あなたは？」

「僕は、少数派のノンポリです、少し時期がずれているし、ジャズをやっていたから。でも周りの先輩たちはみんな全共闘にかぶれてシンパだったよね」

「そうだったわね…いつもキャンパスが騒然としていたわね。そういえば、あの頃早稲田のバリケードの中でフリージャズをやったんじゃなかったかしら」

「うん、そんな伝説があったよ。で、急に告白する気になったのは？」

「ううん、言わなくては、と思ってはいたの。だけど、今日の午後、意外な人が訪ねて来ました。

文学部自治会の影の指導者だった笹岡さんという人の奥様」

「なんで、奥さんが？」

「そう、顔を見た途端、予感はしたわ…亡くなったって知らせに来てくれたの。病気よ、手遅れになるほどの胃癌だったんですって」

「まだ、若いの？」

「そう、三十八歳でした、っておっしゃっていた」

と、思わず蕗子は涙ぐんだ。

「いい人だった、ただ、思い出すのはあの方の笑顔、しかめっ面。冬華さん、って呼びかける愛情にあふれた声、そんなものの全てを思い出した。力になっていただいた。青春の全てが詰まっていた大学の四年間、苦しいことも、間違っていたことも何もかもがあのキャンパスの六角校舎の二階と図書館棟にあったのね」

蕗子の目からは涙が流れていた。ただ、悲しみが押し寄せて、紘一の胸にしがみつき声を殺して泣いた。

今、キャンパスはすっかり新しくなり、六角校舎も図書館棟も跡形もなく失せて、痕跡すら残らない。

紘一は、門まで送りに出た蕗子に声を掛けた。

「お風呂も使わせてもらっちゃった。あなたも、お風呂に入って、明日また、会社で会おう。抑えていたものの蓋が開いたんだね、あなたがあんなに泣くなんて見たことも、思ったこともなかった。きっと、僕と結婚することを決めたからだね、じゃね」

と、手を振ると帰って行った。

「まっ、しょってるわ、でもそのとおりよ、すごくいい人ね、あなたって」

と、蕗子は呟き、紘一の背中が、角を折れて見えなくなるまで見送った。

新しい日々

新しい年になれば、蕗子は三十一歳に、紘一は二十八歳になる。冬華の家の縁者たちは、もう一刻も早く結婚をするように、と言い出した。

喜代子は、話を聞けば、すぐさまやって来ては、

「お姉さん、何やっているの、三月になったら蕗ちゃん三十一になっちゃうのよ、籍だけでも入れてしまえば」

と、せっついてくる。

はい、はい、と聞き流すのだが、志津代の心配事はほかにあった。

果たして、二人の新居はどうなるのか、ということだった。このところ、家族四人のような夕飯のテーブルを囲むことがあるので、いっそのこと、この高田馬場の冬華の家で、同居をしたらいいのでは、と虫の良いことを考えていたからだ。ただ、そうなると二階の二部屋を新居に作り替える必要もあるのでは、と。英之の使っていた部屋を変えなくてはならない。

志津代は、そのほうが、家族にとっても良い方向なのではないかと、思っていた。決して英之を忘れることはなかったが、違う形に昇華したほうが良いと思っていた。生きていれば、紘一と同じ歳になる。十八歳のままの英之は無邪気に笑っているが、母さん、もう、十年が経ったんだよ、そろそろ先に進もうよ、と言われているような気がした。

それならば、二階の改装も考えやすいのではないか。今夜にでも蕗子に相談してみようか、と思っていた。

紘一は、あっさりと、そうしようか、新しいマンションを借りるとしたら、家賃が結構大変だよ、と大いに乗り気だった。本当にそれでいいの、と蕗子は思うのだったが、彼の答えは至極簡単だった。

「父親がいない生活が、ちょっと味気ないんだ。君のお父さんと一緒に暮らすこともいいかなって思うんだ。君はどうなの、親と同居は嫌なの？」

「だって、あなたが、もし肩身が狭いとか、窮屈だって思うのなら、別々に暮らしたほうが良いと思ったのよ」

「いいや、多分そんなことはないよ、だって、二階を改装してくれるって言っているんでしょ、あっ、あなたは生活空間が狭いとか、窮屈って言っているわけじゃないよね、もちろん、あなたの心配は分かっているよ」

結局、一緒に暮らしてみて、上手くいかないときは、また考えようということになった。

この提案は、廉太郎にとっても志津代にとっても、涙が出るほど嬉しいことに違いなかった。

まるで、英之が帰ってきたようだった。それは口に出すことはなかった。蕗子の夫なのだから、決して英之ではないのだ。第一、それは紘一を受け入れることにはならない。

「母さん、英之だと思ってはいけないよ、紘一君は、紘一君だからね」

「もちろんですよ、紘一さんは、蕗子の立派な夫なのですから、お父さんもお酒を飲むときは気を付けてね、うっかり英之なんて呼ばないでくださいよ」

「そうだね、それにしても嬉しいね、婿さんがこんなに嬉しいとはね」

「早速、明日にでも、大山工務店さんに相談してみましょう。五月ごろまでに改装すれば、結婚の目途も立つでしょ」

と、急に結婚の話が決まっていった。


志津代は、ある時、思い立って水田の家を訪ねて行った。事前に秋子と電話で訪問する日を決め、蕗子にも廉太郎にも言わずに、菓子折りを手に千葉まで一人で出掛けて行った。

秋子に会って、この間の様々な願い事を受け入れてもらったことに、感謝の言葉を伝えた。それだけでなく、同居すると二人が言っていることに、予め許しをもらうことも訪問の目的だった。秋子は、何もそんなご丁寧に、許すも何もないです、と捌けた対応だった。秋子は世間的にどうこうというより、二人が一緒に考えて決めて暮らすのなら、それが一番だと思っていたから、志津代ほど気にすることもなかった。

「でも、何だか、紘一さんをこちらで独り占めしているようで、申し訳なくて」

「あらっ、まあ、紘一もずいぶんとモテているること、お嬢さんだけでなく、親御さんにも好かれているなら、結構なことです。それこそ、化けの皮が剥がれないように、ちゃんと親孝行して差し上げて、と私からも言っておきます」

「まあ、何て、恐縮です、離れて暮らしていらっしゃるのに、微塵も淋しいなんておっしゃらないんですね、ご覚悟がご立派で、わたくしどもが見習わなくては」

と、互いに頭を下げあうのだった。年上の秋子にとって、志津代の謙虚な態度は好感を持てた。この後の結婚式の相談もスムーズにいったようだ。


年が明けた二月早々に、蕗子は、総務部長の田中に、同じ部の水田紘一と婚約をした、と報告をしたのだ。会社の方針もあるだろうと、結婚の前に知らせておく必要を感じた。

小さな会社であったから、同じ部に夫婦で在籍して不都合があってはいけないと思ったからだ。

案の定、田中は慌てて
「それは、大変おめでたいことです、しかし、人事政策上、検討しないといけないでしょう。社長がどう考えるかですね。しかし、まあ、おそらくどちらかが異動になると、思われますね」

「はい、それは私たちも考えました。どうかよろしくお願いいたします」

「はい、それにしても、水田君と冬華さんが一緒になるなんて、ちょっと死角だったですね。まったく気が付きませんでした。ところで、佐々木部長や、永田課長は、知っておられるのですか」

「いえ、多分ですが、お気付きではないと、私たちもまずは総務部長にお知らせして、と判断しました」

「そうですか…いやあ、驚いたなぁ…」

と、しきりと感じ入っていた。

その日のうちに、田中は社長の渋谷に報告をした。

驚いたのは、渋谷も同じだった。というのも、噂になって耳に入ってこなかったからだ。狭い会社内で男女の浮いた話があれば、それは瞬く間に噂となって会社中を駆け巡る。

用心をして、噂になるようなことは避けていたのだろうが、それにしても突然な感じがした。

「間違いじゃないのか？」

「いえ、いえ、冬華さん当人が報告しに来ました。あとで、永田君に、おい、本当か、って聞きましたら、はい、すみません、よろしくお願いいたします、って言われました」

「ううん、じゃ、間違いじゃないな…そうか、二人とも、わが社の大事な人的資源だからな、どっちか失うなんてことのないようにしないと、分かった、少し考えさせてくれ」

と、なった。

やがて、佐々木や成田も、知ることとなった。蕗子の口から永田には報告をした。成田は
「何だ、やっぱりそうか、驚かないよ」

と言い、知っていたと言わんばかりだった。永田は一瞬、驚きの表情を浮かべたが
「二人の仲が良いことは、みんな、そう思っていたわよ、でも結婚とはね」

と、溜息交じりにそう言い、次の瞬間には、やられたわ、と笑うのだった。

当時は、結婚式といっても両家の家族、親族が中心であって、イベントのような派手な式はなかった。職場の上司や同僚が招かれる程度であった。職場外や学生時代の友人などは後日改めて会費制の祝う会などを催すこともあったようだ。

二人の意向も派手にならず、両家のつながりを深める式にしたいということだった。ただ、佐々木部長には改めて媒酌人を依頼し、快く引き受けてもらうことになった。成田、永田の両課長、独身の社長には招待状を送ることにした。

四月になって定期異動の発表があった。蕗子は課長に昇進するとともに、総務部に異動になった。

佐々木も成田も、蕗子と紘一のどちらを企画制作部に残すかと悩みはあったが、社長は蕗子に新しい役割を期待していた。

会社は急成長をしていたから、社員も増え、ことに女子社員が急増していた。社員の福利厚生や、労務管理のための就業規則の見直しには、田中一人では到底間に合わなかった。有能な女子社員の力を借りて、社内の規則や慣行を一から見直したいと渋谷は考えていた。

それに打って付けの女性がいたと、思ったのだ。

蕗子も、働く女性のために何か出来ることがあればと、納得して総務部への異動を受け入れた。蕗子と紘一は別の職場になった。

それからしばらくした六月の良き日に、目白の椿山荘で華燭の典を挙げた二人だった。派手な演出はなく、結ばれる二人が、両家の親族や来賓から祝辞や夫婦の心得を受けながら、食事を楽しむという型どおりの披露宴だった。

蕗子は、肌の露出を抑え僅かに鎖骨が見える純白のウエディングドレスで、紘一はモーニング姿だった。披露宴の前の挙式は、洋装だったが俄かにキリスト教に改宗することもなく、式場に備えてある神前での式だった。

ただ、一つ、蕗子が望み、紘一も長い間吹いていないからと躊躇しながらも、集まってくれた親族や賓客へのお礼に披露したのは、アルトサックスの演奏だった。ピアノは式場に所属しているピアニストに、ベースは大学時代の仲間に依頼した。何度か個々に合わせるリハーサルを行ってはいたが、この日が初めてのトリオでの演奏になった。曲目は「スマイル」で、これは蕗子のリクエストだった。

モーニングの上着を脱ぎ、腕をまくり、首のネクタイを緩めアルトサックスを吹く紘一の姿に、会場はこの日一番の盛り上がりを見せ、盛大な拍手喝采を浴びせた。

新婦の美しさには感嘆の声が上がったが、新郎の隠れた才能や凛々しさも賞賛され、この日集まった人々は幸福な余韻にしばし浸ることになった。

喜代子は終始上機嫌で、カメラを手に写真を写していた。しなは足の衰えもあって椅子に座っていることが多く、廉太郎と志津代は控えめに後ろに下がっていることにしていたが、周囲の人々への配慮は欠かさなかった。ことに、水田秋子や姉の真由美の家族たちには十分心を配った。

「お義姉(ねえ)さん、気持ちの良い結婚式だったよ、蕗ちゃんもとても綺麗だったし、紘一君のジャズも秀逸だったね」

と、宴も終わり近く、後方の壁際に立っていた志津代に孝二がすっと近付いて言った。

「どうもありがとう、披露宴は若い人たちの意向も汲んだのよ、それでも厳かで、何だか一つ肩の荷を下ろしたようよ」

「蕗ちゃんもいろいろ悩むこともあっただろうが、互いに好き合って一緒になったっていう様子が見えて良かったよ、うん、良かった」

「孝二さんには、蕗子はお世話になっているわね、何かと…相談に乗ってくれてありがとうございます」

「いや、大したことしてないですよ、ただ、昔から可愛い姪ですからね」

そこへ、写真を撮るために席を外していた喜代子が戻ってきた。

「お姉さん、よかったわよね、冬華の姓も残ったし。一緒に住むそうだし、もう、何もいうことない　じゃない、ウチもこんなにうまくいくかしら、ね、あなた」

「ウチのことはいいんだよ、みどりの好きにしたらいいんだ、あなたが結婚するんじゃないんだから」

と、言い含め、ちょっとトイレ、と言うと、その場を離れていった。

長い一日が終わって、その夜は蕗子も紘一も心身ともに一つになった感慨に浸った。

新しい命

総務課長となった蕗子は、部長の田中を助ける立場になった。渋谷も新しい総務部にやって来ては、立ち話をするようになった。だいたいが、その日の朝に、思い付いたことを伝えにやって来る。

「今日は、社労士の笹川先生がやって来る日だろ、冬華さん、一緒に出てね、聞きたいことや分からないことがあったら何でも相談するように」

「はい、分かりました、社長、書類で揃えておくものはないですか」

「今日は、意見の交換と進め方の相談だから、ま、いいよ、あっ、就業規則かな、持って来て」

渋谷が出て行ってから、田中に

「社長が質問なさるのを聞いてメモを取ればいいですか」

「うん、すべてメモ取っておいて、議事録にして残しておくから」

「それなら、テープも録りましょうか？」

「いや、今日はいいんじゃないかな、テープ起こすのも大変だし」

「はい」

と、答えた。田中は、仕えるには無難な上司だったが、緻密さを要求されるとなると、蕗子があらかじめ備えておく必要があった。

午後二時になって、恰幅の良い社労士の笹川五郎がやって来た。

懸案の一つは、女子社員に特有の生理休暇を就業規則に明記するかどうかだった。笹川は休暇の項目に入れて必ず明記するという見解だった。

「そりゃ、生理っていったって、休暇だからね、まずは、ちゃんと明記しなくちゃいけないよ」

「これまではなかったんですよ、明文的にはね、女子社員が増えて、特に転職してきた女性が『生理休暇はないんですか』っていうことになって」

「ふうん、そうかな、そりゃ痛いね」

「そうなんです」

では、明記いたしましょう、とその場で決まるのだが、書き方は就業規則の休暇の欄に項目を加える形になるので、赤字を入れて、文案を送ってもらい検討し採用することにした。

大きな懸案としては、規則の変更を決めたことを確認する従業員の代表組織を、これまでの「従業員代表者会」のままでいいか、将来的な会社の規模を考え、労働組合を認めるか、という選択だった。

しかし、これは社長の渋谷もなかなか決めかねていた課題であったから、次回以降もしばらくは保留になるだろうと、蕗子は思っていた。

蕗子が、総務部に異動して直面したことは、労働基準法という巨大な法律の柱だった。何しろ基本になる法律だったが、長い上に難しい。

いかに、現代的な経営において、労務管理が必要といわれても法律に反することは出来ない。もし、経営者が法律に反する管理を行おうとしたら、それは出来ない、とはっきりと言わなくてはならないからだ。

この法律を読み込むのは容易いことではなかった。こつこつと勉強する以外なかった。

毎日が、試練といえばそうだった。会社内の些細な諍いや、勤務態度の善し悪しを巡って告げ口まがいのことが起きるからだ。

「あらっ、そんなことがあったの、まあ、大目に見てもいいじゃないの、示しが付かないというなら、それでは、私から言っておきます。それでいいですか」

といった案件だった。

中には、深刻な場合があって、どちらか一方が会社を辞めると言い出すこともあった。それでも、蕗子の公平さが社員の間では浸透していたから、信頼されて解決を任されることは多々あった。

中小企業の総務部は、人事部や管理部との境界線上に立っていることもあって、採用人事の舞台裏の準備や、人材教育・訓練の企画や開催といったことまで手掛けていた。要するに何でも屋ともいえた。

無我夢中で仕事をする年も終わりやがて一年も過ぎたころ、蕗子の身体に新しい命が宿ってい た。無論、田中には報告をしたが、辞めるという選択はなく、そのまま勤めを継続しただけだった。途中、つわりがひどいときは有給休暇を取得して、何とか凌いだ。

紘一はもちろんのこと、志津代も廉太郎も、秋子もたいそう喜んだことはいうまでもない。


このころの社会的な重大な関心事の中に、出産休暇の取得があった。

八〇年代初め、ようやく働く女性たちが台頭してきた。女性が長く働くためには、途中の出産、育児といった特有の出来事を社会がどのように扱うのか。

中には、出産どころか、結婚しただけでも、何とはなしに会社にいづらいということもあった。寿退社という言葉があたかも女性として「勝ち組」であるかのような風潮を作り出す保守的な政治的勢力もあった。

蕗子は、そうした風潮に対して、何とかしたいと思っていたから、自分は産んで育てることと仕事は両立させたいと思っていた。幸いといっては良くないのだが、両親と同居している。母の手助けを期待している蕗子だった。

ある夜、お腹の子供が安定期に入ったころだった。

「紘一さん、私はこの子を産んでも、仕事は続けていきたいと思っているの」

「うん、そう言うだろうって思ってましたよ、辞めるという選択はないよね、会社にとっても必要な人だから」

「ただ、生まれてきて私自身がどう思うかって不確定な要素はあるのだけれど、多分、働き続けると思う」

「それなら、そうでいいんじゃないか、ただ、この子を誰に見てもらうの、お義母さんかな？近くに保育園はないからね」

「そうね、ちょっと虫のいい話かもしれない、だけどお母さんに相談してみます、どうか手を貸してくださいって、お願いするわ」

「お義母さん、多分、何言ってるのって言ってから、仕方ないわね、いいわよ、って言うんじゃないかな」

と、紘一が声色をまねて言った。

一九八二年十月の中頃、璐子は男の子を出産した。深夜に強い陣痛が襲ってきた。紘一が車を呼んで目白の聖母病院に入院したが、そこから出産までにはだいぶ時間があった。紘一は、大丈夫ですよ、まだ、まだ生まれませんよ、という看護婦の言葉で、いったん家に戻っていた。朝になったら、来てみてください、とも言われていた。

朝方、分娩室に泣き声が響いて、ようやく生まれた。陣痛の痛みは想像以上で、骨盤がきしみ裂けるかのようだった。女はこのような苦しい思いをして出産するのだと、改めて命を授かることの深遠さに思いが至ったのだ。

恐る恐る、出社前の午前七時過ぎに紘一は病室を覗いた。小さなベッドに小さな命が息付いていた。

感激のあまり、涙ぐむ若い父親だった。

「こんな小さな手なんだ…産んでくれてありがとう、お疲れ様でした」

「男の子よ、でも、ありがとうの一言では、とても埋まらないわ、ひどい痛みだったわ」

「そうか、女性は偉大です、頭が上がらないな…」

「うそよ、生まれてきてくれたら、痛みのことはすっかり忘れたわ」

と、微笑んだ。

やや遅れて志津代もやって来た。病室に入り、ベッドを覗くや
「おやまあ、何てかわいいんでしょ」

と声を上げた。

名前は、退院したお七夜に「裕希（ゆうき）」と付けた。水田秋子が、病院を見舞って対面した際に、三つの候補の名前の中から、裕希にしましょう、と選んだのだ。


一九八二年十一月、国際労働機関（ＩＬＯ）は、第一五八号条約で「妊娠、出産休暇を取ることを理由として解雇することは不当解雇にあたる」と定めた。ただし、この条約を日本は批准していないのだが。

国際労働機関とは「世界の永続する平和は、社会正義を基礎としてのみ確立することが出来る」という憲章の上に打ち立てられている。そのうえで、一日八時間労働、母性の保護、児童労働の禁止に関する法律を定め、職場の安全や平和的な労使関係の維持などを謳っている。

同じ年に「社会保障の権利と維持」も定めている。

この一五八号条約自体は、母性の保護を第一に考え、出産や育児に当たって、休暇を取ることに不利益があってはならないとするものだ。事業所や社会が、女性の権利や保護を前向きに捉え行動しなくてはならない時代になったと告げる条約である。こうしたときに、自らも出産したことは、社会の一隅にあって、働く女性のための環境整備に役立てるささやかな実績と使命かと、蕗子は感じた。

就業規則に出産休暇の決まりがなかったため、蕗子には出産予定日を挟んで、産前に二週間と産後に四週間、出産休暇が特例で与えられた。一九八二年当時、中小の企業では、こうした短い無給の休暇が一般的だった。母体の保護には十分とはいえない休暇だ。

そのため、子を見てくれるものがいなければ出産後、とうてい出社して働くことは出来ない。したがって、出産とは、そのまま退職することを意味していたため、出産休暇も育児休暇も必要がなかったのだ。日本では、女性の就業率が三十代の出産時期に極端に落ち込むことはよく知られている。女性は結婚後に家庭に入って子育てに専念するという、慣習や風習が根強くあったからともいえる。

蕗子は、四週間の産後の休暇を取った。産後の身体の回復がこの程度の休暇で十分かといえば答えはないのだが、この程度でもありがたい特例であった。夜も昼もなく授乳するのだから、長時間睡眠を取ることは出来ない。泣けば、よし、よし、と言っておむつを替えて、抱きかかえ授乳をした。紘一も泣き声で目覚めることもあったが、何も出来ない。

三週間は、母乳をあげたのだが、そこから先は、会社に復帰するためには、人工栄養のミルクに変えなくてはならない。蕗子はたとえそうであっても、少しでも母乳を与えることで母親の免疫を乳児に与えたいと思っていた。

明日から会社に復帰するという休暇最終日のことだった。

昼過ぎから、蕗子は自分の身体が妙に熱いと感じていた。明日からの出社に備えて、二階の部屋とは別にレンタルのベビーベッドを客間に置いて、周囲に棚を置き、おむつや肌着を揃え、あとは母の志津代にバトンタッチするばかりになっていた。二階の部屋から裕希を抱きかかえ階下の客間に降りてきた。

赤ん坊の裕希を、ベッドに静かに下ろしたとたん、目の前が暗くなった。

「お母さん、ちょっと、お願い…」

と、言ったが、身体の節々を触ると飛び上がるほど痛い。その場に崩れるように倒れてしまった。

「どうしたの、蕗ちゃん、蕗子！」

「何だか熱があるわ…寒くて、寒くて、毛布をお願い…」

「待ってね、毛布を出すわ」

と、志津代は慌てて客間の押し入れから毛布と布団を引き出す。布団を敷き毛布を二枚掛けた。

それでも悪寒が襲い歯の根が合わず、蕗子の歯はカチカチと鳴った。志津代が体温計を蕗子の脇

の下に差し込んだ。ややあって取り出すと
「まっ、39度5分！産褥熱じゃないかしら」

と叫んだ志津代だった。

とにかく身体を温め、安静にして志津代の作った温かいミルクをゆっくりと飲んだ。一斉に汗が吹き出し身体の寒気がなくなって人心地が付いてきた。汗を拭きとり毛布に包まり、うとうととして、小一時間もすると節々の痛みがなくなっていた。

「大丈夫、蕗子、熱を計ってみる？」

「うん、計ってみるわ」

と、改めて計ると、36度5分に下がっていた。

「あの熱は何だったのかしら？」

「分からないけれど、お産の後は気を付けないといけないのよ、明日は本当に会社に行けるの？」

と、志津代がもっともな疑問を述べた。

ベッドの中の裕希が、わぁーと泣き出した。

蕗子は毛布をはね飛ばし、起き上がり、よし、よし、いい子ね、と抱き上げ、おしっこしたのかな？とあやした。

おしめを替えて、哺乳瓶にミルクを溶いてから、抱き上げると飲ませた。裕希はごくごくと、あっという間に飲んでしまった。肩に持ち上げ背中をやさしくトントンと叩くと、げっぷ、と息を吐き出した。

秋も深まり、公園の銀杏の葉も黄金色に輝いていた。

志津代は心配したが、初めての出産から四週間後、蕗子は再び出社していた。

社内で行き交う者は、みな、おめでとう、と言葉を掛けていく。それには頭を下げてにこやかに応えていった。夫の紘一のもとには、とっくに出産を祝う金品が届けられていたが。

まずは、社長の渋谷のもとに挨拶に行った。

「今日からまた出社しました。休暇をいただきありがとうございました。出産や育児をハンディにしないように、努力いたしますので、何卒、よろしくお願いいいたします」

「はい、待っていましたよ、今日からよろしくお願いします。田中ともよく話し合って、うまくやってください。何しろ、冬華さんの出産休暇も、会社としては初めてだし、わが社としてもこれから制度を整えなくてはいけないと、思っていますからね」

「はい、ありがとうございます。力を尽くして頑張ります」

「あんまり頑張って、身体を壊さないようにね。はい、よろしく！」

と渋谷が言って、蕗子もにこやかに微笑んで頭を下げた。

昼を過ぎた頃に、蕗子はトイレの中で、染み出してきた母乳を持参したガーゼで拭き取る必要があった。産後に働く女性に特有のことではあった。母乳を止めてしばらくはこうしたひと手間があった。

しかし、意外なこともあった。蕗子は裕希を置いて出社することに負い目を感じはしないか、といくらか不安もあった。ところが、いざ、社内で忙しく働いてみると、そういう感情が湧き出ることがなかった。母を信頼して預けているという恵まれた特有な事情があったのかもしれないのだが、乳飲み子を預けて働くことが出来るのだと思える経験は、その後の蕗子の任務の幅を大いに広げ助けてくれた。

働く女性のためには、保育所の大増設という社会的インフラ整備の必要もあった。

出産休暇は、蕗子の復帰後から、週に一回、社労士を交え本格的に検討を開始して、三か月後には休暇の内容が固まった。国際的なルールや、国内法に則して、決められた。

予定日を中心に産前六週間、産後六週間とした。出産日は産前に含まれる。予定日がずれたとしても休暇は認められた。妊娠期間中の福利厚生も加えることにし、通院や検診も申請があれば休暇にすることも認めた。その後一九八六年には産後休業が八週間に改定されている。

検討を重ねてようやく、年度内には就業規則に書き加えられることになった。育児休暇については、また新年度に検討を開始することになった。

このころ、会社は社員数が大幅に増加していた。新社屋の建設という計画もあった。売り上げは一九七一年度に比較して三倍に急成長をしていたから、中小企業だといっていられなくなったのも事実であった。後に社名も「ウィシュ」となった。

生と死

平日の昼間は、志津代が裕希を預かりミルクを与え養い、手の欲しいときは、しなも、可愛いね、と喜んで手を貸してくれたから、赤ん坊はすくすくと育っていった。

冬が去り、春が来て、庭の花々が咲けば志津代に抱かれて花を愛で、夏が来ればあせもが吹き出し、かゆいのか掻いては赤く腫れあがる。庭に大きな盥を出して行水をすれば、きゃっ、きゃっと喜んで水を叩く。

つかまり立ちをするようになってからは、目が離せなくなった。ハイハイをしていたときは、床に落ちているものを口に入れて、大騒ぎになったりもした。そろそろ離乳食かと、手を掛けてとろみのあるスープを作って一匙口に運べば、べぇと舌で押し出す。それでも毎日たゆまず作る。志津代はこまめに育児日記をつけて、そうしたことを蕗子に伝えていた。

ミルクを飲み、ベビーベッドですやすや寝ているときが、唯一、志津代の気の休まるときで、しなに留守を頼んで、近くの店に買い物に出たりしていた。

陽が落ちて、蕗子や紘一が帰ってくると、二人は何を置いても裕希のベッドに歩み寄り、いい子だったかな、と言って腕（かいな）に抱き上げる。毎日がこのことの繰り返しであった。

秋になったある日、夕刻、廉太郎が大きな箱を抱えて帰ってきた。開けると玩具のピアノだった。一歳の誕生日のプレゼントだという。

床にぺたんと座る裕希の前に置くと、小さな手で鍵盤をタン、タン、ポロン、ピンと叩いて、にこっと笑う。

「ほう、裕希は、音に興味があるのかな」

と、廉太郎が目を細める。

帰ってきた蕗子が
「あらっ、おもちゃのピアノね、裕ちゃんは興味があるの」

と小さな彼に聞く。あっ、あっと言いながら鍵盤を叩いて、にこっと笑うのだ。

「紘一君の血かな、蕗子は、まったく興味を示さなかったぞ」

「あら、そうだったかしら、そういえば、三歳ぐらいの頃、微かに記憶があるかしら、たしかにおもちゃのピアノがあったような気もする」

「そうだよ、あったんだよ、もし、興味を示したら、無理して本物のピアノを買ったかもしれない」

「そうだったの？」

「なっ、裕希、ピアノに興味があればおじいちゃんが買ってやるぞ」

「それは、いいわねぇ、裕ちゃん」

と言いおいて、湯気の立つ台所に顔を出し、離乳食は私が作るわね、と志津代に声を掛けて着替えのために二階に上がっていった。

紘一が早く帰ってくれば、揃って夕飯になった。

何とも平和で、ようやく豊かになったといわれる時代の家族の食卓だった。

翌年の春先、しなが入院した。

腎臓に持病があったしなだったが、足の浮腫みがひどくなり血圧も上がっていたので、治療が必要とのことだった。変わらず元気にしていたのだが、この先のことも考えて入院することになった。

聖母病院の泌尿器科に掛かっていたから、ちょっと行ってきます、と家族には言葉を残し、志津代に付き添われて離れを後にした。この日は、土曜日だったので、蕗子は休暇を取り裕希を抱いて、タクシーに乗り込む二人を見送ったのだ。ほんの二週間程度の入院だと聞いていた。

平日、志津代は、おぶい紐で裕希を背中におぶい、病室に通っていた。

蕗子は、母が大変なのではと、家政婦を雇おうかと、提案したが
「大丈夫よ、完全看護で、私も病室に何時間もいるわけではないから。交代で喜代子も来てくれるし」

と、言ってそのままになった。

一週間後の日曜日には、紘一と裕希と蕗子の三人で、水仙の花束を持って病室を見舞った。

二人部屋の一方で、祖母は特に変わった様子もなく、静かにベッドに横たわっていた。

「おばあさん、どう？　病院は慣れたかしら」

「お変わりなさそうですね、食事は食べられてますか？」

と聞くと、声を落として
「ごはんが不味くて、閉口する、どうしてこう不味いのかね、ね、裕ちゃん」
と、裕希の手を握る。小さな彼は、あっ、あっ、と声を出して身体を揺する。
紘一に裕希を預けて、花瓶を探し、窓際の小さな洗面所で水を入れた。持って来た黄色の水仙の花を花瓶に挿す蕗子だった。ベッドの脇の机に置くと
「庭の花かな、綺麗な色だね、いい匂いがするわ」
と、しなは目を細めた。

何事もなく病状は改善するかに見えたのだが、あっという間に、病状が悪化して、昏睡状態に陥ってしまった。

喜代子は毎日、病室に通い、さすがに、志津代に裕希を預けることも出来なくなった蕗子は、家政婦協会を頼って、短期間でも子供を見てもらえるベビーシッターを頼むことにした。

休みが取れるときは、蕗子も病室を訪ねた。折りたためる簡便なベビーカーを買って、裕希も連れていくことにした。子供の体重も増えていたから、抱いたりおぶったりは大変だった。よちよちと歩き出した裕希に、このベビーカーでの移動は大変重宝した。

一週間経っても、しなの昏睡状態は変わらなかった。どうしてこのような状況になったのかという医師の説明は、納得出来るものではなかったが、何とか助けてほしいという藁をもつかむ状態だった。

「先生は夜中にベッドから落ちたって言うんだけれど、それでどうして昏睡になったのかしら…」

「頭を強く打ったとでも、言うのかしらね」

と、喜代子と志津代は話をするが、強打したなら、そのときに手当てをするのが医者じゃないのか、と小さな声で語り合う。

蕗子と紘一も、揃って見舞いに行った。裕希はベビーシッターに預け、会社を夕刻に早退して祖母に会いに行った。

「おばあさん、蕗子よ…」

と、声を掛けたが、反応はなかった。それでも、その後何度か声を掛けた。耳元で何度目かの声を掛けたそのとき、意識がないはずのしなの目が、閉じた瞼の内側で微かに動いたようだった。

「あっ、おばあさん、蕗子よ」

微かにほんの微かに、瞼が動いた。

「蕗ちゃんのことは分かるの?」

と、喜代子が聞いた。もちろん返事はない。

志津代も、顔を近付けて
「お母さん、お母さん…」

と、しなに声を掛けていた。

蕗子と紘一は、先に病室を出た。あとに、志津代と喜代子が残った。その晩は、廉太郎も病院に駆け付けた。医師から、そう、永くはありません、心臓も弱ってきています、今夜が山では、と説明を受けたからだった。蕗子と紘一は裕希もいるので、家で留守番をした。しなのことを思うと、食事も喉を通らない。廉太郎からの電話を待つだけだった。

桜の花が咲き始めた春の夜半に、祖母しなが亡くなったことを紘一夫婦は知らされた。享年七十八だった。

欣吾亡き後十五年、冬華の家族を見守ってきたしなが、静かに息を引き取った。

喜代子は、人目も憚らず取りすがり泣いて悲しんだが、志津代は泣かなかった。気丈だったためではなく、突然、魂が抜けたように呆然としているのだ。自ずと、廉太郎が息子として当主として立ち振る舞った。

助かったのは、秋子の存在だった。亡くなったと聞いたその日に、東京までやって来た。悲しむ志津代に寄り添いながら、的確に葬儀の流れをつかみ、志津代に代わって裏方を務めてくれた。目の離せない裕希に振り回される蕗子も、頼りがいのある義母の姿に、助けられ勇気付けられた。

紘一もだが、秋子の裏表のない誠実な人柄に、廉太郎も大いに助けられた。離れで四日間寝起きをし、五日目には小さなトランクを下げて、千葉に帰って行った。

よちよちと歩く裕希の手を引き、蕗子と紘一は秋子を駅まで送った。門で見送った廉太郎、志津代は深く頭を下げ、何度も礼を述べた。ことに志津代は、涙を浮かべ、どうぞ、いつでも孫の顔を見にいらしてくださいい、と、手を取って礼を述べたのだった。

しなを送って、四十九日も過ぎた頃、ようやく志津代は我に返ったように、生活のリズムを取り返していた。彼女の日常は戻ってきていたが、蕗子は今しばらくベビーシッターを頼むことにした。

祖母が亡くなったことは、蕗子にとっても大いなる悲しみだった。亡くなった夜は、紘一にすがって泣いた。一人ではなく紘一と二人だったことは、慰めであり悲しみを分け合うには十分だった。そして、紘一には、しっかりとした年上の蕗子が、儚く小さな守るべき女性として彼の腕の中にいるように思えたのだった。

夫婦の情愛も、愛情の発露も、こののち趣の異なるものになったのだ。激しく求めあうこともしばしばだった。あたかも、死者によって生かされているようにも思えた。

六月の日曜日の午後、蕗子は離れにいる志津代を見かけた。祖母の和箪笥の抽斗(ひきだし)から畳紙(たとうがみ)を出し広げたまま、激しく嗚咽する母の姿だった。しなは常に着物姿だった。その残された着物を目にして、最愛の母を失うという堪えきれない悲しみが吹き出したのだ。取り乱したように泣く志津代には声を掛けずに、母屋に戻った蕗子だった。

彼女もまた、己の身体の変化に気付いていた。この二か月、毎月の生理が止まっていた。休暇を取って医者に行かなくては、と思うのだった。

八五年からの光と影

翌一九八五年は、特筆すべき年である。中曽根政権は盤石のもとに第二次改造内閣として出発していた。人々の関心事は、何年か前から始まっていた、巨額の赤字を抱えた日本国有鉄道を分割民営化する行政改革の行方だった。

自由民主党内の政治家の思惑や国鉄内部の分割をめぐる対立や軋轢から、複雑な様相を呈していたが、行政改革という錦の御旗の陰で進んでいたことは、分割か否かを超えて、「国労」「動労」という国鉄労働者の組合の合法的な抹消、解体でもあった。

九月には、プラザ合意が発表された。先進五か国の財務大臣、中央銀行総裁による為替レートの安定化に関する合意である。五か国とは西ドイツ、フランス、アメリカ、イギリス、そして日本である。

八〇年代前半、アメリカは国際収支の赤字と財政の赤字という「双子の赤字」に悩まされていた。

インフレを抑えるための金融引き締めによる高金利が、世界中の投機マネーをアメリカに呼び込んだことから変動相場はドル高で推移した。インフレ抑制には成功したが、ドル高により輸出は減少し、輸入は拡大した。したがって、アメリカの国際収支は赤字に拍車がかかった。

だが、インフレ終息後の金融緩和による金利低下によってドルの魅力は薄れたことから、やがてドル相場は次第に不安定になっていった。七〇年代にはドル危機を起こしたことから、その再発を恐れる先進五か国が自由貿易を守るという観点から、協調的なドル安路線をとることで合意したのだ。これがプラザ合意である。ことに、アメリカの対日貿易赤字が顕著だった。そのため、実質的には為替相場を「円高・ドル安」に誘導する内容であったことはいうまでもない。

この合意の翌日、ドル円レートは一ドル二三五円から二〇円下落し、一年後には一ドル一五〇円で取引されるようになった。

この急激な円高によって、「円高不況」が心配されたが、日銀は五か国との協調的な姿勢を崩さず公定歩合は五％のままであった。短期市場金利も八％へと高目放置を行った。このためインフレ率は低いままであった。それどころか、逆にこの円高が、ロックフェラーセンタービルを買うといった米国資産の買い漁りや、海外旅行ブームを起こした。また、円高を機に、賃金の安い国に工場を移転する企業も増えた。

こうしたことは、急激な円高を乗り切った日本企業への期待を増大させたのだ。まさしく「二十一世紀は日本の世紀」といった論調が、さらに日本企業の株価の上昇へとつながっていく。

また、七〇～八〇年代前半までに形成された巨額の経常黒字と民間貯蓄は、最大の資金供給源であったし、金融自由化を推進する力になった。やがて、東京が国際金融センターになるであろ

う と期待され、外国金融資本が続々と東京に進出してきた。

それが、東京都心の千代田区、中央区、港区といったオフィス街の地価を押し上げていく。

八五、六年ごろから、株価、地価の急上昇が始まった。それは、さらなる上昇期待へと引き継がれ、大会社の子会社や中小のオーナー企業を中心にして、金融機関から借り入れてまで土地や株式へと投資することが活発に行われていった。

地価も、株価指標もこのころからほぼ一本調子に急激に上昇していった。

一方、金融機関側も、利潤増大につながるとみなして、不動産業、建設業、ノンバンクに融資を集中することになる。ここから僅か五年の間に金融機関の貸出残高は二〇〇兆円を超える増加を記録した。

この増加を支えたものは、保有する株式や土地の簿価と時価の差である「含み益」といわれるものである。含み益の増加がリスクの許容度を高めると判断して投資を拡大したのである。

皆が皆、同じ方向を見ていれば、これが異常であると判断が付かない。また、金融自由化は、資金調達の多様化でもあったから、それまでの貸し出しには厳しい審査が必要といった、企業の財務内容を監視するという銀行の機能は弱まっていた。

そして、この期間の「金融政策の失敗」もあった。

株価、地価が急騰していた一九八七から八九年に公定歩合を急速に引き下げ、二・五％という空前の低金利を維持したことである。資産価格が急騰しているにも拘わらず低金利で大量の資金を供給してしまった。

蕗子一家が住む高田馬場にバブルの影が差してくるのは、この頃だったろう。

バブルの狂騒に先立つ八五年の二月、蕗子は第二子の男子を産んだ。

家族は新しい命の誕生を心待ちにしていた。裕希は十月で三歳になる。蕗子も志津代も女の子を微かに期待していたが、生まれてみればどちらであっても可愛い子に違いない。

名前は、智也（ともや）と付けた。今回は、紘一が是非にと頼み、廉太郎が呼びやすい名前ということで選んだ。裕希は志津代が見ていてくれたが、さすがに二人の幼子を見ることは難しい。満三歳になれば近くの幼稚園が入園を受け入れていたので、あと一年はベビーシッターを依頼することにした。

蕗子は三十六歳になろうとしていた。出産は体力を消耗することから産前産後六週間の出産休暇はありがたかった。休暇を取得し、裕希のときとは比較にならないほどの精神的な余裕を持って過ごすことが出来た。

言葉を急速に覚えて、母親に語り掛ける裕希のおしゃべりには閉口したが、彼の叩くおもちゃのピアノを聴きながら、智也に授乳するという満ち足りた時間を過ごした。

生後一か月には、秋子が智也を抱きかかえて近くの諏訪神宮にお宮参りをした。紘一と裕希だけでなく廉太郎と志津代もともに参った。総勢七名のにぎやかなお宮参りだった。

それから二週間ほどして、蕗子は職場に復帰した。

前年には、総務部の懸案だった育児休暇の制度も制定していた。社長の英断だった。最大一年間の休暇だ。蕗子は育児休暇を取らなかったが、制度があることは頼もしかった。

業界に先駆けて制定したことは女性の就業への理解もあったが、人材の確保という側面が大きい。競争の激しい業界にあって、福利厚生面での制度の充実が競争力をもたらすという信念だったろう。この頃には社長の渋谷も結婚をし、一児を授かっていたから子育てへの理解はあった。

バブルの光の面は、所得の向上と生活の豊かさを実感出来ることであった。誰もがブランド品で着飾り、美食に走り、若者はディスコなどでの遊興に精を出した。世界中から高価な美術品を買い漁っては、人々の目を楽しませた。

日本人の一人当たり国民所得は、アメリカにつぐ世界第二位になった。

少し先の話だが、日本が好景気にわいていた一九八七年十月には、アメリカの株価が暴落するブラックマンデーという世界同時株安が起きた。世界中が肝を冷やしていたこのときでさえ、日本人はどこか楽観的で、世界で最初に危機から脱出し、日本の日経平均株価は高値を更新さえしたのだった。

新宿区百人町で、著名な建築家の設計になる、西戸山タワーホームズという高級感のある高層マンションの建設が始まった。マンションブームがやって来る。誰もが理想的な住宅に住めるという夢に手が届くのではと。再開発ブームだろうか、古くからの住宅街に、様々な思惑が交叉していた。

そんな八七年のある春の日、廉太郎を訪ねて、なじみの銀行員がやって来た。

応接間に通して、向かい合うと

「こちらのお宅もご立派ですが、だいぶ古くなられて、ご不自由ではありませんか、娘さんご夫婦とご一緒にお暮しのようですが。建て替えなどをご検討されてみてはいかがでしょう」

「確かに、娘夫婦に二人目の子が生まれて、手狭になるんでね、どうしようかとは思いますがね」

「それでしたら、この土地を担保にすれば、いくらでもお貸し出来ます」

「そうかね」

「ただ建て替えるというよりも、この土地に賃貸マンションをお建てになったら、家賃の収入も期待出来ますよ、この敷地は、百五十坪ぐらいおありですね」

「いや、ご近所の手前、高層マンションなどは建てられません」

「それは、そうでしょうが、自分の土地をどう使おうと、誰も文句は言えませんよ、ちなみにこの地域ならば、少し、土地を掘り下げて建設すれば、四階までは建てられますよ」

と、土地を担保にした融資の話だった。二億ならすぐお貸し出来ます、と言いおいてこの日は帰って行った。

志津代は、客間から聞き耳を立てていたが、廉太郎には何も言わずにいた。

その後も、銀行員は訪ねて来ては、話し込んでいった。次は設計の業者を連れてまいります、と言って帰って行く。

志津代は、なにやら不安な気持ちになってきた。廉太郎は、銀行員の話を拒むでもなく、受け入れるでもないという態度だったが、はっきり断らないことが、気になっていた。

ある晩、璐子に、この間の銀行員との話を伝えた。

「まあ、そんな話があるの、それで、お父さんは何て言っているのかしら」

「何も、言わないのよ、私が聞かないから」

「聞いてみたらどう?」

「そうね、一度聞いてみましょう、このところ、やって来るのよ、銀行員が。お父さんたら、銀行員が来る日は新宿御苑の仕事を休んだりしてるのよ、もっとも、休んでも文句は言われないのでしょうけれど」

「それは変ね、桜の季節だというのに。休まず通っていたのに、ね」

「そうだわね」

などと、話をしたのだった。

数日後、志津代が、璐子に語ったことは、家族の間に波紋を広げた。

「お父さんたら、この土地を担保にして、マンションを建てたいって言うのよ、私はだって、借金っていくらですか、って聞いたら、二億とか三億って言うじゃない、どうして急にそんなこと、思ったんですかって聞いたら、価値ある資産にして渡したいって言うのよ、一体どうしたんでしょ」

「渡すって、誰に？紘一さん？裕希？智也かしら」

「まあ、まずは蕗子でしょ、次は裕希ね、私ってことはないわ」

「お母さん、冗談はやめて、相続分は妻にもあるわ、それより借金が二億とか三億とか。私はマンションなんて欲しくはないですから」

「そう言うと思ったわよ、私もそう言ったの」

「何でかしら、お父さんって、そういう濡れ手で粟みたいな話から一番縁遠い人と思っていたのに」

蕗子は、紘一にも、父がこんなことを言っているのだけれどと、つぶさに話をした。紘一は言った。

「ふうん、少し分かるような気がする、男として何か残したいって思うのだろうか、だって、今やこの辺の土地の値上がりはすごいよね、これをお金に換えたら何か大きなことが出来るかもしれないって思うんだよ」

「いやだ、それって含み益ね、実現するにはこの家も壊し、庭の木も草も花も引き抜いて、その上にマンションを建てて、その上階に住むってことよ。私は嫌だわ、おまけにマンションを管理するのよ、不動産業だわね、誰がやるの？」
「僕もそれは苦手だな」
「次の日曜日に私から父に聞いてみます、本当にそんなこと考えているのか」

蕗子と廉太郎は話し合ったが、結論は出なかった。たしかにこの家を建て替えて、共用部分を広く取る二世帯住宅にしようかと、紘一と話はしていた。やがて、二人の子供が育っていけば手狭になると思っていたのだから。その提案はそのうちに父と母にしなくては、と。

建て替えたいと、そう思っている、その費用はこれまで二人で貯めた預金があるが、足りない分は銀行から借りるつもりでいた、と、蕗子は率直に話した。借金はもちろん紘一が借りるのだが、保証人になってもらえたら、助かると。

父は黙って聞いていたが、そうか、とだけ答えた。

廉太郎は、欣吾からこの家と土地を相続し、引き継いだ。

妻子を養い、養父母に孝行をし見送って、自らはこの土地に何ら新しい価値を付加していない、ただ引き継いだだけではないか、とあるとき、そう思ったのだった。切り売りすることもなくそのまま次に渡せばいいのだろうか、それでは養子に入った意味がないのではないか、と。

蕗子には、廉太郎のやや屈折した気持ちなど、理解が出来なかった。だから、配慮もなく無邪気に、借金は紘一さんがするので、心配しないで、と言った。

それほど頼りにならない父かと、そう思うとそれも淋しいのだった。

志津代は、廉太郎の気持ちも理解は出来た。双方からの話を聞くと、志津代も蕗子の提案を少し変えてみたらどうかと思うのだった。

二世帯住宅なのだから、廉太郎と紘一の名義にして二人で建てるということにしては、どうか。借金は土地を担保に足りない分を廉太郎が借り、実質的には紘一が家に生活費を入れる形で返済したらよいではないか、と。

改めて紘一を交えて、三人で話をした。

「私は、無謀な借金をしてまでマンションが欲しいとは思わないわ、今のこの家だって住もうと思えば住めるのだけれど、もっと二世帯が住みやすい家にして、リビングや共用部分は広くして、みんなが集まれるようにしたいの。おばあさんの離れを壊すことになるのは忍びないこともあるけれど、一回り広くするわけだから、そうなるわね。それでも駐車場は確保出来るし、庭の樹木はそのままにして、これまでのように庭仕事も出来るわ、どうでしょうか」

「母さんも賛成しているのだが、足りない分の借金は私が借りよう、土地を担保にすれば一千五百万円ぐらいは何ということもない、そのかわり、君たちの生活費をこれまでよりも少し多く出してもらいたい」

「そうですね、お父さんがそうおっしゃってくれるのなら、それでも結構ですが」

「ただし、名義は共有にしてほしいね」

「もちろんです、ただ、固定資産税が掛かりますよ」

「今も払っているのだから、それはいいさ」

となった。

銀行にはすべて紘一が話を付け、二世帯住宅へ建て替えるということで、一切のことは済んだ。

それからは、離れの増築や改修を依頼している長年の付き合いがある大山工務店に、二世帯住宅の設計と施工を頼んだ。蕗子や志津代の希望を入れた設計になったことはいうまでもない。

およそ十か月の後、一九八八年の夏には、新しい住宅が完成し引っ越しをした。それまで廉太郎夫婦は離れに仮住まいをし、軒を接するほど近付いてしまった新居の完成と同時に、離れを取り壊した。蕗子たちは近くの賃貸住宅を借りていたのだったが、ようやくそれも解消して新しい家具も揃えた。

一つ、リビングに増えたものがあった。五歳の裕希がこう言ったそうだ。

「おじいちゃん、お願いがあるんだ、僕ピアノが欲しい、買ってくれるって言ってたでしょ、本当のピアノ」

もちろん、そう言っていた当の廉太郎だったたから
「そうか、そうか、それならちゃんと習って、おじいちゃんに弾いて聞かせておくれね」

と、カワイのアップライトのピアノを買ったのだった。

孫に残せるものは、文化への憧れや音楽への理解、十分な教育ではないか、と廉太郎は思っていたのだが、バブルの狂騒で少し遠回りをした。

ピアノを喜んだのはじつは紘一だったかもしれない。いつか親子で競演出来るか、と。

一九九〇年一月、バブルが崩壊した。

前年八九年の十二月二十九日、東京証券取引所大納会で日経平均株価は三万八九一五円という最高値(さいたかね)を付けて終えた。株の売買を商いとする男たちで立錐の余地もない場内には高揚感が満ち、熱気が溢れシャンシャンシャンと手締めの音が大音量で響き渡った。

翌九〇年一月、誰もが上昇を疑わなかった株価が急落した。海外の投資家が日本株を売ったのだ。この年の十月、僅か九か月余りの間に、二万円割れを起こしたのだった。暴落であった。

景気動向指数で見ると、九〇年十月をピークにそれ以降は下降傾向となり、九三年十二月まで下降は続いた。地価は、大都市圏では九〇年秋ごろ、地方圏では九二年ごろをピークに下落していった。何かが音を立てて崩れていった。

金融政策といえば、一九八九年から九〇年にかけて数回に分けてではあるが、一年ほどの間に公定歩合は一気に二・五%から九%にも引き上げられた。過熱気味の資産価格の高騰に対してだったが、緩やかに減速すべきところを、急ブレーキを掛けたかのようだった。

少し遅れて大蔵省が行った「総量規制」は、銀行の不動産向け融資への規制であった。これにより銀行の不動産融資は鎮静化し、地価が大幅に下落し始めた。土地の価格は下がらないという土地神話も崩壊した。

このバブル崩壊の景気の減速過程で起きたことは、巨額のキャピタル・ロスであった。株式では九〇から九二年度で四九〇兆円、土地は九〇から九四年度に五二八兆円にも達している。失われた資産保有額の巨大さに驚かされる。

このキャピタル・ロスが法人企業部門をも直撃した。この資産保有額の減損は、土地では一八二兆円、株式では一九五兆円に及んでいる。バブル期の借入れで取得した不動産、株式が、おそらく一気に不良資産になったと思われる。貸した金融機関側から見れば不良債権である。

一九七三年の第一次オイルショック以降に始まった長きにわたる安定成長期は、このバブルの崩壊で終焉を迎えた。この後、長く続く景気低迷の遠因となった。


バブル崩壊の暗い影は、喜代子の夫孝二の近くにも差してきた。孝二は長野県の伊那谷、上伊那地方の出身である。旧制中学を出た後、すでに上京していた兄を頼って田舎を出た。

兄の寺谷章一は手先が器用で、革細工などを得意としていた。立身出世を夢見て、東京で靴職人になっていた。痩せた山間の集落では稲作は出来ない。当然、家は父母だけが野菜などをつくってその地に残るだけだ。兄弟姉妹は目上の者を頼って田舎を出ていくのだ。

幸い、兄の章一が一家をなして、戦中から、小さいながらも靴の製造と販売を手掛けていた。孝二は章一の家に住み込み、働きながら夜間の大学を出て、公社に勤めていた。戦後まもなく喜代子と知り合い結婚をした。

章一は商売の才覚もあって、戦後、靴屋の看板を揚げて、見る間に大きくしていった。自由が丘の商店街の中でも、駅の近くの好立地を確保すると、高度成長期にいち早くセンスの良いデザインで、洒落た靴店を始めた。

この「靴店ロマンス」の靴が、婦人雑誌に掲載され、モデルが履いた写真が掲載される。あるいは、モデルのファッションの足元にロマンスの靴が使用される。こうした商売のやり方はマネージャーとして雇った男の売り込みとセンスだったが、うまく当たって山の手婦人たちに人気の流行りの店になっていった。

店は高級店として順調に拡大し、一軒は新宿、一軒は渋谷と支店を出すまでになった。孝二も店が拡大していく中で株式を譲渡され、末席ながらも名ばかりの取締役になっていた。喜代子は、このロマンスの靴をよく履いていたものだ。

「お姉さん、ロマンスの靴のセールがあるけれど、一緒に行くかしら」

「いいわね、高級な靴ばかり履けて、靴に合う服が欲しいわ」

「あらっ、お洒落なくせしてご謙遜ね。買わなくてもいいわよ、見るだけでもどう?」

「じゃ、ご一緒しようかしら、モンブランでケーキでも買って帰るわ」

と、土曜の午後、姉妹で自由が丘に買い物にいくこともあった。

戦後、無理をしてきた章一が、高齢になるにつれて病気がちとなって、息子の浩隆(ひろたか)に社長の座を譲ったのが、一九八五年ごろだった。ちょうどバブルを迎えるころだ。章一は完全に引退をした。

長男の浩隆は文学青年で、都心の有名私大を出てから出版社でしばらく働いていた。商売のことはまったく分からなかったが、社長、社長と呼ばれているうちに、自分でも何事か父親以上のことが出来るだろうと思うようになったのだった。

バブルの波が向こうからやって来た。銀行からは、毎日のように営業を受けた。

「とにかくお金を借りてくださいよ、借りてから考えればいいじゃないですか」

「だって、何に使えばいいのか、それなら一緒に考えてくれないか」

「そうですね、まず、フランスかイタリアに行って、新しい靴のトレンドを学んできたらどうですか」

「それもいいね、僕の気に入った靴だけで、商売する店があったらいいと思うんだ」

「あ、それでいいじゃないですか、ちょうど駅の向こう側に新しいビルが出来るんで、そこのテナントを借りてくださいよ」

「じゃ、フランスに買い付けに行くよ」

と、物見遊山で、渡仏することもあった。

店が開店したと聞いたので、孝二はその店を黙って訪ねた。帰って、喜代子に言った。

「あの店じゃ、だめだね、すべてが中途半端だね、素人のお遊びだ。誰も何も言わないのかね、愛想の悪い店員が暇そうにしていた」

と、嘆息交じりにこぼした。

「浩隆君にあなたが言ってあげればいいじゃないの」

「いや、僕のことは遠ざけているね、厳しいことを言われたくないのだろ、この間、本店に顔を出したら、得意そうにこう言うんだ。『叔父さん、銀行のカウンターの中見たことありますか、行員の足元に封印したままでビニールに包まった大きな札束の塊が転がっているんですよ、行員はそれを足で蹴とばすんです、邪魔だってね』。『そんな銀行員と付き合ってはいけないよ』って言ったら、彼に嫌な顔をされたよ」

「坊ちゃんだわね、浩君は」

「まあ、そうなんだ」

やがて、バブルは崩壊。借りた資金で開いた道楽のような店は、案の定立ちいかなくなって、店仕舞いをした。借りたお金だけは返済期日がやって来る。バブル後の時価でテナントの権利を売っても、借りたお金は返せないままだ。

景気が悪くなって、良かったときに買いためた在庫は、売れずに流行のトレンドは移っていく。さらに売れずに残っていく。ある時、損失覚悟で一掃のセールをする。

資金繰りに困って、銀行に行くと、断られる。決済が出来ない、支払いが出来ない、困りに困って裏の金融に手を出して、さらに窮地に陥った。


孝二の憂鬱が増えた。これを見て見ぬふりをしていたら、あのお坊ちゃんは、父親の最後のカネにも手を出しそうだ。何てことだ…と嘆いても、彼にはこれといった解決の方法はない。あとは、火の粉が降ってくることを避ける以外にはない。何やらきな臭い乗っ取りの話があるが、奴らにロマンスの株を明け渡して役員を辞めることぐらいか、と思うのだった。

空前のカネ余りによる、資産バブルの狂騒の顛末で、兄の築いた流行りの店の命運も尽きようとしていた。


ここ数日、気の晴れることがなかった。こういうときは、蕗子の顔でも見に行こうか、紘一君と話でもしにいくか、小学生の裕希と五歳になった智也の二人の子等に会いに行くか。ときには義兄(にい)さん義姉(ねえ)さんに、会いに行こうか。

孝二は、ふらっと冬華の家にやって来る。もとはといえば、バブルだな、と呟きながら。

あのときの、あの震撼

蕗子は、相変わらず忙しく働いていた。世の中は激しく移り変わっていくが、通信教育の業界は発展していた。

幸い、バブル前に購入していた大久保の土地に、二年前八階建ての新社屋が完成し、そこへの一大引っ越しを終えて、総務の仕事量はおよそ二倍に増えていたから、部員数は八名に増えていた。新社屋には、ほとんどの部署が入ったからだ。従業員は、関連する倉庫や子会社を入れて三百名を超えていた。書類の作成や役所への届け出も日々の当然の業務だが、それに加えて彼らの福利厚生や日々の業務に伴う煩雑なトラブル、人間関係の軋轢とその解決、挙げていたらきりがない。

四十歳以上の社員には、年に一回の健康診断を実施しなくてはならない。若い社員には検査項目の少ない検診が用意されていた。両者の日程を離して実施する。

この日は、本社で働く若い社員向けの検診だったが、検査を専門に請け負う検診車が巡回して来る。レントゲンなどは、玄関前に横付けにしたその検診車で行うが、医師が直接聴診器を当て、問診を行う内科検診の場所は、広い会議室を用意しなくてはならない。

三階会議室にパーティションを並べ診察の空間を二箇所事前に準備した。大勢の者が、順番を待って廊下にまで並んでいた。蕗子は見回りをして歩く。

検査が終わるまでは気が抜けない。ようやく昼前に終了した。

この日は午後に、総務担当者向けのセミナーが入っていた。テーマは「女性社員の性被害への対処」であった。こうした問題は、外部だけではなく社内で起こることもある。そうしたことがあってはならないのだが、いかに被害を防止し、被害者への心のケアも含め、対策を講じるかといった啓発セミナーであった。

こういったセミナーには、若い者が行くことはなく、蕗子が参加することになっていた。

昼食を早めに取ろうと、食事に出ようとしたときに、一人の女子社員が総務部にやって来た。思いつめたような顔をしていたので、どうしたの、と尋ねた。

「検診の先生がひどいんです」

「何が、ひどいの、何かあったの」

「…胸を全部見せなさい、って言うんです、下着を持ち上げて全部見せなさいって。私は前の年の検診は、そんなこと言われなかったので、変だなって思ったんです、でも全部見せなさいって言うので、しかたなく出したんです、おかしくないですか？」

「それはおかしいですね、こういう病院以外の場所ですから、必要以上に肌を露出させないように注意します。先生だって、聴診器が当たって胸の音が聞こえればいいんですから。分かりました、その先生は若い先生？それとも少々お歳を召した先生？」

「歳をとったほうの先生です」

「あなただけですか？そんなこと言われたのは」

「私だけじゃないと思います。他にも何人かいたみたい、みんな、いやねって言ってました。何だかじっと見ているんです」

蕗子は、自分の落ち度だと思っていた。終盤、検診の場から離れた隙の出来事のようだった。ただ、高齢の医師には、昔ながらに胸をはだけさせて聴診する習慣が残っていたかもしれない。

「分かりました、今回の件は必ず対処します、来年の検診ではそういった不快なことが起こらない対策を取りますから、安心してください。悪かったわね、もし、ほかに不快に思う人がいたら、総務に届け出てくださいって、他の人にも伝えてください。私、今日はこれから外部のセミナーに参加するので、今すぐ対応することが出来ないのですが、夕方四時過ぎには社に戻りますからね」

と言って納得してもらった。

一人は女医に、と指定すればよかったか、あるいは、医師側に事前に申し渡せばよかったか、終わるまで検査会場には部の人員を配置すればよかったか、とあれこれ考えた。

まったく、これから参加するセミナーのテーマだ、と思っていた。


こうした課題や問題は、日々起こる。解決していくことは、やりがいのあることだったが、蕗子は、この頃、ふっと虚しく思うこともあった。一大イベントであった引っ越しも終わり、そろそろモノを作る企画制作の部署に戻りたい、と思うときもあった。しかし、それは、かならず紘一の異動を伴うことでもあって、素直にそう語れない。

紘一は、企画開発課の課長になっていた。課員も増えて忙しく働いていたが、充実していた。蕗子の思考に、男を立てる、という考え方はなかったが、それでも男の面子やプライドは大事にしなくては、と思っていた。何よりも、紘一を変わらず好ましく思っていたからだろう。

セミナー会場は、新橋のビルだった。あれこれ思うこともあって考えながら会場に着いた。

今でいうならば、大流行りの「セクハラ対策セミナー」というものだ。しかし、当時はまだ会場は七分程度の入りで、満席になるほどではなかった。

司会、講師、コメンテーターと三人がいた。

講師は、入社したばかりの女子社員が、早々に退職することの原因には、性的ないやがらせや、実際の被害が隠されていることが多い、と実例を挙げて説明をした。誰にも相談出来ず、被害の届け出もない場合が多いとのことだった。

会社としては、貴重な人材を守る観点から、男性社員の教育や、実際にそういった被害を起こさない対策が必要だという当然の話だった。

話を聞くうちに、蕗子はある出来事を思い出した。彼女の場合は、社内ではなく、執筆を依頼していたある大企業の有名な部長だった。まったく無防備だったとはいえ、彼女だけに責めがあるとはいえない。二人で、たまには夕食を、と言われ、食事をしたが、その後に、近くのカラオケへ、となった。そこでいきなりキスをされたので、慌てて振りほどいてその場を後にした。

まさかの予期せぬ事態だったが、確かに、誰にも語らず、被害の届け出もせず、そのままになった。

おそらく、多くの女性、働く女性にとって、そうした被害は必ずといっていいほどあるに違いない。少々触られるぐらい目くじらを立てず、にっこり返すぐらいじゃないと「出来る女性」とはいえない、といった風潮はこの社会に蔓延していた。

コメンテーターは、弁護士の女性だった。

初めの話の中で、その女性が、じつは、私は昔ウーマンリブの闘士でして、と自己紹介した。名前は高樹玲子(たかぎれいこ)といった。蕗子は、うっかり聞き逃しそうになって、はっと目の覚めるような思いがあった。

彼女が語ったことは、まさしく目を開かされる厳しい現実だった。

一九八〇年代後半から、幻の「女性の時代」と呼ばれる時代があった。

それは、ちょうどそのころ、女性の高学歴化に伴って社会進出が飛躍的に伸び出したことに重なる。同時に、社会党の土井たか子党首に代表される政治の世界での、女性の活躍が目立ったからだ。社会がようやく女性を受け入れたのかと、思われる時代だった。

しかし、「女性の時代」はバブル経済が崩壊し、幻のように消えるだろう。社会が閉塞し、日本型終身雇用や年功序列賃金がことごとく否定されると、やがて、男性社員もエリート正規社員と「派遣労働者」に代表される非正規雇用者に分断されるだろう。解雇が自由な非正規社員が増大すれば、不況時にはいつでも雇用が調整できる。

個人の能力次第で、いくらでも稼げるなどとんでもない幻想なのだが、こういった経済理論が大手を振って歩く世の中になってしまった。

それは、やがて、女性の活躍する場も当然のように真っ先に奪っていくにちがいない。あの、「女性の時代」は、一体何だったのか。そして、今また女性が性の被害を、こうも容易く受ける社会とは。女性の人格や人権は否定されている。黙っていたら女性への差別はなくならない。高樹の、弁護士として女性の立場に立った怒りのコメントは、まったくその通りだと蕗子は思っていた。女性の働く権利や人権を守り高めることこそ、この社会の閉塞性を打ち破っていく第一歩だ、と高樹は締めくくった。

高樹玲子は、緩やかにウエーブのかかった長い髪に、ベージュのパンツスーツで颯爽としていた。セミナーが終わって、名刺の交換があった。蕗子は人の波がはけてから高樹に近付き、挨拶をした。名刺を交換する際に、言った。

「お話は大変よく分かりました。私も総務の仕事だけではなく、働く現場の様相を見極めていかないとだめだと、思いました。ところで、かつてウーマンリブの闘士だったと、おっしゃいましたね」

「はい、若気の至りです。でも、あの頃の思いと今もあまり変わらないんです。だって、あまりにひどい日本の女性の置かれている状況。あの頃、一九七〇年代よりも今の方がひどい。あの頃は、全学連にも多くの女性がいましたし、みんな溌溂としていましたよ」

「…そうですね、あの頃の方が、自由だったですね、精神の自由があったような気がします。学生運動が内部の抗争で自滅して、大学のキャンパスも静かになって、自由にものを言う場も雰囲気もなくなってしまった。その後は、バブルが崩壊して、保守化も進んで、今は、少し扉が開きかけたかと思うと、また閉じてしまう。社会がそうなると、女性はさらに何も言えない状況に追いやられているようです、残念ですが」

「あの、とうがさん」

と、高樹は名刺の名前にふられた読み方を口にして言った。

「どこかでお会いしていますか、なぜだかどこかであなたを見たような気がして…」

「…ええ、私も、どこかでお会いしているかもしれません、一九六九年か、七〇年ごろだったかしら、たしか十月でしょうか。高樹さん、集会で挨拶しましたか?九段会館の壇上で…演台に手をついて前かがみで…」

「あっ、そうです、私の最初で最後の発言、男性たちに交じって、アジテーションをしました」

「…やはり、そうでしたか。あのときの、激烈なアジテーションは、今でも忘れません、今でも思い出すと、わたし、血がたぎります！」

「あぁ、そうです！私自身も、血がたぎりました、大勢の男の前で必死でした！手が震えていました、最後は心の叫び！」

二人で顔を見合わせて、思わず手を握り微笑み合った。

「だって、今でも抑圧の鎖につながれている、私たち」

「そう、この差別をどうして解消したらいいんだろう、って」

この日は、次の予定があったため、長く話が出来なかった。改めて、時間をとって会いましょう、と決めた。


蕗子は急いで社に帰り、午前中の出来事について、部長の富永に相談した。田中は昨年定年を迎え、退職していた。代わりにやって来た部長がかつて企画制作部の部長であった富永だった。

彼は、蕗子のセミナーの報告を簡単に受けたのち、若い女子社員からの定期検診での苦情について、改めて部の会議で検討をすると決めた。蕗子の外出中に、何人かの若い女性たちから検診時に胸の露出を強要された、という被害の訴えが出されていた。

若い男性は、女性の性的被害や差別に対して、理解も同情もあるが、富永ぐらいの年配の男性は、そのぐらい許してやれば、といった反応がある。そうは、いきませんよ、とやんわりとしかし厳しくたしなめる役割は常に璐子に回って来る。

いつまでこのような状況を許すのかと思うが、何と厚い壁があることか。女性の部員はもちろん、立腹しているのだが。

この日の夜、ベッドに入ってから、隣で本を読む紘一に話しかけた。

「あのね、今日セミナーで、昔々に出逢った人に会ったのよ」

「うん、男の人?」

と、読みかけの本を閉じた。

「いいえ、女の人、今でも美しい女性で、颯爽としてるのよ」

「あなただって、十分美しいし、颯爽としているよ」

「ありがとう、でも、生き方が颯爽としてるの、今度会いましょうって約束したわ」

「そう、いいじゃないか、昔って、いつのこと?」

「…学生のころ、二十歳ぐらいかな、あなたはまだ十七ぐらいね、お互いにどこにいるかも分からないころよ」

「うん、そのころ、会ってみたかったね、あなたと。きっと素敵だっただろうな、初々しくて若くて」

「まっ、あなたも若い女性がいいの?」

「いや、いや、そういう意味じゃないよ、あなたの若いころだよ、だって僕は知らないんだよ、知りたいっていうこと」

「…そうなの？…若いって未熟ってことと同じよ、でも、一つ誇らしいのは必死だったことかしらね、その人も、私も。巨大な社会の矛盾に抗うことに必死だった、ってこと…」

「そういうものか…」

「私は、彼女の生き方に比べたら恥ずかしいって思うわ、簡単に諦めてしまった、抗うことを…だってすごく好きな人に巡り合えたのでね、きっと、満足して抗うことをさぼってしまったのね…」

「すごく好きな人って？」

「まっ、いやね、答えさせようというの？」

「そうだね、答えなくても分かってるから、いいよ。でも、あなただって女性の権利を守ることを一生懸命にやって来たから、そんなに恥じなくてもいいんじゃないかな…」

ドアを開けたままの隣の部屋から、子供たちの寝息が聞こえてくる。紘一とは、そんな話で終わる。

子供たちのことを思うと、今の家庭の幸福はかけがえのないことだが、蕗子は僅かに心に疚しさを感じざるを得ない。私だけが幸福でそれでもよいのだろうか、と。さっと生き急いで逝った貴美子、あえて過酷な人生を選んだ祥子。紘一は恥じずともよいと言ってくれたが、昼の興奮のせいだろうか、なかなか寝付けない夜だった。

あのときの、あの震撼は今でも、蘇ると蕗子は言ったが、何に驚かされたのか。深く知りたいのだが、一体何だったのだろう。

抑圧された性の存在に気付かなかった、もしくは、男性と同じ価値観でものを見ていた、そのことに気付かされて、愕然としたのか。

自分が「女性」であることを否定し、もしくは、「男性」と同じであることを望んでいるのではないかと思った。だが、それは、違うとはっきりと思えた。

蕗子は、私は、女性であり、女性特有の性質をもっているが、女性であることをあえて武器や口実には使わない、ただ、女性でいたいと思うのだ。

しかしそうはいっても、女性が置かれている地平は、ひどく不平等で、それは、今の社会の縮図となっているのではないか。女性をどう捉えるかは、この社会の在り方をどうしたいかに通じている。

社会のモデルは、何も新自由主義ばかりではない。勝者が高笑いする中で、敗者は己の能力のなさと不幸を呪うだけであっていいはずがない。女性や障害者などへの差別は、能力の如何ですらもない。

もっと社会的な公平さや共感を大切に、多様な生き方を選べる寛容な社会であってもいいはずだ。なぜ、息苦しいばかりに自己責任と競争に駆り立てられなければいけないのか。

何よりも、地球環境破壊は競い合うだけではやがて救いがたい地点に到達するのだから、生物は生存さえ出来なくなるだろうと、蕗子は思うのだった。

やがて来る未来

高樹と向かい合って、食事をした。蕗子にとって少しお酒の入った珍しい夜の会食だった。

智也は裕希と争ってでも蕗子の胸に飛びついてくる子供だった。彼が幼い間は、なるべく早く帰宅し一時でもともに長くいたいと思っていたから、必要以外の付き合いは避けていた。

しかし、久しぶりに神谷町の和食の店で食事をしたのだった。

「冬華さんは、結婚してお子さんも二人いるのね、まったく意外です。独身かと思っていましたから、上は小学校二年生、下のお子さんは幼稚園だなんて」

「高樹さんは、思っていたとおり独身でしたね」

「そう、途中から勉強し直して弁護士資格を取ったので、どうしても結婚となると、難しかったですね、独身主義でもないのですが」

「男性は信用出来ない、と思っているわけでもありませんよね」

「ううん、そこは難しい、というよりは、相手が尻込みするんじゃないですかね。女性の役割とされていることは、まず、しないので」

「私は、簡単です。夫になった男性を、シンプルに好きだったということですから。あと、大きいのは実家の母が私を助けてくれたからです、子供を持てたのは親と同居していたからです」

と、蕗子は微笑んだ。

「私の力だけではないの、私自身の力なんて微々たるもの」

「あらっ、そうなの。そうよね、そういう特別な関係があれば、無理がないわよね、お母さまが引き受けてくださった、それは特別に恵まれていたんですね、両立は無理ですもの。第一、今の日本には保育所がない！」

と、言うのだ。

「ええ、そうです。私は恵まれています、母には無論ですが、家族には感謝しかないわ」

「パートナーにも恵まれていませんか？聞くところ、理解がありそうですね」

「はい、夫は、男の沽券とか、言いませんから」

と、言い二人で、それが一番、と言い合った。

「でも、高樹さん、これからでも出会いはあるのでは？」

「いえ、これからは、ないです」

「それはまたはっきりと断言するなんて、どうしてですか？」

「来年、もしくは再来年一九九三年には、選挙があるので」

「衆議院の選挙ですか、候補者として選挙に出られる？」

「そうです、私も覚悟を決めて、最後の中選挙区選挙に東京から立候補します…」

「土井さんの社会党から？」

「おそらくそうですね、党首から熱心に誘われているので。それに立法[illegible]なければ、法律も作れませんから。結局、社会を動かすのも、正すのも、直すのも立法です。ですから立候補！」

「そうですね、若いころは、直接訴えることが、すべてでしたが、国会こそ国権の最高機関ですね…昔は、日比谷の交差点から見た議事堂は、はるか遠くに思えたものです」

と、蕗子は微かに笑った。なんであんなに遠くに見えたのかしら、と。

「もっともっと女性議員を増やして国会を変えること、国会を動かすこと、若い人たちに政治に興味を持ってもらうこと、そういうことが社会を変えるんです、簡単な真理ですね」

「そうですか、応援しますよ」

「そう、そう、選挙を手伝ってくれますか？」

「えっ、はい、手伝いますよ、もちろん」

「いいえ、一緒に、闘ってくれませんか。もっと近くで、スタッフとして、そうそう、秘書としては、どうですか」

「えっ、秘書ですか？それは…」

「ぜひ、お願いします」

「……でも、会社は辞めなくてはいけないでしょ？」

「もちろん、給与はありますよ」

「…それにしても急なことで、考えさせて…ください」

「ええ、どうぞ、考えてください、ぜひ一緒に、もう一度、あの頃のように！」

高樹の鳶色の目は真剣で、思わず引き込まれそうになった。

ほぼ、半年かけて、考え抜いた結論は、高樹玲子の言うとおり、ともに闘おう、あの頃のように、ただ、ひたすらに光の差す方へ歩いて行こう、ともに、だった。


紘一は、そうだね、あなたが考えて、悩んで、考えて、決めたことは尊重します、と言った。

「ただ、一つ聞きたいのは、あなたは、僕のことを考えて企画制作部への復帰を諦めたわけではないよね」

「もちろん、違うわ」

と微笑み紘一の右の顎の下に額を寄せてから、顔を上げて正確に答えた蕗子だ。

「私、心の奥に、自分を疚しく思う葛藤があったことも忘れていたわ、…本当に幸せだったから。あなたには心から感謝するわ。また、こんな我儘を言っても許してくれて。でも、やり残したことがあるって、そう思ったの。もし、私を求めてともにやりましょうって言ってくれる人がいるなら、それに応えよう、これが最後の機会だわ。そう思うの」

裕希は、多少の強がりもあって
「別に、何ともないよ、『せいさくひしょ』でもお母さんはお母さんだよね」

ただ、智也は少し不安そうに
「お母さん、遠くには行かないでしょ?『こっかい』ってうんと遠いの?」

と尋ねた。

「大丈夫よ、『こっかい』は近いとこよ。そうだ、今度お父さんやお兄ちゃんと一緒に行きましょうか。それにね、お母さんはいつでも二人の近くにいるわよ」

智也の目を見て答えた蕗子だった。

渋谷は、えっ、辞めるのか、惜しいな、本当に惜しいな、役員への道もあったんだよ、とリップサービスも交えて、送り出してくれた。

永田は、そうか、そうだったのね、何か埋火（うずみび）のようなものを隠していると思ったわよ、と賛成の口だった。新しいチャレンジに乾杯ね、と言うのだった。

成田は一言言った、忘れないでくれよな。あっ、そうだ、水田のことは僕が見張っておくから大丈夫だよ。蕗子も思わず笑いながら、お願いします、と応えた。


母志津代は、もう、これだから、いつだって蕗ちゃんには驚かされる、と溜息をつく。

父廉太郎は、これからが本当に厳しいぞ、だがね、こういう選択もあったんだね、蕗子がやりたいのならやってみるといい。悩みは聞いてやらんぞ、紘一君に聞いてもらいなさいとしみじみと言った。

叔父の孝二は、何だか蕗ちゃんらしいな、の一言だった。


（了）

本郷孔洋先生、平山賢一さん、久留信一さんに感謝いたします。

折にふれ、作者を支えてくれた鏡渕敬さん、狩野洋一さん、根本寛之さん、大霜朋広さんに心から感謝いたします。

多くの方々の意識と手わざと時間が集まって、この本は作られています。形あるものにしてくれたこと、深く感謝いたします。

〈著者プロフィール〉

川島　福果（かわしま　ふっか）

1949年東京に生まれる。
法政大学中退、出版社勤務を経て現在にいたる。川崎市在住。
著書に『この胸の記憶に』（文芸社）。

世界は光にみちているか
2024年7月23日　初版第1刷発行

著　者　川島福果
発行者　鏡渕敬
発行所　株式会社 東峰書房
〒160-0022 東京都新宿区新宿4-3-15
電話　03-3261-3136　FAX　03-6682-5979
http://tohoshobo.info/

装幀・デザイン　小谷中一愛
印刷・製本　㈱シナノパブリッシングプレス
ISBN978-4-88592-237-4 C0093